绿 宝 石
Fall into your light

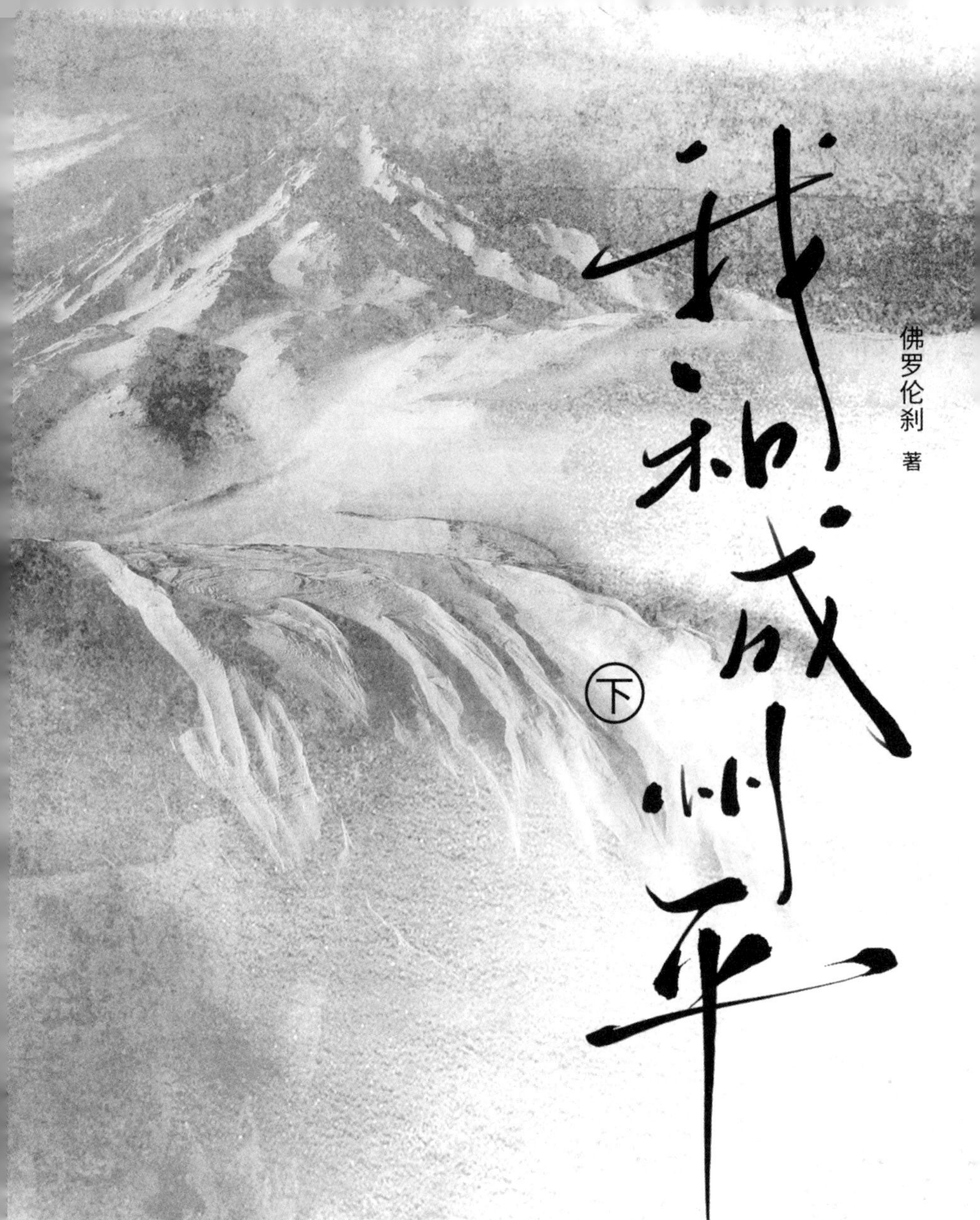

我和成州平

（下）

佛罗伦刹 著

北京联合出版公司
Beijing United Publishing Co.,Ltd.

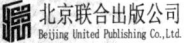

第十五章

家人

01

小松从云南回到学校后,也没能立马休息。

她白天补了一天觉,下午四点的时候,李永青开车来学校接她。

李永青换了辆英菲尼迪,小松坐在副驾驶座上,问她:"我是不是有点儿随意了?"

李永青看了她一眼:"没事,今天饭桌上的其他人比你还随意。"

李永青的女儿,小松的表姐白莉最近回国出差,晚上要给李永青引见自己的大学同学,餐厅订在一家海鲜酒楼里。

小松和李永青先到,李永青教小松:"你以后如果想做科研的话,还是得多认识一些人。今天你表姐带来的朋友,他们家在瑞士是做医药的,和你算一个大行业里的人。"

你站着的位置决定你的视野,而你的视野又决定你最终的位置。可小松是个典型的永远只看脚下的人。

她们坐了大概二十分钟,服务员带着一行人鱼贯而入:"这里请。"

小松在表姐的婚礼上见过她,深得李永青真传,爽朗大方。和她一起进来的就是她今天要引见给李永青的朋友。这俩人刚打完羽毛球,运动衣上的汗水还没干。

小松看着表姐白莉身旁的男人,露出惊讶的表情。对方和她一样,没想到会在这个地方见到她。

"怎么是你?!"小松想了半天,没想到对方的名字。

蒋含光抬高眉毛:"哟,碰到救命恩人了!"

白莉给他们引见:"蒋含光,我大学同学,你们可能不认识他,但他家公司你们一定都知道。蒋含光,这是我妈,这是我小表妹李犹松,我们家小公主,你可要多帮忙照顾一下啊。"

蒋含光调侃说:"你小表妹可不是小公主啊,是我们家老爷子的救命恩人。"

李永青、白莉母女俩好奇地看向小松。

小松说:"没有人家说的这么夸张啦,我之前在丽江旅游,碰到了一位急性肺水肿的老人,小小帮助了人家一下。"

李永青说:"小松,你不要谦虚,这是你自己结的善缘,你看,福报不就来了吗?"

白莉给蒋含光指座:"小松是我们家好几代人中唯一一个学医的,现在是家里的大宝贝,你看我妈,我进来还没跟我说话,光忙着夸小松了。"

李永青说:"就你话多,大家先坐。"

其间,菜陆陆续续上来,李永青和蒋含光你一句我一句地说话。

李永青突然拿出手机,说:"择日不如撞日,就今天吧,正好小蒋、小松都在,咱们就今天晚上把王院长叫出来一起吃顿饭。"

小松听到自己名字,看向李永青。

王院长是小松学院院长,也是他们学校附属医院的一把手。王院长以前公派留学的时候,接受过小松爷爷奶奶的帮助,之前小松爷爷做手术,是王院长亲自操刀。

早在小松上大学的时候,李永青就带她见过王院长一面。但她只是一个本科新生,王院长是博导,两人的关系八竿子打不着,她偶尔在学院见到对方,只是和其他同学一样打声招呼,从来没私下联系过。

李永青说:"你下学期不是要正式去附院轮转实习了吗?下下学期就是保研选择方向的时候,咱们家没有学医的,不能帮你规划专业路线,还是得听人家的建议。小蒋呢,他家和你们学院有合作项目,大家提前见个面,联络一下感情,以后做事方便。"

小松没有说不的权利,这对她来说几乎是完美的安排。但她还是小小抗议了一下："让人家给我建议就行了，不要给我搞特殊。"

李永青解释："这个不叫给你搞特殊，而是既然你有这个资源，就把它利用起来，可以少走很多弯路。"

小松没异议，李永青的提议正合蒋含光的心意，他们就说定晚上再一起吃一顿。

李永青看了眼几个人的穿着："你们几个孩子要不要收拾一下自己？人家王院长怎么说也是长辈。莉莉，你安排一下。"

"我妈就是爱组局，但从不管细节。"白莉说，"这样，晚上的饭就安排在我和蒋含光住的酒店了，你们跟我们回酒店，下午咱们一起去游泳，晚上小松直接从我那儿挑一身衣服，省得你俩跑来跑去。"

李永青问小松："你觉得呢？"

小松说："我没意见啊。"

就这样，这顿饭吃完，一伙人分成两辆车，去了白莉和蒋含光住的酒店。

下午去游泳，小松因为不会游泳，就坐在泳池旁边的休闲区喝果汁。她一下一下捏着吸管，果汁在吸管里上来下去。

蒋含光披着毛巾走过来："怎么不去游泳？"

小松摇头："我不会。"以前龚琴提出让她去报个游泳班，但她拒绝了。只要穿上泳装，就会暴露她身上那些自我伤害的痕迹。

蒋含光在她对面坐下，朝服务员招了下手："一杯果汁，和她一样的。"他稍稍后躺，毛巾敞开，露出漂亮的腹肌，"咱们也真是有缘啊。"他因为把手机放储物柜了，没事干，就开始找话说。

有缘吗？小松心想，缘分是小概率事件，只要实验次数够多，总会发生。她喝了口果汁，说："我记得你当时跟我说你是药代，原来是医药世家三代传人。"

"这个理解好。"

小松笑道："那你还骗我说你是药代。"

蒋含光爽朗地笑道："那做的也是药代工作嘛。"

蒋含光风趣、幽默，又很有分寸，会照顾她的情绪，小松和他聊天很

269

轻松。

过了一阵，白莉和李永青也从泳池出来，一伙人一起聊了会儿天，就回房间了。

晚上，白莉借给小松一条白色短裙，小松如果穿它，那腿上的疤痕就会暴露，她知道李永青肯定会小题大做，所以跟白莉说："这条好像有点儿暴露，我还是穿衬衣和长裤吧，这样端庄一点儿。"

白莉本科就去国外交流了，之后一直待在国外，思想开放，她对小松说："小松，没看出来你还挺传统啊。"

晚上的饭局，有王院长参与，话题就专业了很多。王院长说着一口浓重南方口音的普通话，但专业度、亲和力、表达力都是一流的。

他和蒋含光熟络了，对小松说："大四这一年对五年制医学生来说是最关键的一年，它决定了你在这个行业的去留和你未来发展的方向。我要是以院长的身份，肯定推荐你先在各科轮转完，再慎重考虑要选择的研究生方向和导师。"王院长喝口水，话锋一转，"但是，作为长辈我给你的建议，肯定是找可以给你博士名额的导师，这样可以节省很多时间。如果你以后要走临床，我肯定先推荐孙教授，他是我徒弟，你之后可以直接来我这里读博，如果想走科研，我可以帮你和江院士沟通一下。"

在关于她未来的选择中，她的意见其实是最不重要的。她笑了笑："这也太难选择了。"

王院长说："其实我听姚老师提过一嘴，你胆大心细，很适合走临床，但是女孩子毕竟还要结婚、照顾家庭，临床压力太大了，我还是建议你走科研这条路，容易出成绩，也没那么多纷争。"

小松说："我记住了，谢谢您的建议，它们对我现在真的很有帮助。"

蒋含光突然插嘴："怎么，谁说女孩子一定要结婚、照顾家庭？救命恩人，我就建议你选临床。"

小松抿了抿唇："你还是叫我小松吧。"虽然她看起来有点儿像是撑了蒋含光，但是，蒋含光说出了她没有说出口的话。也许他只是随口一说，对她的鼓励却是莫大的。

王院长说:"这事也不急,你还有一学期的时间慢慢想,咱们寒假再一起商量一下。不过,小松啊,除了学习上的事,生活中有什么困难需要我协助的,都可以跟我提。"

小松举起装着果汁的杯子,敬了王院长一杯。

王院长又问李永青:"家里老人身体还好吗?最近是不是又该做体检了?"

小松夹菜的时候发现对面坐着的蒋含光朝她抬起红酒杯,隔空碰了一下。她指了指自己的杯子,空的。

这顿饭结束后,小松开始了自己大四的生活。大四的时间注定都在医院度过,他们学院附院集合了全国各地各种病的病患,每天都忙得不可开交。

她开学第一个月在外科实习,第二个月在儿科。医生都说儿科医生是最难当的,孩子不会描述自己的症状,只会哇哇哭,医生不但要会治病,还要会哄孩子,而除了这两项必备技能,还得有一些狠心,太心软的人当不了儿科医生。

在儿科实习的一个月,小松见了许多不幸运的小天使和痛彻心扉的家长,在儿科实习之后,她自认为内心比以前更加强大了。

她早上查儿童病房,中午本来打算点外卖,在点开外卖软件的时候收到了蒋含光的微信。实习很累,她一到周末就想躺在宿舍,哪儿都不去,但蒋含光硬是拉着她让她给他当导游,玩遍了这座城市的各大景点。

蒋含光今天下午要去他们医院科研楼调研,中午正好和她一起吃饭。他开车过来,带小松去了一家新发现的广东私家菜馆。蒋含光奶奶是广东人,他对广东菜情有独钟。

"你下个月去哪个科室?"

"内分泌。"

"哟,那可是重点科室啊。"

"吃饭的时候不谈这个了吧——"

蒋含光突然说:"肿瘤科怎么样,考虑吗?"

小松知道他们公司是做抗癌药物的,她摇摇头:"不要,不想给你打工。"

蒋含光说:"就你这脾气,要真给我打工我得把你供起来。"

小松说:"我脾气多好啊。"

鱼肚汤上来,蒋含光先给她捞了一碗:"当我是你们学校的毛头小子糊弄呢?"

小松把他递来的汤碗推开:"既然你说我脾气不好,那我拒绝喝你盛的汤。"

蒋含光轻笑:"倔脾气。"

蒋含光人好看,尤其笑起来让人如沐春风。

吃完午饭,他开车送小松去医院,但到了离医院还有一公里的时候,小松说:"你把我放在地铁口,咱们分开走,要不然被同学看到了会误会。"

蒋含光耸肩:"So what(那又怎样)?"

小松说:"你又不用和学校的学生打交道,不知道人言可畏。"

蒋含光啧啧两声:"你还真是心思慎重,通晓人情世故啊。那你下车吧,下午我如果没饭局的话,咱们去找家苍蝇馆子吃点儿接地气的。"

小松说:"下午的事下午再说。"

她下了车,先去地铁口的咖啡店买了杯咖啡,边走边喝。初秋是这座城市最让人感到惬意的时候,不再燥热,叶子渐渐变黄,天空蔚蓝,只是路上的人依旧很匆忙。她特意放慢脚步,享受这一点儿闲暇。

到了医院门口,手机响了,她从口袋掏出手机,看到来电显示的名字,眼神困惑。她接通电话:"喂,周叔?"

电话那头,老周说:"小松啊,你还记得周叔呢,打扰你了吗?"

小松说:"我现在是中午休息时间,您是有什么事找我吗?是不是我爸的——"

"啊,是这样,小松。"老周的声音始终带着讨好又心酸的笑意,"前几天我老婆出去吃饭的时候碰到你妈,聊了两句,我了解到你现在在医院实习。我有个病人,怀疑是癌症,你们医院这方面肯定是全国一流的,能不能请你帮我挂个专家号?"

知道小松学医,家里亲戚没少让她帮忙挂号的。但她只是一个学生,就算医院真的有按关系挂号的现象也轮不到她。她一般都会拒绝，如果碰到非常紧急的，也会自己抢号。

老周也知道这个要求过于无理，补充说："这个病人比较重要，我真的是走投无路才来麻烦你，你不要勉强，不行的话，我就多找几个人帮忙挂号。"

小松不能无原则地帮忙，但她还是习惯性地问了一句："周叔，我能先问一下病人是你什么人吗？"

老周那里顿了一下，问道："不知道你还记不记得我有个同事叫成州平？"

小松陷入沉默，老周以为是她忘记这个人了。他提醒说："他是你爸以前带的人，我记得有一回你来找你爸，是成州平送你回去的，不知道你还记得他吗？就是那个浑小子，老爱笑的那个。"

不，他已经不爱笑了。小松在心里默默反驳。

医院门口蹲着几个等待病人的家属，保安驱赶着他们，不让他们待在医院门口。穿白大褂的医生低头走过，三三两两。马路上，车辆川流不息，人来人往。

在一片嘈杂声中，小松甚至听不到自己的声音："周叔，成州平，他出事了吗？"

02

老周说："不是成州平，是成州平家的老人。"上周成州平突然打电话告诉他家里老人生病了，让他帮忙找个好医院检查。

老周了解成州平这个人，他自尊心很强，除非是他自己实在解决不了的事，否则不会来找他帮忙。

老周胆子比较小，他一大部分工作是负责队内人事。成州平为了这次任务付出了太多，他不能让选择这行的人心寒，所以就算丢了这张老脸，也想帮成州平解决这件事。他对小松说："我昨天挂了一天号，好不容易弄明白怎么挂号，专家号已经排到三个月后了。小松，你能不能……就看在你爸的面子上帮我们挂个专家号?"

小松说:"患者和成州平具体是什么关系?"说完,她觉得自己的问法透露了太多。如果老周知道成州平在工作的时候和她见过面,以后不论他工作出什么事,都有可能归咎于此。

她又说:"周叔,我可以试一下,但是得知道患者的性别和年龄。"

老周说:"是成州平他爷爷,今年有八十岁了。老人家性子刚,不愿意接受帮助,我也是跑了好几趟才说服他的,之前已经带他去咱们市区医院做过检查了,但医生推荐我们去你们学校附院,我这也真是走投无路了才来找你。"

小松稳重地说:"周叔,你不要着急。你今天下午能不能把检查过的片子和报告都给我寄过来?我问一下老师,如果我们医院能收,我再给您回信。"

"那真是太好了,小松,你真是个好孩子,和你爸一样。"

小松微微一笑:"周叔,应该的。"

老周寄了特快快递,第二天早晨小松就收到了。

下午她忙完一天的工作,给王院长发了条短信:"院长好,我有个片子想请您看一下,请问您什么时候方便?"

没多久,王院长回复:"我在办公室,你下了班直接过来吧。"

下班后,小松换上便服,去了院长办公室:"不好意思,打扰您了。"

王院长的办公桌上有一个茶台,他给小松倒了杯茶:"你别跟我客气,你姑让你有事就跟我说,你都大四了,才头一回主动找我。"

小松说:"谢谢您。"她抿了抿唇,递出成州平爷爷的片子,"这是我妈妈那边一个亲戚的片子,我们怀疑是肺部肿瘤,您可不可以帮我看一下?"

王院长拿出袋子里的胸片,边看边问小松:"为什么怀疑是肺部肿瘤?"

小松说:"病人长期咳嗽,没有改善,近期加重,去医院做了检查,胸片显示有肺占位病变。"

王院长看穿了她的意图。他做了一辈子医生,小松来的第一秒他就看穿了她的意图。他说:"你不是都知道了吗?为什么还多此一举?"

小松知道对方什么都知道，她直接说出自己的诉求："能不能在咱们医院找个医生给他看一看……我知道这样违反规定，但……我真的没办法了。"

王院长好奇道："对方是你什么人啊？"

是她什么人？

小松说出提前编好的说辞："是我妈妈的叔叔，我小时候，老人家对我很好。"

王院长说："现在管家里事的孩子不多了。其实我一拿到片子，脑海里就有个给你推荐的大夫，只是有些事要给你打个预防针。"

"您请说。"

"这个李大夫呢，在肿瘤科不太受欢迎，虽然是个专家，但他的号一直有空。当然我得说清楚啊，我不是因为挂他号的人不多才想把他推荐给你的，他临床能力真的很强，就是脾气差，人缘不行，一直没升上去。但你也是学医的，应该知道，职称那些东西和专业能力并不一定挂钩。"

小松说："是李选老师吗？"

"哟，他已经恶名远扬到你们学生中去了？"

小松在肿瘤科实习过的师兄师姐都提过这个人，提起来的时候，话说得不是一般难听。

小松果断地说："不管是哪个大夫，治疗手段都是相同的，只要能尽快收下这位老人帮他安排治疗。"

王院长说："行，那我给他们主任打个电话，安排好了，你直接和李大夫约时间。"

小松感激不尽，但她还有一个难以启齿的要求。"院长，能不能……"她战术性喝水，"我想能近距离照顾老人，我可不可以申请下个月去肿瘤科实习？"

王院长"哟"了一声："这是已经想好去哪儿了？"

小松知道这是个任性、自私的决定，但是她长这么大也只任性、自私过寥寥几次。因为李长青职业的影响，她知道那些守护规则的人有多艰难，所以一直痛恨破坏规则的人。她明白自己这一次破坏了规则，也明白为何破坏。

离开院长办公室，她给老周打电话，让老周准备周末带成州平的爷爷来医院。

王院长发话，一切都很顺利。唯一的难点是李选，他不认别的地方拍的片子，非要老人来了先在他们医院做一次全身检查。

周日晚上，老周带着成州平的爷爷，还有他的妈妈来了这座城市。

小松当晚推了所有的事，她换上一件黑色高领毛衣裙子，外面套着一件长毛衫，尽可能让自己看上去成熟、稳重一点儿。她打车去了老周他们下榻的宾馆。

他们住的地方离市区已经很远了，小松打车花了快一个小时，才来到那个城乡接合部一样的地方。她第一次见到这座城市破败的一面，整条路上看不到一栋高房子，马路两边都是活动板房搭起来的小餐馆。往右一拐，是这里最高的建筑——一个四层楼高的招待所。老周他们住在这里。

老周把房间号告诉了小松，小松走到402号房门前，敲了敲门。给她开门的是一个女人。

对方矮矮的、胖胖的，脸上的肉有点儿下垂，她穿着一件桃粉色的秋衣，头发很短，而眼神充满警惕："你找谁？"

小松猜测这个女人就是成州平的母亲，可成州平一点儿也不像她，也许成州平像他爸爸。

小松微笑着说："老周呢？我来找他。"

厕所传来冲水的声音，女人说："卫生间呢。"她自己转身进了屋，并没有邀请小松进去。

老周从卫生间出来，甩了甩手，看到门口站着的小松，忙说："你进来坐啊。"

小松说："不用了，周叔，我来问候您一声就走。明天要去医院做全科检查，我们医院人多，你们最好九点就能赶到，等做完检查，您给我打电话，我请你们在医院附近吃饭，拿到片子后，我带你们去找大夫。"

老周感动地说："小松，真是谢谢你了，你还特地跑一趟。"

小松淡淡地勾起嘴角:"成州平是我爸的同事,我做这些也是因为我爸,您不用跟我太客气。"

"你进来吃口水果啊。"

在看到女人眼里敌意的那一刻,小松退缩了。她说:"真的不用了。"

这时,房里突然传来女人的怒骂:"这个成州平忘恩负义,你出这么大的事他也不来看一下,当初就不该要他。"

对方说的是方言,但小松能听懂。

老周不好意思地挠了挠头:"要不然我给你打车,你先回去。"

小松突然说:"我进去喝口水吧。"那个女人充满敌意的话语让她改变了自己的方向。

小松走进屋,顾不上去看这间屋子的环境,目光直接落到其中一张单人床上的老人身上。老人非常瘦,脸色是肺病变病人普遍的蜡黄色。但他的目光非常犀利,和成州平一模一样。

小松有礼貌地跟老人打招呼:"爷爷好,我是成州平的朋友,我叫小松。"

女人再次打量了她一眼:"你是成州平朋友?那成州平人呢?这么久不见人,老头子生病了,他不管不问,死外边了也得跟家里说一声。"

小松不知道什么样的母亲可以用"死"字来形容自己的孩子。她努力让自己更加成熟、沉着:"他工作忙,周叔是他领导,周叔请假带你们来看病也是看在成州平的面子上。"

"他能有个啥忙?人家在外面当大老板的,每年都要回家里帮忙收地,他能忙啥?"

老周赔笑说:"确实是单位的事,他出差了,一时半会儿回不来。"

女人还要再骂,一直沉默的老人突然抓住老周的手,问道:"成州平是不是犯纪律问题了?他要是敢学坏,你们就告诉我,我打断他的腿。"

女人说:"爸,你跟这人说什么?谁知道他是不是那谁找来哄咱们的?"

老周被噎住了,脸色僵硬:"有你这么怀疑自己儿子的吗?"

女人说:"我可没这样的儿子。"

小松觉得场面不该是这样的。毕竟是老人来看病,肺部病变可大可小,如果真的是癌,没有什么比让老人心情平静更重要。她见桌子上有水壶,转身去给老人倒了杯热水,端过去:"爷爷,您先喝点儿水。我是成州平的朋友,也是明天你们要去的医院的实习生,成州平他没有学坏,要不然我怎么会和他成为朋友呢?"

老人把目光转向她:"你跟成州平是朋友,就告诉他,他不能犯错,一犯错他这辈子就毁了。"

小松连忙点头:"我会转告他的。"

老周叹了口气:"走吧,周叔送你。"

小松和老人道了别,他们关上门的时候,门里女人还在骂。

老周长吐一口气,到了楼下,跟小松说:"我点根烟,你不介意吧?"

小松摇摇头。

到了楼下,趁着老周点烟的空隙,她问道:"成州平妈妈怎么这样?"

老周面色无奈:"那不是成州平他妈,是成州平的姑姑。成州平的事,我也是去他们镇里接人的时候从他们邻居那里知道的。我一直憋在心里,也憋得慌,小松,你跟成州平没啥关系,我就跟你倾诉一下吧。"

在这个时候,她和成州平不可告人的相逢竟成了一个新的契机。她保证道:"周叔,我一定不会跟任何人说的。"

03

成州平出生在西南边陲的一个县城。他的父亲当年偷了家里老人的钱跑去县城开了一个歌舞厅,在那里认识了他的母亲。因为这件事,成家和成州平的父亲彻底断绝了关系。

在成州平幼年时期,边境极其混乱,毒品肆虐。歌舞厅那样的地方本来就是个三不管地带,别的歌舞厅用摇头丸吸引顾客,成州平的父亲为了不被抢走客人,也干起了同样的事,先是摇头丸,后来是各种粉。

那段日子他挣钱很多,成州平的童年过得比当地大多数人优越。他小学成绩好,长得又端正,老师都喜欢这样的孩子,在同龄人中,他一直保持着拔尖状态。

刚开始成州平的父亲只贩不吸，但那玩意儿，如果别人都吸，你很难保持独善其身，而且成州平父亲本身也不是什么有定力的人，渐渐地，他不但自己吸毒，也带着成州平的母亲一起吸。

成州平六年级那年，他的父亲被警察盯上，他母亲第一次接触注射，当场死亡。他母亲死后第二天，他父亲就在家里包装毒品被抓。

成州平其实在更小的时候就知道他家是双吸家庭，可他不知道该怎么做，作为孩子，他只希望父母都在身边。

负责抓捕成州平父亲的那个警察是个心地很软的男人，成州平当时的年纪和他的孩子差不多。双吸家庭的孩子很难有未来，送去孤儿院，没有人给他正确的引导，以后多半也会走上这条路。那个警察通过户籍科找到了成州平的老家，他请了假，把成州平送到了成州平爷爷那里。

成州平的爷爷是镇上有名的文化人，写得一手好毛笔字，他清高、正直一辈子，成州平的父亲是他唯一的污点。面对这个孩子，他不想接受，又不得不接受。

那天他让成州平跪在自己面前，让成州平发誓，这辈子都不学坏，才能认祖归宗。

成州平从小就有股傲气，他在市里最好的小学，是最好的学生，他不想跪这些乡下人。当天的结果是，成老爷子拿挑水的棍子打到他不得不跪。

成老爷子年纪大，家里老伴还瘫着，没有精力再去照顾成州平，而且如果由爷爷奶奶来照顾他的话，爹妈又吸毒，他的前途就彻底毁了。成老爷子决定把成州平过继到亲戚家，让他至少有对正常的父母，以后上学和进入社会才有的选择。

在成州平认祖归宗后，他带着成州平去挨个儿求亲戚。

那段时间，成州平跪遍了所有亲戚，磕了这辈子最多的头，他本意还是不愿意，犯倔，不跪，成老爷子就打到他跪为止。但镇子就那么大点儿地方，邻里之间都知道他爸妈是干什么的，没人敢收这个孩子。

最后成老爷子没办法，求到自己亲女儿家。成州平的姑姑本来也不想要这个孩子,后来是成老爷子亲自跪在女儿面前,逼她收养成州平。

成州平的姑姑把他过继到自己家以后,成老爷子又给他报了镇上的初中。

成州平小学的时候学跆拳道、乒乓球、围棋……他一直是最优秀的学生。小学结束后,一些不如他的同学都去了省城昆明上初中,他却去了镇上的初中。

他看不上那些连普通话都说不标准的老师,看不上那些只知道在地里玩的同学。他不想与他们合流,当然,换来的结果是被排挤。

初二的时候,男孩子进入叛逆期,那段日子,成州平每天都和人打架,他打架的本事、宁折不屈的本事都是从那时候练出来的。

初中毕业,有些孩子去县里,还有些居然去了市里。成州平依然在镇里的高中念书,理由是,没人有必要负责他的教育,而且,家里的地需要人管。

镇里那所高中没有高考升学率这一说,所以上高中之后成州平就认命了。

在死水无波的生活中,成州平也有所期待。

当年送他回成家的那个警察每年过年都会来看他,给他带一些书、一些衣服、球鞋。

成州平高二那年冬天,他没来。起初成州平觉得,这很正常啊,哪有人会做好事做这么多年?再说,现在他都这么大了,那个警察没来很正常。

直到来年春天,那个警察的同事才带着一些书、衣服、一双球鞋来成家找他,一起带来的还有那个警察牺牲的消息。他被毒贩报复,活扒了皮,牺牲的时候,脸都认不出。

那个替他来送东西的同事问成州平:"你成绩怎样啊?他还挺惦记的。"

他的成绩当然一塌糊涂。

对成州平来说,这个噩耗是他人生真正的开端。

成州平知道自己想从这所乡镇高中考去警校很难,但如果他想要接受更好的教育，就需要钱。他没有钱。

他唯一的资本是头脑清楚。体能是警校的必考项目，这是众所周知的，所以他决定打工，并在选择工作的时候有策略性地选择了可以锻炼体能的工作。

他赚到了钱，高三先回乡镇的学校，在集中复习的阶段把高中的科目学习一遍，再参加当年的高考，先体验一下高考。人家高中学三年，他只好好上了高三一年课，根本没想着考上，成绩自然不行。但高考一结束，他就去县里的高中给自己报了复读班，用他自己赚的钱，没花别人一毛一分。

那年，他当然得偿所愿。他最担心政审，但因为当年成老爷子非要把他过继给别人，这反倒帮助他成功通过政审。

他离开了那个他不喜欢的环境，去了一座很漂亮的城市，那座城市有非常古老的梧桐树，他每次在梧桐树下晨跑都有新生之感。

他知道这一切来之不易，所以他很珍惜学校里的时光，在公安大学的时候，他每门课都要争第一，这导致教导员对他的评价两极分化严重。警察不是一份需要自己拿第一的工作，而是需要非常强的协作能力。

当时他们都以为成州平这么争强好胜是想要毕业以后去最好的单位。谁也没想到他报了缉毒大队。

"和他一届进来的都不喜欢他。但一年结束，也只有他留下来了。"老周感慨，"刘队说得对，这小子真的邪门得很，他有一股邪劲。"

小松想起第一次见成州平的时候，他在一群老警察里应对自如，毫无卑怯，那时的他自信、跋扈。可自丽江重逢以后，在他们寥寥无几的相遇中，他一次比一次冷漠，一次比一次麻木。她不善于记住人，却总能想到在Z162那趟列车上的那次见面他沧桑、疲惫的脸。

小松故意说："那他现在呢？我好久没见到他了，今天说起他，我还有点儿想见见现在的他。"

老周拿烟的手抖了一下，他笑得僵硬："那个，他现在被调到别的地方了，我和他也不经常见面。"

小松说："那你下次见到他替我跟他问候一声。"

老周说:"一定,一定!这次成老爷子的事,你帮了我们大忙,我肯定得跟他说的。"

"周叔,"小松真挚地看着老周,"我帮他爷爷挂号的事能不能不告诉他?"

小松知道成州平是自尊心很强的人。她回想起他们的相处,两个人总是在偷偷较劲。成州平不愿被她左右,所以每次她稍稍掌握了主动权,他就要立马进一步夺走她的主动权。他在试图掌控他们之间的关系,然后像个讨厌的猎人一样看她无措的样子。

她这次的帮忙,成州平会感激她吗?她能猜到,成州平要是知道了,只会怪她多管闲事,就算他心里感动,嘴上也不愿意承认。

老周皱眉:"为什么不能告诉他?"

小松说:"是这样的,我呢,帮他也是因为我爸的关系,他要是知道的话,肯定就会觉得亏欠了我爸,对我来说这只是件小事,但对他来说可能是很大的负担。"

老周说:"还是你心细啊。"

小松在心里偷偷笑话老周,果然是个"老直男",好骗。

成老爷子看病的时候,老周一直陪在左右。最后确认是左上肺腺癌,并且癌细胞已经在两肺之间发生了转移,没有手术的机会了。做完基因测序,最后决定采用靶向治疗,当李选跟成老爷子和成州平的姑姑介绍治疗方案的时候,那个女人明显面露难色。靶向治疗需要长期用药,医保无法报销全部费用,这个家庭至少还要出十万块钱。

治疗方案确定的第二天,小松去病房查房,看到成州平的姑姑和老周在争吵。

老周终于受够这个女人了,他抓了把头发,说:"人老了就不治病了?等你这个年纪的时候得个疑难杂症,你子女不给你治病,你自己是什么感受?"

这些事每天都在医院上演,小松已经见怪不怪了。中午她带老周去医院附近的面馆吃饭,等饭的时候,她问:"药物费用能解决吗?"

老周说:"这个你不要担心,成州平出钱。老人治病的钱肯定要出。"

小松想到成州平在昆明冷清的生活，万年不变的冲锋衣、运动裤，一无所有的房间。她也想帮帮他，可在这个时候她的能力是不允许的。

老周问："你们附近有 ATM 吗？成老爷子把银行卡给我了，我晚上去看看钱打过来没有，如果打过来了，明天早晨我就能去交费，先把第一个疗程的费用给交了。"

小松说："有，晚上下班我带您去吧。"

老周又感谢了小松一通。晚上的时候，她带老周去了医院附近的 ATM 那里。

老周进去查询卡里余额，小松站在树边等待。

没过多久，老周激动地出来了，他紧紧攥着手里那张卡："来了。"

小松看到那张卡的边角写着"泸水镇银行"。她说："周叔，这卡怎么不太常见，我能看一下吗？"

老周把那张银行卡递给她，她看了眼卡号。果然，之前她在云南实习，成州平给她让她归还那五千块钱的卡就是这张卡。她记得卡号，记得清清楚楚。

小松把卡还给老周："周叔，咱们回去吧，我也看看成爷爷。"

她在医院门口的超市买了一篮水果，带到病房。

成州平姑姑见到老周，第一句话是："钱打来了吗？"

老周对这个女人已经失去耐心，他说："打过来了，明早就能买上药。"

成州平姑姑狐疑地看着老周和小松："你们俩是不是和成州平串通好给我们设局，骗老人的医保？"

老周翻了下眼皮，把银行卡放在床头，说："你想多了。"

成州平姑姑说："那成州平他自己咋不来？我们家把他养大不容易，供他上大学了，他就不管我们了是不是？"

老周不想和她计较。

但这个时候，老周没想到，小松自己也没想到，她会站到那个女人面前，对女人说："成州平不是你想的那样。"她态度十分坚定，还有些凶悍。

成州平姑姑说："你是他什么人，替他说话？你知道他爸妈是干啥的吗？他爸妈是吸毒的！"

小松一直都很伶牙俐齿，但在这个几乎疯狂的女人面前，她只能气得牙齿打战。

这时，躺在病床上的老人突然讲话了，他一直讲话不多，除了"谢谢你们""麻烦你们"这种话，很少主动开口："成州平是不是和他爸一样了？要是的话，我就算病死，这钱也一分不会收。"

成州平姑姑一直不喜欢这个侄子，添油加醋地说："你说他还能干啥？这钱八成不干不净。"

"这病不治了。"老周突然说，"明天我就送你们回去，成州平是我同事，就算你们是他家人，我也不能看你们这么侮辱他。"老周拉着小松，"走，咱们走。"

小松整理了一下自己的心情。出于她的本心，她恨不得现在把这张卡扔了，把这个女人赶出医院。但她也是一个医学生，以后会成为一名医生，眼前的人不但是成州平的家人，更是病人和家属。

她抬起下巴，转向成州平的姑姑，说："病人靶向治疗的成功率有百分之七十以上，你知道有多少癌症病人为了百分之一的成功率四处求人吗？你们这么好的条件，为什么不治？"

"你这小姑娘，大人说话，你插什么嘴？"

成州平的姑姑还在骂，小松拉着老周离开病房。

第十六章

冬天

第二天,老周带着成州平姑姑去买了药。

成州平爷爷是小松近距离接触过的第一个癌症晚期病人,她每天只要有空就会和成州平的爷爷聊会儿天,然后晚上回宿舍,记录下他当天的状态。

成州平爷爷出院那天,她已经写满一个 B5 的笔记本。看病的流程、医学影像的照片、专家意见、病人每天的心态变化、和家属沟通的难点、治疗用药的价格、医保报销情况,事无巨细,她都记录了。

出院当天,她请了半天假,送老周他们去了机场。

下午她回到医院,同办公室的同学一脸同情:"李犹松,李大夫找你。"

他们科室就李选一个李大夫。小松现在进入了肿瘤科,终于明白为什么此人风评如此之差。这人真是个二百五,撑学生,撑主任,撑院长,撑病人,撑病人家属,小松来肿瘤科一个月,没听到过他跟人好好说话。

李选是他们学校肿瘤科的教授,大四这个阶段,每个教授都有人找,就李选没人找。

小松已经做好了心理准备,李选肯定是因为自己早晨请假的事要问候她全家了。

李选是单人办公室,小松进去之前,犹豫要不要给他带杯咖啡,但是又一想,他不但骂人,还喜欢动手,万一拿咖啡泼她呢?

反正她以后和这位大夫大概也不会有交集了,于是空手而去。她敲了敲门，里面传来一声"进来"。

李选又瘦又高，有一双鹰眼一样的眼睛。小松不敢直视他，低着头说："李老师，您找我？"

李选办公室乱七八糟的，他也没让她坐下。

小松站在他办公桌对面。

李选拿起办公桌上今早喝剩的豆浆，喝了口："你研究生报我这里吧。"

小松愣住，眼睛睁大，看着李选手里的豆浆。她僵硬地问："这么突然……我能问一下为什么吗？"

李选说："我姓李，你也姓李。"

小松："那李白还姓李呢。"

"你再顶嘴一句试试？"他不顾小松的反应，直接说，"你来我这儿的话，别想从我手上套博士名额，我手上的经费也不多，好项目轮不到咱们。我手底下带的学生不多，打杂的事都得你来，发论文也别想找我。"

他的话让小松甚至问不出"那我为什么找你当导师"。她GPA（平均成绩绩点）是年级前百分之十，英语也好，有很大的选择余地。

李选问："你清楚了吗？"

小松小心翼翼地开口："现在还不到保研的时候，要不然您再考察我一段时间？"

李选坐在椅子上抬头看她："这样的话，那你塞进来的那个病人，等他复诊的时候，你去找别的大夫吧，反正你有院长的关系。"

赤裸裸的威胁。

小松反驳："一码归一码，您不愿意给他看病，当初就不要收他啊。"

李选冷笑："你让院长来找我，我能不收？"

小松握紧拳头，哑口无言。

李选说："在你带病人插队的时候就应该知道规则是可以破坏的。对了，那病人是你什么人？"

小松一句话都说不出来。她只是做了自己认为应该做的事,却没想到把自己推到这样的境地。也许一开始她就该直接找王院长帮她安排好导师。她有那样的机会,却没有那么做。

小松对李选说:"我想读博士,想做重点项目。"

李选讽刺地说:"那你去找王院长啊,他肯定乐意亲自带你。"

小松试图让双方都冷静下来对话。她说:"我现在还没有轮转完,我也不知道自己以后要选哪个方向,能不能让我在各科轮转完之后再给您答复?"

李选说:"行啊,那我再等等。如果你不来,我就把你靠院长关系插队的事当案例讲给别的学生。到时候不管你选哪个导师,是不是凭自己本事被选的,都会被认为是靠关系。"

小松没有把自己和李选的对话告诉任何人。如果她告诉别人,这件事就会像滚雪球一样越滚越大。

她后半学期的实习,李选一直追着她跑。

蒋含光有一次来医院,碰到李选硬拉着她去吃饭,上前就把李选从她面前拉开:"李大夫,你一个老师,在医院这样拉扯一个学生像什么话?"

李选扶了下眼镜:"哟,李犹松,你不简单啊。"

小松更没的解释了。为了平息这一切,她只能答应和李选一起去吃饭——带蒋含光一起。

蒋含光家里就是靠研发抗癌药物起来的,李选和他倒是有许多共同话题。

蒋含光怕李选再来骚扰她,吃完饭亲自把她送回医院。没想到她在医院食堂吃晚饭的时候,李选又来了。

李选把餐盘端到小松他们这一桌,本来一桌人有说有笑的,李选一来,大家不约而同地住嘴。小松默默地低头扒饭。

同学相继离去,小松也端着餐盘混在里面,想偷偷离开。

"李犹松,你留一下。"李选说。

小松把餐盘放回桌上,坐下来。

"你马上要返校了,我最后再跟你说几句。"

小松看出来了,他是真的很想收自己。

"我一知道你认识蒋含光,就更想让你来我这儿了。但你这小姑娘也太倔了,我不能强迫你。我就问你一句,你以后想干临床吗?"

小松点了点头:"嗯。"

李选一拍手:"我就知道你想干这个。之前给你带来的那位老人治病的时候,我看到你写的笔记了。当时我就想,一定得收了这学生,这姑娘就是干临床的料,可能我之前方法用得不太对,让你一见着我就跑。"

小松猛地抬头:"那您为什么不一开始就这么说?!"

李选挠挠头:"我一大老爷们儿跟你说这些不是臊得慌嘛。"

小松:"……"

李选说:"虽然我不能跟你保证博士名额,不能保证科研项目,但在我手底下干活儿,有一点你尽管放心,我这里只论专业,不整人情世故那些虚头巴脑的东西。"

李选的这番话肯定了她,也说服了她。

大四下半学期,小松和李选双向选择,成功成为肿瘤科一名预备生。

保研后的那一学期非常轻松,她不是泡在图书馆看书,就是去实验室帮师兄师姐,提前熟悉研究生的课程。这一年因为专业,她认识了很多人。与此同时,随着毕业季的分流,也有一部分人离开。

世界依然人来人往。

本科毕业当天,李永青和白莉母女来参加她的毕业典礼,她在学校食堂请他们吃饭。

等菜的时候,小松收到宋泽的微信。她和宋泽、王加一直保持着不深不浅的联系,但所有的关系都是点到为止。

宋泽说庆祝她毕业,晚上请她吃饭。她想了想,就约了学校附近的大排档。

夏天的大排档路边堆积着满满的小龙虾壳,下水道里都是小龙虾的味道。但这些并不影响这里青春的氛围,茂密的树叶在晚风的吹拂下晃啊晃。

宋泽喝了两瓶啤酒后才吐露真言。王加本科毕业后申请到了英国的研究生，现在正在申请研究所的博士，简单来说，就是她把宋泽给甩了。

宋泽觉得小松是个能倾诉的人，他骂了一句王加，抬头看到小松正在低头看手机："你不安慰我一下吗？"

小松喝了口啤酒，说："啊，你不是活该吗？"

"你……哎！"

这个男生的心里正在想，如果自己当初坚定一点儿选择小松就好了。可王加多有个性，多漂亮，多主动。小松没有出挑的个性，人也不主动。

宋泽问："你是不是真跟那个大款好上了？"

小松皱眉："哪个大款？"

"就是那个假洋鬼子，开奔驰送你的那个。"

小松意识到他说的是蒋含光。她一直尽量保持着和蒋含光的距离，但有几次蒋含光和白莉一起来学校送她，正好被宋泽看见。她不想为这些无聊的事解释太多，只是说："奔驰是我表姐的。"

"你大学就一个都没谈？"

"没谈。"

正说着，开奔驰的"假洋鬼子"把车往路边一停，穿着一件熨帖的白衬衫走过来。

宋泽瞪眼："你叫他来的？"

小松说："我怕你喝多了给我惹麻烦，找来一个帮手。"

蒋含光伸手招呼服务员："我要一瓶橙汁。"

小松提醒他："你自己从冰柜拿就行。"

宋泽这晚本来想借机对小松表白，但蒋含光出现的瞬间，他已经输得彻彻底底了。成熟男人对宝贝大男孩的碾压在这一刻展现得淋漓尽致。

蒋含光给他们结了账，先把宋泽送回学校，然后送小松回李永青那里。

小松坐在副驾驶座上，一直盯着手机。

蒋含光好奇地说："你坐车看手机不晕车吗？"

小松说："不晕车啊，怎么这么问？"

289

"你从上车起就一直在看手机——不，准确地说，刚才吃饭的时候就在看手机了。"

今天是她毕业的日子。成州平没有打来电话。

蒋含光问："毕业旅行打算去哪里？"

小松说："我想去云南。"

"你不是去过好多次了吗？"

"就只有两次。"

"西双版纳？香格里拉？丽江还是大理？"

小松说："还没定呢。"

夜里十二点那刻，依然无人打来电话。按照他们的约定，成州平没有在她毕业前找她，她就自己去日照金山还愿，但她给自己找了很多借口，最终，她没有去。

研究生的她成为一名正式的肿瘤科学生，开始了自己的专业之路。

附院科研楼的三楼是肿瘤科研究室，她在这个地方度过了研一、研二。一转眼，她已经二十五岁。

研三第一学期期末的时候，她的第二篇一作论文得到了反馈意见，只有个别地方需要修改，不需要再次进行实验。她跟李选商量过，确定一月中旬可以完成修改。

她也打算这个寒假给自己放个假，回家好好休息一个月。

今年平安夜这天，她在实验室里改论文一直改到下午六点，这时其他人已经早早离开实验室去过平安夜了。

她刚一出门，风雪便迎面而来，小松裹紧围巾，手缩在袖子里，一路小跑到公交站。因为下雪，今天的圣诞氛围更加浓厚，路边的商店都贴上了圣诞老人的海报，挂上具有圣诞气息的铃铛。

小松觉得街景很漂亮，拿出手机，打算拍一张。这时她发现有一通老周的未接来电。

小松逢年过节都会和老周联系，当然，她不会以为老周给她打电话是因为平安夜。她猜想是成州平爷爷的事，回拨了电话，没多久，电话接通。

"喂，小松啊。"老周说。

小松说："周叔，我刚才在等公交车，没有听到手机响。"

老周说："没什么事，就是过节问候你一下。"

小松笑了："您也过平安夜吗？"

老周的话卡在嗓子里。

小松说："您有什么事就直说吧。"

老周说："这真是个不情之请，小松啊，是这样，我们有个同事出了点儿事，明天要在你们医院做个眼科手术。他情况有些特殊，受过重伤，但我们最近工作出了点儿问题，别的同事没法去照顾，他家里也没人能照顾他，明天手术后，你能不能帮忙去看一下？"老周越说越为难，"其实就是看他手术顺不顺利，他还有别的伤，现在生活不能够自理，一个人在医院，我们都不放心。"

小松看着刚刚被自己擦干净的车窗逐渐起雾，她的心也蒙上了一层雾，看不清始终，灰蒙蒙，冷冰冰："周叔，你说的这个同事我认识吗？"

"成州平，不知道你还记得他吗？"

两个月前，成州平拿到了闫立军贩毒的直接证据，交易当天，缉毒警察收缴了一百公斤毒品。

闫立军当晚就逃回老家，他老家在云南深山里，没有通向外界的交通，想进入那个山村只能徒步。成州平一直跟着他。最开始闫立军怀疑过成州平，但这场交易成州平全程都没有参与。他把目光锁定在武红身上。

在老家躲避的时候，闫立军还不死心，想着出去后东山再起。这一年，他已经快七十岁了。

成州平也佩服闫立军这人，他是真能折腾。刚从牢里出来的时候，闫立军身边就他一个人，到现在，逃命都有一帮人跟着。

一行人在山里一躲就是半个月。这座大山和外界完全隔绝，成州平没法送出信号，他一直在等机会，终于等到他们的日用品消耗尽了，必须去县里采购。

成州平让别人下车去采买，他在车上迅速把位置发给老周。但他怎么也没想到，回来的时候在阁楼看到了武红。

成州平装作意外的样子："小五姐，你是怎么过来的？"

小五看了眼闫立军："闫哥，我十六岁的时候就跟你了，我和他，你说谁更有可能出卖你？"

成州平扬起下巴，愤愤不平地说："小五姐，你这话是什么意思？我跟闫哥这些年，哪一回闫哥出事不是我在前面挡着？"

"刘锋，这是你的车吧。"小五从桌子上拿起手机，点开相册里的一张照片，"之前杨源进交易被抓，你说你在山里躲了一个月，为什么你的车会出现在贵阳火车站？"

四年前的事，成州平以为不会有人翻出来。但这照片是四年前的，武红现在才拿出来给闫立军看，说明她和闫立军之间也有隔阂。

成州平说："当时我在别人家借宿，车借给人家了。小五姐，这都是四年前的事了，你怎么现在才提起？"

闫立军瞥了武红一眼，又看向成州平："刘锋啊，闫哥不是不信你，但这次货丢了，咱们还没来得及找出问题在哪里。"闫立军回忆了一番"刘锋"这个人的背景。但他其实也找不出什么蛛丝马迹来，警方做的背景，能让他查出来就怪了。

成州平说："咱们平时做事不留叛徒，你要是不信我，就一枪了结了我，也别让我受这侮辱了。"他知道闫立军只有一把92式手枪，里面根本没有子弹。

闫立军思索了半天，跟武红说："小五，刘锋是我的救命恩人，他要真的是警察，我也认了。"

他嘴上这么说，当天晚上，就让那几个混混儿拿刀来捅成州平的被窝。

成州平打倒了几个混混儿，对方有凶器，他被从肋下捅了三刀，绑起来。

那些人开始折磨他,他们拿棍子敲他,拿污水灌他的耳、鼻,用刀戳破他的眼睛。

成州平发现他们留了后手。他们的目的只是逼供,而不是要杀了他。这就说明闫立军也没法肯定他是不是警察,只是通过这种手段逼供。

成州平赌闫立军不会杀他,七年时间,闫立军在他身上也下了成本,那么刚愎自用的人不会接受自己最后相信的人是个警察。

卧底侦查有个不成文的规定,要是被抓住了,死也不能认。云南当地警方找来的时候,他被倒吊在房梁上,那群混混儿拿污水一遍一遍地泼他。闫立军老家的地库埋了几十把土枪,他用武装反击,被警方当场击毙。武红自首。

成州平先被送去县医院进行抢救,又转到省医院,先后做了眼球抢救手术、开胸手术、植皮手术,输了一个月营养液,老周跟着在各个医院跑了一个月。他的眼球保住了,但还要进行外伤性白内障摘除和人工晶体植入的二期手术。在这个过程中,他眼部情况出现恶化,省医院专家建议转院去首都做手术。

小松接到老周的电话,得知成州平还没开始做手术。

本来老周是打算一直跟着的,但现在是年底,过两天元旦假期,正是队里急需用人的时候,一边是工作,一边是同事。他找小松帮忙也是万不得已。

小松回到宿舍是晚上七点,室友都去聚餐了。她桌子上还放着一个快过期的面包,她撕开包装,一下一下麻木地咬着。

手机嗡嗡一响,她以为是老周,看都没看就按了接听键。

听筒里传来蒋含光一贯吊儿郎当的声音:"下班了吗?"

"嗯,刚回宿舍。"

"平安夜没约会吗?"

"没有。"

"你吃什么了?"

"面包。"

"你太惨了吧。这样,晚上我叫个厨子到家里来,给你补补营养。"

小松说:"谢谢。"

"你打车过来,还是我去接你?算了,我就多劳动一点儿,过去接你吧,今天晚上肯定不好打车。"

小松根本没听进去蒋含光的话。她把面包包装袋一揉,丢进垃圾桶里:"谢谢,但是不用了,我今晚有别的事。"

蒋含光因为工作,隔三岔五就得去附院科研楼,他和小松的生活几乎融合在了一起,对小松的生活、社交了如指掌。小松成为研究生第一天就决定要读博士,所以研究生时期她拒绝了很多无聊的社交。平安夜,她不可能有任何约会。

蒋含光问:"是不是你妈那里出什么事了?"

小松摇头:"不是,下次有机会再跟你说,今天晚上谢谢你的邀请。"

她挂断电话,套上羽绒服,跑出宿舍楼,大雪纷飞,她差点儿摔一跤。跑到西门,她拦了十分钟还没拦到车。她向路口方向看去,车灯像一双双信誓旦旦的眼睛,紧密地盯着她。

现在打车过去肯定堵车,而步行去医院也就二十来分钟的时间。在这二十分钟的时间,小松想,幸好她等了。这四年里,只要她有半分动摇,今天就无法毫无阻拦地去见他。

她跑到医院住院部十楼,头发都散开了,她的头发、眉毛、眼睫毛全是湿漉漉的。

护士台的护士看到她,惊讶地说:"你怎么成这样了?"

小松灌了满嗓子风,上气不接下气,说不出话。

护士给她端了杯热水:"你慢慢喝。"

小松摆了摆手,声音嘶哑地问:"1020房的病人醒着吗?"

"哦,刚刚给他换导尿管的时候还醒着,他是刚转进来的,明天要做眼部手术,是你认识的人啊?"

小松点头:"嗯,我认识他。"

护士突然小声问:"你怎么认识这种人?他身上有好几处骨折,眼球听说是被人捅了,像是打架斗殴的伤,看上去不像好人。"

不像好人。他领导这么说,他家人这么说,陌生人这么说,他自己都这么说。

小松感受到护士站的一道道好奇的目光,那些目光带着不同寻常的意味紧紧贴在她身上。出于一些客观因素,她不能说出成州平的工作。如果还有什么证据能够说服别人他是个好人的话——

小松拿起护士站工作台上放着的那杯水,缓缓地喝了一口,把纸杯捏在手上。她对面前的护士说:"谢谢你的水,也谢谢你照顾他,1020 房的病人是我的未婚夫。"

护士台传来尴尬的笑声,一个护士说:"小松,你都订婚啦?"

小松点了点头:"我不打扰你们俩了,我先去看看他。"

护士立马说:"去吧去吧,有事喊我。"

1020 房是普通单间,病房很小,有个简陋的床头柜,柜上放着个不锈钢烧水壶,墙角有把椅子,是探病的人唯一可以落脚的地方。小松进来的时候,成州平正在睡觉。

房间里没有挂衣服的地方,她把自己被雪淋湿的羽绒服脱下,卷起来放在那把椅子上。她没有可以坐的地方,就站在窗前,看着住院楼底下的场景。今天是暴雪,她离开医院的时候刚开始下,现在已经满地白。路灯上积压了厚厚一层雪,昏黄的灯光下,雪花粒粒清晰。

成州平身上有多处伤,光是露在外面的皮肤上就有好几处瘀青。在云南住院的那一个月,他不能进食,只能靠输营养液。他瘦得只剩一把被残破的皮肤包裹的骨头。

研究生期间,她见过了大量的癌症案例,她把人可以遭受的病痛分为两类,一种是会死的,另一种是不会死的。

成州平是第二种,所以,她不应该难过。她只是不知道自己应该以什么样的心情面对这一切,当她义无反顾地向他奔来,万一,他忘了自己呢?万一,他推开自己呢?

他还会记得她吗?如果他还记得她,那他还会像过去那样为了她追赶火车吗?就像这场暴雪,来时轰轰烈烈,一旦日出,所有的痕迹都会消失。

小松看着楼下空旷的街道,她想,不会的。就算明天日出以后,今夜大雪的痕迹消失，她的勇敢也是不可撤回的。她的心坚定无比。

因为雪地反光，夜晚会比平时更明亮。小松怕这点儿光会影响成州平休息，她拉上窗帘，只留了一道狭小的缝隙。

她抱起自己的羽绒服，端正地坐在椅子上。她也疲惫，这种疲惫和身体上的劳累不同，她不想说话，不想笑，不想抬头。

她低垂着头，一动不动地盯着被打湿的脚尖。成州平睁开眼睛的时候，她没有发现。

外面的光从窗帘那一道狭小的缝隙中透过来，正好落在小松身上。

昏暗、光、李犹松，成州平眼里是这样一幅色彩单调的画面。这段时间的记忆并不美好，所以他以为这一切都是幻觉，是假的。直到他看了很久，脑子渐渐清楚了，才意识到它是真实发生的。真是……总是这么邪门。

成州平在闫立军身边卧底七年，第一年快要结束的时候，他遇到了李犹松，和她一起去看了日照金山。后来的六年里，他都在感谢那场日照金山。

次次逢凶化吉、死里逃生，如果没有那场日照金山，他熬不下去。可是没有固执的李犹松，就不会有那场日照金山了。

成州平盯了她很久，才发现她没有睡着，只是在发呆。她看起来一点儿变化都没有，又像变成了一个截然不同的人。

她身上那股鲜活的朝气被拦在了这个幽闭的病房外面。成州平知道，是自己剥夺了她的生命力。他喉头哽咽，哑声说道："老子只是瞎了只眼，又没死，你别丧着脸。"

03

小松以为，好歹四年不见了，开场白至少会是"好久不见"或者"你还好吗"。她错愕地从椅子上站起来，像个游魂一样，不知道去哪儿。她转头往门外走，打算叫护士，手刚握上门把手便想起来，他只是醒了。

房间里很黑，她想开灯，但不知道成州平能不能接受灯光。她问："要开灯吗？"

"不了,把窗帘拉开吧。"成州平说。

她说:"我刚拉上的。"

"那就不拉开了。"

小松觉得这对话简直毫无意义。她走到窗边,果断地拉开窗帘,然后走到床边给他倒了杯水。

成州平胳膊上的石膏还没拆,动不了。小松把病床摇起来,把一次性纸杯送到他唇边。

成州平从小就独立,生病都是自己扛,没人照顾过他,他也不习惯别人这样照顾自己,便说:"我自己来。"

小松见多了这种自尊心强的病人,她瞥了眼成州平被子下延伸出来的导尿管,把水放在一边:"那不喝了吧。"

她把水放回去,镇定自若地坐在椅子上,看着成州平用胳膊卷起杯子,自行喝水。是她小看了这个男人。

他喝完,得意地把杯子放回去:"怎么,服气吗?"

小松见他还能气人,心里好受多了。她往后靠了下,开始和他算账:"明天给你做手术的文老师是国内的专家,他不可能让你瞎的。还有,刚才你是不是说我丧着脸?"

成州平觉得她应该先跟自己解释一下为什么她会在这里。

两个倔强的人凑一块儿,凑不出一句完整的好话。

成州平说:"是我说的。"

小松说:"是周叔让我帮忙照顾你的,你不应该表达一下感谢吗?"

成州平说:"我也没大毛病,医院有护士,不用你看着。"

小松很清楚,成州平这样说只是为了让她不要担心,回去休息。只是他就不能说一句关心自己的话吗?她突然站起来,越来越近的身影挡住了成州平视野里的光。

"你干什么?"

小松走到床边,掀开他的被子,露出他插着导尿管的下身。他的两条腿上都打了石膏,剥皮断骨。

小松抬起下巴:"你不是没大毛病吗,插什么导尿管?"

排泄不能自理是每个病人都不愿意面对的。成州平没想到她会这么做,他脾气上来,骂道:"你又犯什么病?"

小松微微一笑:"你要是好好跟我说话,我就给你把被子盖回去;你不肯跟我好好说话,就让护士来帮你盖。"

成州平因为激动身体抖了一下。现在的他看起来格外阴鸷,他阴狠地看着小松:"老子又不是好不了了,你等着。"

小松拎起羽绒服,转身离开。

成州平的腿使了半天劲,也没能自己盖上被子。门上传来把手转动的声音,他以为是护士,深吸了口气。

小松推门进来,关上门,她的手里提了一个白色塑料袋:"我下去买了点儿柚子,补充一下维生素。"

"你先给我把被子盖上。"

"好。"小松先从口袋摸出手机,然后把塑料袋放在窗台上,脱了羽绒服,挂在椅背上。她握着手机走到成州平病床前,打开手机照相机,打开闪光灯——对着导尿管与他身体连接的地方,咔嚓——拍好了。

成州平因为愤怒腿向前一蹬,蹬在床尾的板子上,低吼道:"你给老子删了。"

小松不但没删,还把拍到的画面放在成州平眼前晃了晃:"只要你能保证,在我照顾你的时候好好跟我说话,等你出院我就删掉。"

成州平咬牙道:"你先给我把被子盖上。"

小松给他盖好被子,把椅子搬到床边,抱来柚子,开始剥皮。病房里很快就有一股柚子的香味。这是难得清静的时光。

成州平静静地看着她剥柚子,淡淡地问:"你在医院上班吗?"

小松摇了摇头:"我读研究生,今年是第三年,我们的实验楼在医院里。你呢?工作结束了吗?"

成州平说:"结束了。"

闫立军被击毙,武红认罪,被判无期徒刑。他这七年摧毁了不下十条贩毒渠道,除掉了韩金尧、闫立军这两大毒枭,一切都很顺利,只是没能赶上她毕业。

298

成州平问不出口后来她有没有自己去德钦，有没有忘了他，有没有别人。

"张嘴。"小松掰下一小块柚子，放到成州平嘴边。

"你放那儿，我自己能吃。"他用下巴指着床头柜的位置。

小松挑眉："你能自己喝水，还能自己吃柚子啊？"

成州平说："我不饿。"

这男人没有一句话是能信的。小松见他不吃，于是把柚子放进自己嘴里。她买柚子的时候都没有选，直接让老板给她最贵的柚子，果然，多汁多水，酸甜适宜。

她吃完柚子，俯身在成州平唇上吻了一下："甜不甜？想吃的话，我喂给你吃。"

"我吃一块就行。"

她掰下来一大块，喂给成州平。

成州平吃了点儿东西，人也有力气了。他问："你读什么专业？"

小松说："肿瘤科，就是研究癌症的。"

"哦——"成州平对医院不太了解，他看了会儿窗户外面的雪，忽然说，"要是我瞎了呢？"

小松开玩笑说："那就把另一只眼睛也戳瞎呀，好事成双。"

"你就这样安慰病人啊。"成州平的尾音拉得很长，因为虚弱，他的语气听起来像在撒娇。

小松突然握住他的手，目光坚定："你不要怕，我会一直陪着你。"

成州平想，她指的应该只是明天的手术。

病房里没有过夜的地方，小松吃完柚子就离开了。

明天的手术是上午十点，小松打车回了宿舍，收拾了一下日用品，又打车去了医院。

实验楼里有个休息室，他们赶论文，就会住在实验室里。不过今天是平安夜，大家都出去玩了，没人会待在这里。实验室里的床很简陋，床板很硬，睡起来并不舒服，可小松今晚睡得很好。

第二天，她六点半就起来了，这会儿天还没亮，她洗漱完，又化了个

299

淡妆,下楼去买早餐。医院食堂刚开锅,她喝了一碗热气腾腾的粥,然后上住院部去找成州平。

成州平也醒来了。他看着小松把粥放在床头,然后从双肩包里拿出漱口水、牙刷、湿纸巾、梳子……当她拿出梳子的时候自顾自笑了笑:"我给你拿梳子干什么?"

昨天晚上,她的一些行为彻底击碎了成州平的自尊心,今天他就任她摆弄了。

小松给他清洁完,感慨道:"我应该去当专业护工。"

成州平说:"你最好盼望我永远瘫痪。"

"你再说这种话试试!"虽然只是一句玩笑话,但小松被他激怒了,她两眼直直地盯着他,冷言冷语地教训他,"你知道多少人想好却好不了吗?成州平,你这次出院了,别再作弄自己身体了,不要等你永远失去健康了再去追悔。"

他们都发现了,她无意中光明正大地叫了他的名字。

成州平微微扬起下巴:"你刚刚叫我什么?多叫几声。"

"我给你录音,你放在床头重复播放吧。"

"你不觉得我的名字很好听吗?"

曾经小松以为在丽江机场相遇自己喊出他的名字是犯了很严重的错误,可成州平将错就错,毫无悔改。她看着男人有些傲气又有些张狂的脸,本想再骂他两句,可一想到他是个病人,便不自觉柔声起来:"手术前要空腹,你忍一忍。"

她完美地控制住了自己的情绪,成州平想,她是真的长大了。

小松陪他坐了会儿,等到九点,护士进来推他去手术室。

手术时间不长,成州平做手术的时候,小松就在病房外面等。以前她都只是看着患者家属坐在这个位置,以医护的身份坐在这里和以家属的身份坐在这里的感受真的完全不同。

人工晶体移植手术花费的时间是三十分钟,这三十分钟好像是她人生中最漫长的三十分钟。作为医护,她知道医生的专业程度可以拯救大部分病人,但是作为家属,尽管她对这场手术有充足的专业认知,脑子里依然会有这样的念头：手术失败了会怎么样？

她不断想着各种最糟糕的可能。这时候她手机响了，李选不断发微信轰炸她。

"人呢？"

"去哪儿了？"

"回话。"

"我把实验室的钥匙落在家里了，我老婆不给我送，你能帮我开一下实验室的门吗？"

小松害怕错过手术结束成州平出来的时间，一路狂奔回实验楼，把钥匙交给李选。

李选说："你怎么这么快？"他以为小松是从学校过来的。

小松说："我朋友今天做手术，我在陪他。不说了，我去看他了。"说完，她撒腿就跑。

李选挠挠头，心想这李犹松平时稳得很，今天怎么慌慌张张的。

小松赶上了手术结束。

文大夫从手术室出来，找了一圈家属，小松立马站起来："是我。"

文大夫在去年的一个内部交流会上见过小松，知道她是本院第一刺儿头李选的爱徒，纳闷道："你跟患者是什么关系？"

小松昨天对护士夸下海口，说自己是成州平的未婚妻，后来想想，这样做确实会引来不少麻烦。不说别人怎么看她，他们又会怎么看成州平呢？他们会把对他人隐私贪婪的目光转向成州平。

小松说："他是我爸爸的同事，我帮忙照顾他，有什么事情您告诉我就好。"

文大夫说："啊，没事，手术已经成功了，见光是个过程，要慢慢恢复，摘了眼罩后，一周内不要让他注视强光。"

没多久，成州平被推回病房。

他的麻药还没退，一直在睡。小松偷偷亲了一下他的脸。

成州平最近都没刮胡子，小松亲上去的时候嘴唇被刺疼了，但她很喜欢这种刺痛感，仿佛在提醒她自我与他人的存在。

301

她离开医院去超市买了一个电动剃胡刀，又买了一袋面包，今天是圣诞节，超市出口有一个大大的筐，里面装着各种促销的圣诞产品，有圣诞老人的玩偶、帽子、铃铛……她挑了挑，觉得都不太好看，最后只买了一个圣诞老人的帽子。

小松回到病房，成州平也醒了。他不能见光，不能看手机，不能看电视，只能看着天花板发呆。

她从包里拿出圣诞帽，往他头上一戴，拿出手机拍了一张照片。

这个圣诞帽是儿童尺寸，她戴上也许刚刚好，但戴在成州平头上就显得有些局促和滑稽。成州平刚想发作："你给老子——"想起她手机里还有自己的私密照，他忍了。

"成州平，你真的挺上相的。"小松看着照片感慨。成州平一瘦就更加棱角分明、硬朗，平时看可能有点儿可怕，但拍照的时候就优点尽显。

她从成州平头顶摘下圣诞帽，挂在床头："本来我觉得圣诞节是西方节日，中国人不该过，但今年还挺有圣诞氛围的，成州平，圣诞快乐。"

成州平每次见到她都会产生无数次把她扔进快递箱里寄走的冲动。但每一次，她都能用一句话软化他的内心。他看着窗前的小松，她背后是一片白茫茫的雾。风雪不停，只有这间小小的病房偷得安宁。

"李犹松，"成州平说，"你也是。"

第十七章

合影

01

小松为了方便照顾成州平，直接把电脑带来了病房。她一个早晨都在低头改论文，成州平一直没说话，病房里只听得到清脆的打字声。

直到修改完这遍，发送到李选的邮箱以后，小松才抬起头。她转了转脖子，突然看到成州平在看自己。她问："我是不是吵到你了？"

成州平说："没有。"

小松不明所以，她合上电脑，放在椅子上，走到成州平床边，摇起床，给他倒了杯水。

成州平说："要不然你给我买个户外水袋，我直接吸就行。"

"有病吗你？"小松轻斥道。她是个从不恶语对人的人，可和成州平在一起待久了，她发现自己不自觉就想骂他两句。

成州平抬起自己被石膏捆绑严实的胳膊："我这还不算有病？"

她把水递到成州平唇边："你慢点儿喝。"

成州平单只眼睛看到她近在咫尺的脸，长长的睫毛轻轻扇动，她今天没有化妆，可是皮肤依然细腻，脸上的绒毛看起来晶莹、柔软。病房里暖气很足，所以她只穿了一件白色衬衣，衬衣领口处有两根细细的带子，打成一个蝴蝶结，衬托得她脖颈修长、优雅。

成州平喝了口水，说："我枕头底下好像有个东西，你帮我看一下。"

小松忙把纸杯放在床头，俯身去查看他枕头底下。

这时，成州平突然用牙齿咬住她领口的带子，轻轻往下一扯，她的领口就全然摊开，春光乍泄。

成州平也没想到她里面就只穿了文胸,他瞥了眼:"你穿成这样不冷吗?"

小松没想到他手脚都残了还能使坏,她斥道:"你浑蛋。"

成州平死死咬着她领口的带子,小松想到了一个不太好,但非常形象的比喻——他在咬牵狗绳。他没事的那只眼睛向上挑着看她,眼神带着淡淡的挑衅意味。

小松威胁说:"你这样,我以后就不来了。"

成州平忽然将手臂上的石膏压在她腰上,小松没防住,被他压在了怀里。他深深看了她一眼,却什么都没说,而是把头埋在她锁骨下方吻了起来。

小松害怕自己一挣扎伤到他的手,不敢用劲,只能小范围地轻轻挣脱。

他咬住她肩头的衣料,往下一扯,小松整个肩部都露在外面,成州平的舌头钩起她的内衣肩带。

在这种场合,小松产生了一种隐秘的快感。她知道不能再这么放任他,自己真的会受不了,她肩膀扭动挣扎:"你放开我。"

伴着她话音落下的是一声开门声。紧接着,一个高大的男人冲进来,把小松拉开,指向成州平:"你干什么?"

这个男人穿着一件价值不菲的黑色风衣,修长、熨帖。

小松立马拉上自己肩头的衣服:"蒋含光,不是你想的那么回事。"

成州平看着蒋含光护住小松的样子,他为数不多的表情也消失了,变成麻木。

小松问蒋含光:"你怎么来了?"

蒋含光说:"还不是因为找不到你?你已经消失一个周末了。"

整个周末,她都在这个简陋、昏暗的病房里陪着成州平,断绝了和外界的一切联系。

蒋含光看向病床上那个男人,他的情况看起来并不好,脸色阴鸷,浑身都是伤,不像车祸那种大型事故,而像打架斗殴。一个正常人怎么会把自己弄成这样?

他问小松:"这是你什么人?"

小松仰头看着他:"他是我朋友。"

"咱们认识这么多年,我怎么不知道你有这么个朋友?"

她定定地看着蒋含光,目光中是蒋含光从没有见过的漠然。她像一个被诱拐的孩子,失去了所有的开朗和温柔,蒋含光无法不把这一切和病床上的男人联系起来。

他深吸了口气,说:"刚才我去科研楼,碰到了李医生,他让我找你中午一起吃饭。"

李选不善交际,但又经常想找蒋含光讨教,就会拉着她一起去。

小松走到病床前,问:"你中午想吃什么?我带给你。"

成州平侧过头:"不用麻烦了。"

小松发现了,他在躲避她。

病房里有两个男人,一个像看陌生人一样看着她,另一个对她视而不见。她似乎成了一个异类。可从来如此,只有伪装得和他人一样,只有她不是她的时候才会被接纳,才有资格被理解。

小松把电脑放回电脑包里,穿上羽绒服,对成州平说:"我晚点儿过来。你有需要带的东西,可以让护士帮忙打电话告诉我,我的手机号没有变。"

回应她的是熟悉的沉默。

从住院部到食堂有十分钟路程,坐电梯的时候,电梯里人满为患,蒋含光没找到开口的机会。直到出了住院部大楼,雪地上的日光刺得人睁不开眼,小松用手遮挡了一下。

蒋含光自觉地走在她前面,给她把阳光遮住。他说:"咱们能谈几句吗?"

小松说:"你想知道什么,问吧。"

"刚才那个人和你到底是什么关系?"

小松用脚尖轻轻踢了踢地上的积雪:"就是你看到的那样。"

"哇。"蒋含光夸张地说,"没想到你还有这样一面。"

小松淡淡一笑:"惊喜吧。"

305

蒋含光说:"惊吓还差不多。"

他顿了顿,看着已经走在他前面的女孩,在雪地里,她的背影显得很孤单,又带着傲气。她总是尽力地将自己伪装成芸芸众生的其中一个,但随着年纪增长,一些独属于她的更为独特、尖锐的特质突显出来,成为她的锋芒,刺伤他人的同时又让人忍不住去探究。

中午这顿饭,小松心不在焉。

李选说她:"你瘦成这样还学人家减肥。"

在专业上,小松绝对尊敬李选,但这人说话真的丝毫不过脑。

蒋含光笑了笑:"没准不是减肥,而是心有所思。"

吃完这顿饭,小松也没有收到成州平的消息。她买了一碗皮蛋瘦肉粥带回病房,护士给他拆完眼罩,换完上肢绷带,看到她来了,跟她说:"病人下午要去拍 X 光片,看看骨头愈合情况,约的是三点,抓紧时间让病人吃点儿东西。"

小松说:"嗯,好。"

护士关门走了,小松打开饭盒,用勺子搅了几下,舀起一勺粥:"成州平,张嘴。"

成州平说:"你怎么跟哄孩子一样?"

小松说:"我在儿科实习的时候可受欢迎了。"

成州平咬上勺子。

他没有问小松今天闯进病房将她拉开的男人是谁。他是谁和自己没什么关系。像看到了日照金山,他们就该各走各的路,像她实习结束,他们就该各走各的路。这次他拆了石膏,他们依然要各走各的路。

他今天已经拆了眼罩,视力在慢慢恢复。小松的头发柔顺地垂在脸边,看上去幽静而温柔。他吃了两口,就说:"行了,吃不下了。"

小松咕哝:"你都瘦成这样了,怎么还吃这么少?"

成州平说:"过两天就恢复了。"

小松说:"哪有那么快……你以为是发烧感冒?"对普通人来说,伤成这样至少要半年的恢复时间,但他们警察不一样,天生骨头就比别人的硬。

成州平说:"以前也受过伤,没比这轻多少,我躺一个月就好了。"

小松抽出纸巾,在他嘴唇上擦了擦:"你忘了我是学什么的了?居然在我面前吹牛。"

成州平朝她不置可否地挑眉:"信不信由你。"

在他的心里,也渴望自己可以病久一些,让时间在这个小小的病房里静止。只是他还有更重要的事情要去做,而不是拉着她在这个狭小的空间,要她和自己一起堕落。

"你不上课吗?"成州平问她。

小松说:"我们没有课了,最近在改论文,没有地点限制。"

成州平说:"压力大吗?"

小松说:"上学期我申请上了博士,相对而言,压力已经小了很多。"

成州平的手指缓缓叩着床单,他突然说:"我可以抽烟吗?"

"你想得美。"小松瞪了他一眼,把他不吃的皮蛋瘦肉粥用塑料袋装好。

"李犹松……"成州平叫她。他不会像别人一样叫她小松,每次都是叫她全名。

小松很喜欢自己的名字。树犹如此。世上人来人往,唯树犹如此。她一直都在原地。

"嗯?"她轻轻挑眉,狡黠地看着成州平。

"明天你别来了,今天下午如果能拆石膏,我就不用人照顾了。"

小松的笑容凝固在脸上。她不笑的时候,眼睛里总有些不同于别人的深沉。

成州平第一次见她,就觉得非常奇怪,为什么一个女孩子会有这样深沉、冰凉的眼神。她也许比别的女孩子坚强、勇敢,可是,不代表她不需要别人的照顾与保护。这是他无法做到的。

小松这才明白,他刚才问那些有的没的只是旁敲侧击地询问她,翻译过来就是——你这么闲吗?

小松发过誓,绝不再说伤害别人的话。她用成熟的口吻对成州平说:"周叔让我帮忙照顾你,我都答应他了,总得尽力一点儿,再说,你是我

307

爸同事，我照顾一下你也是看他的面子，就像在云南你也很照顾我那样。"

成州平说："我能走动了，就要回警队了，在这里待不长久，你要是读博士的话，还是会待在这里吧。"

这是一个很现实的问题。可小松不想承认，这是个难题。他明明可以为自己追赶上火车，为什么在这个时候要退缩呢？

"成州平，"小松坐下来，说，"是我只顾自己，没有顾及你的想法。这样，这几天我先不来了，在没有我影响的情况下，你好好考虑对我的感觉，如果你对我和我对你是一样的，就给我打电话。"

成州平想，她真的是个很强大、成熟的人，在这样的情况下，她依然能够保持如此稳定的情绪。她的每一个字都很明了，可他的答案也很明了："我不用考虑了，我现在就可以给你答复。"

小松看着他冷漠的眼睛，说："你说吧。"

成州平语气平静："我在执行任务的过程中沾了毒品。"

"什么时候的事？"

"你在云南实习的那个假期。"

可那个假期，她一无所知，对她而言，那个暑假，她和成州平意外重逢，迅速在一起，又迅速争吵、分开，如此而已。她问："为什么你当时不告诉我？"

"我们有规定，执行任务的时候只能跟上级进行沟通，就算是家人也不能说。"

小松露出一丝苍白的笑："对不起，是我太自以为是了。"不是因为他不告诉她，只是因为她什么都不是。

"我要说的是，我真的很感谢你，小松，要不是你，这些年我可能熬不下去，但我对你也仅仅是感谢，当时没有推开你，是因为我是个浑蛋，我想拉个人陪我而已。"

在成州平说这段话的时候，小松就一直看着他。她这四年的期待被他一句"感谢你"全盘否定。

小松不知道怎么去挽留一个人，她抿了抿唇，用开玩笑的语气说："那看来，我也算做了一件好事。不过，感情也是可以培养的，成州平……你真的不喜欢我吗?"

成州平说:"我现在只想赶快回到警队,恢复正常生活。"他没有回答她的问题。他没有说不喜欢。

"成州平,"小松收敛了笑容,郑重、坦荡地说,"我不强求你的感情,但是,你不要自暴自弃,你不是浑蛋,你是我见过的最正直的人。"

成州平想,她又一次在他即将坠底的时候紧紧拽住了他的手。他的脸上终于有了笑容,尽管这笑容看上去有些许无力,但它依然存在。

"李犹松,"成州平说,"你别这样,你越是这样,我越觉得自己是个浑蛋。"

小松和成州平在一起后也开始出尔反尔了。她忽然站起来,目光极冷地投向成州平:"我收回刚才的话,成州平,你就是个浑蛋。"

02

在那天之后,小松依然来医院照顾成州平。这是她答应过老周的事,不能有始无终。

成州平左胳膊和右腿上的石膏拆了,完全不对称。好在他协调性好,让自己在灵活和瘫痪两种状态之间切换自如。现在他可以自己蹦跶着去厕所,拆除导尿管的时候简直如释重负。

小松靠在窗台边,镇定自若地看着他从厕所蹦跶出来,苦口婆心道:"你骨钉还没拆除,平时一定要小心。"

成州平回到床上,单脚着地,提醒她:"你是不是该删照片了?"

小松从卫衣口袋拿出手机,把手机抛给成州平:"你自己删吧。"

成州平不想翻她的手机,说:"还是你删吧。"

小松说:"要我来我就不删了。"

成州平点开她手机相册的图标,她手机里照片很少,她拍他的那几张就是最新的。

他首先删掉了自己和导尿管的合影。然后是他戴圣诞老人帽子的那张,他点击了删除。还剩一张,是她和他的合影。他的喉咙开始颤抖,拇指在距离手机屏幕一厘米的上方停留了很久。最后，他还是点了删除。

他把手机还给小松："给你。"

小松接过手机，检查了一下相册，和他有关的照片被删得一干二净。她把手机放回口袋，走近一点儿："成州平，明天是元旦，我要去爷爷奶奶那里吃饭，你要不要和我一起去？"

成州平抬起眼皮，看着她："你们家里人吃饭，我去干什么？"

小松解释："因为明天是元旦，你一个人在这里……我带朋友过去，他们不会说什么的。"

成州平忽然说："你们家是不是挺不喜欢干我们这个的？"

小松疑惑："你为什么这么问？"

"你爸出殡那天，你们家就去了你一个人。"

小松低头说："我们家情况有些特殊……成州平，你不去的话，明天我也不能来，你一个人过元旦能行吗？"

成州平从来没觉得不行过。他打小就一个人，反倒不习惯过节的时候人多闹哄哄的场面。他笑着说："医院这么多病人，你要都带回去啊？"

小松发现他开始笑了。他比她大六岁，今年三十一岁，他的笑已经不像以前那样邪气，温和的笑容里带着一些成熟男人的魅惑。

不论她和成州平的关系怎么样，他们两个现在各自都很好，这是个好兆头。

小松帮成州平滴了眼药水，离开病房时是晚上七点，她打车去了李永青家里。李永青离婚多年，女儿在国外定居，她一个人住。对小松来说，李永青是个很可靠的长辈，教了她很多有用的东西，对她关怀备至，又尊重她的想法。

晚上李永青没有别的安排，她叫了火锅外卖来家里，和小松一起吃。

李永青手里夹着烟，问小松："最近怎么样？"

小松知道她和王院长关系好，医院里一些事，自己就算故意隐瞒，也未必能瞒过。她坦白说："我有个朋友住院了，最近我在医院陪他。"

李永青弹弹烟灰："什么朋友？"

李永青身上没有一般长辈那种压迫感，小松对她没有戒备，便直接说："他是我爸同事，我喜欢他。"

李永青拿烟的手一抖："小松，有喜欢的人，这是很好的事。"

小松拧开雪碧瓶盖，倒进纸杯里。白色的泡泡升起，李永青的声音传来："但你现在也该考虑一些现实的问题了。他是你爸爸的同事，你妈那里会同意吗？"

小松低头说："我妈现在和林叔叔组成了家庭，她的精神状态已经好很多了。"

"小松，你和你爸爸不一样，你是个有主见、对自己负责的孩子，在你进入一段关系之前，一定要想一想，对方能不能像你一样对自己负责。你爸就是个前车之鉴，你不知道，当初他为了你妈，放着大好前程不要，非要去别的地方。他们的婚姻是怎样收场的，你也看到了。"

小松故作轻松地笑着："人家也没那么喜欢我，还没到那一步。"

李永青说："没到最好。你就是在学校待得太久了，太单纯。可能现在你觉得这个职业很有吸引力，但等你进入社会，认识更多的人，就知道吸引你的未必适合你。"

小松笑得越发明朗："我知道了，我会广结善缘，多多益善。"

李永青摇摇头："你这孩子啊，也真是开朗。"

小松轻轻一笑，拿起装着青菜的盘子，把菜都下到锅里。

饭后，李永青开了一瓶红酒，又从茶几上拿来一个红色天鹅绒的盒子："小松，新年快乐。"

小松打开那个盒子，里面是一块非常漂亮的女式手表。她看看自己手腕上不合适的儿童电子手表，说道："姑姑，这个太贵重了。"

李永青说："这有什么？你这块手表都戴多少年了。小松，我知道你爸的事给你带来了很大的打击，但是，人总要朝前看，他比世上任何人都希望你过得开心快乐。"

小松知道对于别人的关心，她出于礼貌应该接受。她收下李永青的礼物，说："我还是个学生，戴这么好的表，别人肯定会说我的。我不想把同学关系搞得太复杂，平时还是戴着我的旧表吧。"

李永青点头:"小松,你的想法真的很成熟。"

这顿饭,小松并不开心。她可以用一些狡猾的语言成功避开他们的指责,可她的心呢?

夜里她躺在床上,凝视着电子手表上闪烁的数字。

今年是她失去父亲的第七年,她不但没能忘记父亲,反而更加能够体会他的孤立无援。当她越来越能够体会的时候,负罪感也越来越重。时间不一定会让人释怀,反而会加深伤疤。

她知道自己出现了很严重的心理问题,也知道不能伤害自己,可是她被巨大的愧疚吞噬了。她只能以一种残忍的方式,告诫自己不要忘记。

第二天的家族聚会,一大家人其乐融融,下午的时候,李永青叫来蒋含光陪家里老爷子打高尔夫球。

小松坐在阳台上看着外面的画面,高尔夫球场那片绿荫在冬天显得格外突兀、虚假。

晚上,大家围在一张圆桌旁吃饭,李永青对蒋含光隔空举杯:"小蒋,你身边有什么青年才俊,多给我们小松介绍介绍啊。"

蒋含光笑得十分客套:"我还指望小松给我们公司介绍点儿青年才俊呢。"说完,他朝小松使了个眼色。

小松转头就带着家里小孩去玩Switch(游戏机)了。她看着Switch上面两个彩色小人儿打来打去,其中一个节节败退,在血槽即将空了的时候突然奋起。伴着Winner(获胜者)的字眼出现,她的心好像也受到了鼓舞。

她走到衣架前,从大衣口袋翻出手机。

手机屏幕上显示了满满一列新消息,都是新年祝福。在一堆微信祝福中,一条来自陌生号码的短信格外瞩目:"新年快乐。"

新年第一天都快过去了,这条短信来得有点儿晚。

她和成州平的手机交流次数用一只手就能数完,尽管如此,在四年里,她一直记得他的两个手机号。现在的这个号码,和当初在那趟Z162列车上她收到的是一样的。

她低头打字:"你是不是发错人了呀?"

病房里,成州平看着手机屏幕上跳出的字眼,默默笑了声,然后单手敲字:"发错人了,抱歉。"

他这么一回,小松反而心里没底了,她甚至真的以为是成州平换了号码,之前的号码被别人注册了,这条短信的确发错了人。

她没有再费心思去试探,而是拨通了电话。现在不一样了,她可以光明正大地拨打他的电话。

电话接通——

小松率先说:"新年快乐,陌生人。"

病房里,电视发出幽暗的光。

成州平的声音低沉:"新年快乐,小姑娘。"

她在学校里已经是大师姐了,没人再当她是小女孩,只有成州平还这么叫她。

小松故意问他:"你是不是发错短信了啊?"

成州平顺着她的话说:"应该是这样,我打扰你了吗?"

小松抱着手机走上二楼,这会儿大家都在楼下吃饭,二楼没有开灯,她站在玻璃窗前对着电话轻轻说:"你打扰到我吃饭了,怎么补偿呀?"

成州平的声音比之前更加沉稳,他缓缓说道:"你想要什么补偿?"

小松似乎从他的声音中听到一丝笑意,那笑意化作暖流,钻进她的耳朵里:"那我可以追你吗?"

成州平拿手机的手明显一顿:"你别开玩笑。"

在追成州平这件事上小松得心应手。她说:"好吧,你错过了最后一次机会。"

成州平说:"护士来查房了,我不打扰你了,新年快乐。"

小松听着电话挂断后嘀嘀嘟嘟的电子音,轻笑了下。她握着手机,下楼穿上大衣,跟饭桌上觥筹交错的人群打招呼:"实验室有点儿事,我得去医院一趟。"

蒋含光瞥了她一眼。

小松知道他看出来自己在撒谎了,可她无所谓。她只是逃离让她窒息的人群,去她想去的地方而已。

蒋含光站起来:"这么晚了,我送你回去。"

313

小松说:"我已经叫车了,谢谢蒋总。"

鉴于她一向形象良好,突然告辞,也没人怀疑什么。

小松边往外跑边打网约车,一月的寒风吹得她皮肤生疼。车把她送到医院门口,她去便利店转了一圈,因为刚吃完,也不饿,她对零食没有胃口,她想到成州平也不爱吃零食。

她挑了半天,只买了一大桶橙汁,在结账的时候,看到柜台前摆着的一架子香烟。她认得成州平常抽的那个牌子,拿了包烟,又拿了个打火机,结完账,一共花了二十三块。

元旦的时候,住院的病人会比平时少一点儿。小松听护士说过,元旦的时候,病人家属放假,有能力照顾病人,轻症病人都会要求出院。因此整个住院楼都格外安静。

小松没有先去病房,而是去了卫生间。她把扎头发的皮筋取下来,头发长长卷卷地落在脸旁。为了家族聚会化的妆还没有褪,她的脸冻出了一层粉色,反而气色更佳。

她出门路过护士站,和护士们打招呼,发现护士们看她的目光和平时有了明显的不同。她照旧和她们打招呼,说完"辛苦了",就忘掉那些略带鄙夷的眼神,走向成州平的病房。

她象征性地敲了敲门。

成州平以为是查房的护士,说:"请进。"

他晚上开了电视,没开灯。门被推开的一瞬间,走廊的光照进病房里,他目之所及,小松站在一片炽烈的白光下,冲他轻轻挑眉。

03

小松关上病房门,走到成州平床头,瞄了眼电视。

医院病房里的电视来来去去只有央视的几个台,成州平在看军事频道,晚上这会儿播的是军营纪实。电视里的画面是白天,屏幕里发出的光线很强,虚虚实实,在成州平眼里变换。

小松走到床边:"我看看刀口。"

成州平的左眼受重伤，留下了疤，现在两只眼睛有点儿不对称。但因为他笑得比以前多了，人看上去温和不少。

"我刚刚滴药水了。"成州平说。

小松轻轻吻了一下他的眼皮，然后调皮地看着他："你想亲回来吗？"

成州平倒是想，这一身伤可不允许："李犹松，别乘人之危。"

小松前两天买了一袋纸杯放在床头柜里，她打开柜门，蹲下来，拿出两个纸杯，又站起来放在床头柜上，拧开橙汁的瓶盖，倒了满满两杯橙汁。她递给成州平一杯橙汁，然后朝他举杯："成州平，新年快乐。"

成州平端着杯子，碰上她的纸杯。

他的目光中始终有温柔的笑意，在小松眼里，那仿佛是两团火，她脸部不由得发烫。

她喝了一口，放下杯子，对上成州平的笑，忽然放低声音："成州平，想出去吗？"

他抬起眼皮认真看了她半天，突然轻笑着说："信不信我替你爸教训你。"

成州平看小松的时候，小松也在观察他。

成州平是真的变了，他会轻松地跟她开玩笑，会用轻佻的眼神逗弄她。他在试着一步步打开自己。这种变化很好。

这时电视里的新闻刚好结束，换成了某款洗衣液的广告。

小松拿起床头的遥控器，换到电影频道，这会儿播的是一部灾难片，剧情激烈，电视上色彩丰富的画面不断闪动。她觉得这种画面对成州平的眼睛不好，又换了一个台。

成州平见她对着遥控器按键按来按去，于是说："你要是不想看就不看了。"

她冒冒失失地跑过来，却没想好到底要说些什么，做些什么，不看电视，就没别的消遣了。

成州平道："这么晚了，你怎么回去？"

小松说："我待会儿回实验室睡。"

成州平侧开身体，病床上空出一部分，他的指节敲了敲床上空出来的

315

一侧:"过来。"

小松脱掉黑色的呢子大衣,她里面穿着一件深蓝色的长裙,幽如深海。她坐到床边,低头看着自己的手。

成州平的手贴在她腰上:"躺一会儿吧。"

小松感受到腰部那温柔又强劲的力道,扭过头,目光幽幽道:"成州平,我不是你招之即来,挥之即去的人。"

成州平胳膊肘支着床,支起自己的身体,他用那只灵活的胳膊抱住小松,下巴抵着她的肩头,有些委屈地说:"我没有。"

如果当初他没有追赶那趟 Z162 列车,就不会被闫立军怀疑,弄成现在这个样子。可他一点儿也不后悔。他干燥的嘴唇贴到小松脸上,亲吻她。

小松再也无法忍耐。她在他怀里转身,牢牢抱住他,吻住他的嘴唇,贪婪地汲取他的味道。

成州平也动情了,他的感情和小松不一样。她的感情是成全,是救赎,而他的感情是一场彻头彻尾的毁灭。他知道自己会毁掉她的,但还是控制不住地靠近她,在她身上寻求救赎。

小松突然推开他:"我去买那个。"

成州平舔了下她脖子上的红印:"穿暖和点儿下去。"他很久没出去了,但小松每次来看他的时候衣服都是冷冰冰的,他知道外面一定很冷。

小松不舍地亲了下他的眉心:"我很快回来。"

成州平淡笑道:"你别着急。"

小松穿上衣服,冲出病房门的瞬间又装得若无其事,但脚步越来越快,下了电梯,她就开始狂奔。

小松从大四来附院实习就开始在医院旁边的便利店买东西,晚上便利店的收银员是个中年阿姨,她在这里好几年,只要是常来的医护,她都认识。她认得小松,这是个有礼貌且开朗大方的女孩子,当小松拿着安全套去自助收银台结账的时候,收银员看小松的目光明显变了,她仿佛大跌眼镜,觉得自己看错了人。

小松用手机扫了支付码,原路跑回去。

她嗓子里灌了冷风,一回病房,就开始大口喘气。她顺手反锁了病房门，成州平单手拎起热水壶，给她倒了杯热水："你先喝水。"

小松脱下外衣往椅子上一扔，走到成州平面前，抱住他的脸，咬住他的嘴唇。她的唇冰凉、柔软，舌尖灵活地探入他干燥的唇瓣间。

成州平翻了个身，单手撑在小松上方，他只有一只手能动，于是低头用舌尖去解她衣领的扣子。

小松还是没有做好准备用自己疮痍满目的身体面对他，她摇摇头。

成州平知道她的意思，在她鬓边吻了一下："你帮我脱一下。"

骨折病人有专门的病服裤子，臀部两边有个拉链，可以通过拉链脱掉裤子。小松将拉链拉开，她的呼吸凝固了，安静了，而成州平的呼吸越来越明显。

这场隐秘的欢好让小松不得不自我反思：她好不容易给自己塑造了一个坚固的硬壳，却容忍成州平将其冲撞得粉碎。她无法解释对他的放纵，却已经接受了结果。

成州平的出现，让她在还未与自己的灵魂重逢之时已然让她的灵魂烈度达到了顶点。

半个小时过去，小松手臂展开，从床头柜上拿起自己的手机，一看，上面有一列信息和未接来电。她无视那些信息，对身边的成州平说："你手机号变了吗？我记一下。"

成州平往上蹭了一下，抚摸着小松的头顶："没变。"

小松在手机通讯录里新建了联系人，输入"成州平"三个字，可她的动作突然暂停。

成州平见她突然停止动作，于是说："你是不是忘了？"

"没有。"她点了一下退出，"成州平，我不用把你的号码存在手机里。"她握着成州平的手，朝自己心口的方向摸去，"在这里。"

因为生活的需要，她手机里存了许多可有可无的手机号，每个人都有个清晰明了的备注，就算如此，她也很少主动拨通那些电话。也许在把彼此姓名存进手机的那个瞬间也曾珍重万分，可随着时间推移，他们都被遗弃在了电子垃圾场里。成州平和他们不一样。

成州平故意道："那你说说是多少。"

小松向上仰起头，嘴唇贴在他耳边，说出那一串数字，然后亲了亲他的耳朵，她乐道："成州平，你耳朵红了。"

成州平有些难堪，艰难地抬起缠着石膏的手臂，朝她头顶上砸了一下。

小松被他砸得有点儿疼，她眼睛瞬间明亮，牢牢盯着他："成州平，那你记得我的手机号吗？"

成州平下巴点了下："记得。"

成州平在闫立军身边的后四年处境比之前好了很多。当时杨源进和韩金尧被判刑，闫立军为了避风头休息了一年，那一年成州平不用和毒品打交道，每天都保持着规律而封闭的生活，当他想打电话跟别人倾诉的时候，就会在脑海里过一遍她的手机号。

他不能和她说工作上的事，如果有机会让他拨通电话，他只想听她叫一声"成州平"。永久记忆便这样形成了。

他的脸贴上小松的脸，他用胡楂蹭着她柔嫩的皮肤，亲着她的脖子，哑声问："李犹松，你原谅我了吗？"

当他这样问的时候，不论他有什么过错，小松都会毫无底线地原谅他。她紧紧抱住他，用炽热的吻回应。

小松白天做了很多事，她回忆今天，好像一直在跑，加上刚才那一通锻炼，很快就体力不支。她靠在成州平怀里睡着了。

成州平白天单腿跳着去走廊溜达了一圈，除此之外，今天一直躺在床上，一整天几乎就是睡啊睡，他现在不困。

他关了病房里的主灯，打开起夜灯，房间里的光不强烈，刚好可以视物。他低头看着躺在怀里的小松的脸，她闭上眼睛时眉目很秀气，微张的嘴唇又有些孩子气，他拨开遮住她脸颊的长发，低头朝她嘴唇上又吻了一下。

成州平的手机放在床头柜上，但现在小松睡在床头柜的那一侧，他距离床头柜有大概一米的距离。

他拆了石膏的手被小松抱着，不能活动，另一只手打着石膏，很难活动。他把身体彻底侧过来，用那只僵硬的手去够床头柜上的手机，够啊够，终于够到了，可是，他的手掌不能弯曲。

他用两根手指夹住手机，小心地把它拿到面前，然后把手机放在被子上，点开相机，又捣鼓出定时拍照功能，然后继续用手指夹着手机，抬起胳膊，将自己和小松框入同一个画面里。

　　三、二、一。

　　他本来就不擅长拍照，加上现在光线差，角度又很奇怪，拍出来的照片奇奇怪怪的，他的脸都变形了，小松只被拍进去半张脸。

　　成州平看着这张照片，满足地笑了。

第十八章

骄傲

01

元旦后的工作比小松预料中的繁忙,她能陪成州平的时间少了很多。尽管如此,她还是会每天中午陪成州平吃午饭。

元月五号中午吃饭的时候,小松问成州平:"成州平,你打算什么时候回去?"

成州平说:"我现在挂个拐杖随时能回去。"

小松不计较他这些自大且不现实的想法,也懒得和他浪费时间。她说:"我今年大年二十八才放假,我们一起坐高铁回去吧?"

成州平说:"等开票了我买票吧。"

小松抿唇笑了笑,趁着成州平不注意,咬了口他手上的面包。

成州平啧了一声,抱怨她:"你怎么还抢食啊?"

小松说:"我把馅多的那一半给你了,你还说我,成州平,你太没良心了。"

成州平用打着石膏的手臂把她的脖子压向自己,挑起眼皮看她:"你再惹我试试?"

她正好吻了下他眼皮上的刀疤,说:"我该回学校了,下午有个交流会,晚上我姑姑过生日,我来不了,你自己点外卖吃吧。"

成州平的脸蹭了蹭她的脖子:"那明天见。"

小松离开后,护士来给他换了石膏。他问:"我什么时候能拆石膏?"

"你自己没看过片子吗?急着拆,骨头长歪了怎么办?"

成州平收了声。

护士走后，没过多久又回来了，她敲了敲门："1020房，有人探望，方便吗？"

成州平有些困惑，如果是小松来了，不可能被护士带过来。但除了小松，不会有人来探望他。他说："等一等。"他从病床上下来，跳着去开门。

门外，护士身后站着的是一个雍容华贵的女人，她穿着一件驼色大衣，手里提着一个精致的果篮。说起来，她和小松有些像，却又截然不同。

护士对那个女人说："李总，我先去查别的病房了。"

门外的女人自我介绍："你好，我是小松的姑姑，李永青。"

成州平向后退了一步，说："请进。"

他只有一条腿能勉强动，另一条腿打着厚厚的石膏，完全不能弯曲，要走路的话，只能跳着走。但他不想在这个带有目的性的女人面前暴露自己需要帮助的一面。他手支着墙，大步走了两下，回到床边。

李永青把果篮放到床头柜上。她带来的果篮和普通果篮不一样，它不是塑料的，而是精致的金属编织，水果摆放的造型很别致，鲜艳的水果点缀着灰调的病房。

成州平没有坐下，站着给李永青倒水。李永青说："不用了，我就跟你说两句话。"

成州平大概知道李永青要说什么，他坐下来，不卑不亢地看着李永青。

李永青在看到这个男人的第一眼就懂了为什么小松会喜欢他。她二十岁出国，有过两次婚姻，人生经验丰富，她看问题有一针见血的能力。

这个男人不是小松日常生活中会出现的人。李永青自己也是从这个年纪过来的，她很明白，没有足够社会经验的女孩子往往会被和自己经历相差甚远的人吸引，先是产生好奇，等她们了解了对方身上受伤的经历，那种好奇就会演变成一种救赎心理。

现实来说，十四岁至三十岁的女性，她们是社会中的弱势群体。部分女性在生活中受尽打压、无视，不被理解，长期受挫使她们想要通过拯救他人而获得自我的价值感，肯定自我的存在。

病房里能坐人的只有一把椅子。椅子的椅背上挂着一条浅灰的围巾，是小松的。李永青在椅子上坐下来，开门见山："我和王院长认识很多年，通过他了解了一下你的情况，对你的事迹，我们都很敬佩，正是因为有你们的默默守护，我们的社会才能如此安宁。"

成州平很熟悉李永青的说话风格，以前闫立军说话就喜欢这样，先扬后抑。他不失礼貌地说："都是应该的。"

"你应该知道小松爸爸也是做这个的，因为我哥哥的离开，小松承受了很多压力。"

成州平说："嗯，小松爸爸是我领导。"

李永青说："我们家一直把小松当作公主一样守护，生怕她再受伤害。"

成州平出神地想，她是公主吗？可他觉得，"公主"这两个字太柔弱，又太单薄，配不上她。

李永青发现他在走神，轻咳了一下，笑道："你是不是以为我是来让你离开小松的？"

成州平轻轻挑眉："您直接说吧，不用和我绕圈子。"

李永青说："行，你是个爽快人，那我就直说了。小松喜欢你，没人能够干涉她的喜欢，我们作为家长，也只想要保护她不要受伤。要是你能换个稍微安全点儿的工作，让小松不要担惊受怕，也多点儿时间陪她，对你们两个都好。"

成州平抬头说："我就是一个基层警察，这不是我能决定的。"

李永青说："我们家呢，没多少人，但帮你调个工作还是绰绰有余的。而且待遇肯定比你现在的好，男人还是得多挣一点儿，这个社会对你们的要求是很高的。"

成州平不置可否地一笑："我没想要换工作。"

成州平在决定考警校那天就决定一条路走到底了。

成州平的人生，不幸之中也有万幸。当初那个缉毒警察拯救了他，让他不必步他吸毒父母的后尘。他用全力努力过、挣扎过，最终有幸挣脱黑暗。可其他的成州平呢？谁保护他们？

他曾经历黑夜，所以更要向黑夜而去。

李永青冷笑，说："那你拿什么来照顾小松？凭你一个月几千块的工资？哦，对了，王院长跟我说了你的身体情况，你有注射毒品的历史，对吧？"

李永青是个精通商业谈判的女人，她看到成州平眼中一闪而过的迟疑，继续说："我不想随便臆测别人，但是，你能保证自己以后再也不碰到毒品吗？不说主动吸毒，万一你受伤，做手术，医生给你打一针吗啡，你随时都能上瘾，到时候你还要拖着小松吗？"

成州平知道他不会再碰那个东西，就是让他死，他也不会再碰那个东西。

他没有说话，李永青以为自己是这场谈判的赢家。她微微一笑："这是你远离毒品最好的机会。能调到北京工作，是多少人挤破头想要的？你一个农村孩子走到今天不容易，这对你来说是个不可错过的好机会。"

这一段对话，李永青一句重话都没说，可她的每一句话、每一个字都踩在成州平的自尊上。她用她的傲慢与偏见轻轻碾碎了他的一切坚持、努力与骄傲。

假如现在是二十来岁的成州平，肯定会咬牙切齿地让对方滚，但现在他已经没有那种冲劲了，他思考的维度更多，处世的方式更加简单。他轻笑着说："谢谢您给我的这个机会，我会认真考虑的。"

李永青说："我待会儿有个会要开，就不打扰你休息了，等你康复了，和小松一起来家里看看。"

李永青知道他是不会去他们家的。财富、幸福、健康……当一个人都不拥有的时候，尊严是他唯一能够死守的。

今天是李永青的生日，而明天是小松的生日。李家人给她们一起过生日，地点在李家的四合院里，李家人少，除了家里人，还请了李永青的朋友来。他们每年都这么过，每年都让小松带朋友来，小松每年谁也不邀请。

晚上其乐融融，李永青喝了酒，吃完饭，小松开车带她回家。

李永青没有隐瞒自己今天去见成州平的事，她喜欢这个孩子，应该予以小松知情权:"今天我去了医院,见了你喜欢的那个警察。"

刚好绿灯,但小松忘了开车。后面的车按了喇叭,小松轻轻踩油门,微笑着说:"是不是挺帅的?"

"小松,"李永青说,"你们要是在一起,肯定不能异地,我给了他很好的条件,他说让他考虑一下,没拒绝我。"

小松知道他们眼中的自己是个单纯、善良的孩子。她注视着前方的车灯,淡淡地说:"你们是不是从来没有理解过我爸?"

提起李长青,李永青有点儿哽咽:"小松,你现在看事情很简单,等你以后长大有自己的家庭了,就知道你妈为什么要和你爸分开了。"

那为什么不能让所有的事情都简单点儿呢?小松心想。她说:"作为女儿,我也很讨厌我爸,但同时,我很尊敬他。"如果是她,也会做出同样的选择。

李永青说:"不是你想的那么回事。"

小松只是笑了笑:"还是不说了,姑,我觉得你都快哭了。"

回到家,小松照顾李永青洗漱完,出门给李永青买了醒酒药。晚上她躺在自己的床上,那种强烈的负罪感又开始袭击她,她拉开抽屉,拿出剪刀的一瞬间突然清醒过来。

她把剪刀放回去,迅速换了衣服,穿上羽绒服奔跑出门。她拦了辆出租车,打车去医院。李永青家在郊区,去市区的医院得上高速,出租车在荒野间一路疾驰,到了医院,医院灯火通明,像截然不同的人间。

小松到了住院部十楼,像往常一样去找成州平,可她到了病房,只有空的病床。病房整洁,有股消毒水的味道。

她回到护士站,问道:"1020房的病人呢?"

护士说:"他今天下午自己签字,提前出院了。他没跟你说吗?"

小松错愕地摇了摇头,又点了点头:"没事了,谢谢你们。"

她失魂落魄地回到实验楼的休息室,坐在冰冷的床板上,淡淡的月光从窗户透进来,月光的温度似乎也是冷冰冰的。

小松的手机收到一条银行发来的短信,祝她生日快乐。十二点了。失去父亲后,她没有再过过生日,除了家里人,没有人知道她的生日。

她静静地看着椅子上的手机,没有拿起它拨通那十一位手机号的想法。她等待的是纯粹的感情,对方有丝毫退缩,都会侮辱她的勇敢。她可以等待另一个人,却不能辜负自己。

小松把额头抵在膝盖上,她听到自己的心里有个骄傲的声音在说——你们什么都不知道,你们都不理解。

02

成州平从医院离开后,在医院对面的医疗器材店里买了一根拐杖。

临近春运,火车票很难抢,他幸运地买到了明晚的卧铺票。但已经出院了,他不能再回医院,火车站周围最便宜的旅馆也要三百块一晚上。晚上成州平睡在候车大厅的长椅上,夜里火车站没有白天热闹,只有一排排冷清的长椅、一个个疲惫的旅客。

他去超市买了瓶矿泉水、一盒泡面,装在塑料袋里挂在拐杖上,刚好。回候车大厅的路上,他看到一个中年男人摔倒在地上。男人手里提着一个硬质的购物袋,里面的小饰品和编织绳撒了一地。这个场景就发生在候车大厅的大门口,来来往往的人都看到他了,但没有人上前帮他一把。

成州平看到男人的腿一蹬一蹬,在挣扎着起来。他拄着拐跳到男人面前,说:"你扶着我的拐杖。"

男人说了声"谢谢",双手艰难地攀住他的拐杖。

成州平看清他的脸,才发现对方是个小儿麻痹症患者。

男人虽然干瘦干瘦的,但他把全身力量都集中在双手上,手紧紧拉着成州平的拐杖。

成州平现在也是个伤残者,险些被他拉倒。成州平蹲下来,他用拐杖把地上散落的小零碎扫进购物袋里,再挑起手提绳,交给男人。

男人说:"真的太感谢你了,兄弟。"

成州平说:"没事。"

因为这一段偶遇,他们挨在一起坐着,成州平见他比自己行动还要不便,就把自己泡好的泡面让给了对方。吃完泡面,离睡觉还有点儿时间。

小儿麻痹的男人很感激成州平，这个情况比他好不了多少的陌生人，在陌生城市的火车站拯救了他的尊严。他颤抖着从袋子里拿出一条红色的绳子："兄弟，这个送给你，新年就要戴红色。"

成州平歪头看了一会儿他那一袋子编织绳，突然问："编这个难吗？"

男人嘿嘿笑了笑："这是手艺活儿，说难也不难，得有耐心。"他的车是明早六点半的，他自己也挺无聊的，于是说，"你想学吗？"

成州平也没事做，正好编这个动手指就行，胳膊断了也没事，他说："行啊。"

于是两个男人就在火车站里编起了红手绳。

黑夜一闪而过。

小松一天都在实验室帮师姐做实验，几组间的结果差异非常大，发现是培养基出现了问题。

中午大家都有些丧气，师姐去吃饭前对小松说："这是常有的事，重新养细胞就行了。寿星要不要跟我们一起去吃饭？"

小松好奇："你怎么知道我今天过生日？"

师姐说："吴舒雅，你大学室友，她前几天换到我们宿舍了。"

本科以后，吴舒雅去了本院其他科，小松和她的来往自然也就减少了。

小松笑了笑。师姐说："生日快乐，小松。"

小松说："谢谢师姐，我下午回学校，就不在医院吃了。"

师姐说："那好，明天见。"

小松换了衣服就离开医院了。她心里放不下今天实验失败的事，等公交车的时候，还在网上查看细胞实验的相关文章。

原本安安静静的手机突然在她手里开始振动。来电显示是一串数字。看到那十一位数字，她内心的焦灼有了另一个理由。

小松按了接听键，淡淡地说："喂。"

"你在学校吗？我在你们学校东门。"

她很喜欢听到成州平的声音，夏天的时候，他的声音冰凉；冬天的时候，他的声音温热。她说："你先不要走，我很快就到。"

因为这通电话，她看着公交车离她而去。但无所谓了，她拦下一辆出租车,赶往学校东门。

她想快一点儿,再快一点儿。她用手机屏幕照了一下自己现在的样子,作为一条"实验狗",现在的样子已经算人模人样了。

车开到距离学校东门还有一百米的地方突然堵住了。小松一边看着学校门口站着的黑色身影,一边对司机师傅说:"你就把我放在这里吧。"

冬天的天总是雾蒙蒙的,大家都穿着黑色的衣服,可小松还是一眼就看到了他。

司机师傅说:"行,你下车小心点儿。"

她推开车门,跑了两步,又觉得这样太不矜持了,于是变成步行。

离那个黑色身影越近,她脑海里的想法越千奇百怪:他都不挂个拐吗?她还没见过他穿羽绒服呢,怎么他穿羽绒服一点儿都不臃肿啊?他的腿好长啊。他袋子里提着的是什么?

想着想着,她已经走到成州平身边了。

成州平在她下车的时候就看到她了。他平静地看着她,她也平静地向他走来。

"你怎么来了?"小松说。

成州平把手里的袋子朝她递过去:"生日快乐。"

小松接过袋子,打开一看,塑料盒子里装着一个精致的白色蛋糕,她的眼睛瞬间清亮,问道:"你怎么知道今天是我生日?"

成州平点完烟,说:"在德钦的时候,我看过你的身份证。"

小松想,一块蛋糕就想收买她,哪有这么简单的事?她收敛自己脸上的笑容,看向成州平,质问他:"你怎么提前出院了?"

成州平咬着烟,朝她咧嘴笑了一下,又痞又帅。

小松不但轻易原谅了他的不告而别,还恨不得现在就拉他去开房。她屏蔽掉脑海内少儿不宜的想法,挽着他的胳膊:"我请你吃饭。"

"不用了。"成州平说,"我要赶火车。"

小松问:"火车是几点?"

"晚上七点。"

现在是下午五点，如果吃饭的话，时间有点儿紧。小松果断地说："我送你去车站，咱们在车站旁边吃。"

成州平知道，她又一次原谅了自己。他说："不用了，我就是来跟你说一声我要走了。"

小松拗不过成州平，她看见成州平打着石膏的腿，问道："你怎么不买一根拐杖？"

成州平说："我买了，昨晚送人了。"他觉得那个小儿麻痹症的大哥比他更需要拐杖，今早对方上火车前他把拐杖送给了对方。

小松瞋了他一眼："你怎么不把自己送人呢？"

成州平说："我也想，谁要啊？"

小松说："我送你去火车站吧，我怕你这样被人撞倒了自己站不起来。"

成州平不想让她跑那么远，但看到她紧紧挽着自己的胳膊，他觉得自己有了自私的权利。他说："行。"

他们打车去了火车站，还有一个小时的时间，他们又去火车站旁边的面馆吃了面和蛋糕，然后小松送成州平进火车站。像所有送行的人那样，他们停在火车站门口拥抱。

成州平抚摸着小松的头发，说："我工作上有些事，得先回去。你回家了发短信告诉我，我去接你。"

小松在他怀里点头："那你到家了，打电话告诉我。"

成州平放开她，从上衣的口袋里掏出昨天晚上编的红绳子，对她说："手给我。"

小松把自己的右手递给成州平。她已经很久没有戴那块电子手表了，现在她的手腕上只有一道浅浅的疤。

成州平把红绳子系在她的手腕上："生日礼物，等以后送你更好的。"

小松认真地说："成州平，不能食言。"

成州平还没说话，小松突然反应过来，她指了下进站口旁边的栏杆，对成州平说："你先靠在这里等我一下。"说完，她一溜烟就跑了，等她回来的时候，手上拿着一把长柄雨伞，她交给成州平，"你拄着这个。"

成州平心里庆幸，还好她没买老年人用的那种木拐杖。他一手拄着雨伞，另一只手扣住她的后脑勺，嘴唇贴在她光洁的额头上，不舍地吻了一下，说道："我走了。"

这次离别，他们依然没有表现出太多对彼此的眷恋，就像以前每次离别一样。他们之间已经有了共识，不论分开多久，都会与对方重逢，在有朝一日，在今生今世。

火车在第二天清晨五点抵达成州平工作的城市。

老周开车来接他，清晨的薄雾笼罩着车站，老周在车里冻得伸不直手。他看到出站口一个挂着雨伞的身影，嘴里叼着根烟，立马把车开过去。

七年的卧底生涯让成州平养成了多疑的习惯，上车前，他习惯性地看了眼车牌，然后才拉开车门。

"我们大英雄回来了！"老周揶揄。

成州平说："赶紧开车，老子要回去睡觉。"

"哎，怎么跟领导说话呢？"老周说。

成州平说："你还走不走？"

老周说："你先去我家睡一觉，下午先归队，明天去医院复查。"

成州平说："先回队里吧。"

老周瞄了眼车上的时间："你不睡觉，人家这个点也都不睡觉了？"

成州平抿了抿嘴唇，说："行吧。不过，我去你家方便吗？"

老周点点头："乐乐一放假，我老婆就带她回娘家住了。"

乐乐是老周的女儿，成州平问："乐乐今年多大了？"他记得离开那年，老周女儿还在上幼儿园。

老周说："今年刚上初一，十二岁，我算看出来了，闺女像我，不爱学习，把她妈给愁的啊。"

成州平："去你家，你能给我做顿饭吃吗？"

"你想得倒美。"老周说。

老周除了泡方便面，什么也不会，他把成州平放在家里，出门去买了一份馄饨，回到家，发现成州平倒在沙发上就睡了。他喊："起来吃饭，馄饨要凉了。"

成州平说:"等会儿我自己热吧。"

老周看到他青黑的眼圈,摇了摇头:"行,那你睡,我给你放保温桶里。"把馄饨放进保温桶里,老周洗了把脸就出门上班了。

成州平一觉睡到中午,泡在保温桶里的馄饨皮已经散开了。他囫囵吞下去,又从老周家的冰箱里拿了瓶可乐喝了。

成州平在沙发上坐了一会儿,老周回了家,他带来一身警服:"走,回队里去。"这身警服是成州平以前的制服,一直放在单位。老周知道他今天回来,昨天特地拿去干洗了。

今天成州平回队里其实不算正式归队,不用穿警服,但老周以前负责卧底警察的心理疏导工作,他学过管理心理学课程,知道长期卧底侦查结束后,警员归队会产生被边缘化的心理。他让成州平今天穿上警服,希望成州平心里能有归属感。

缉毒警察是所有警察种类里报名最少的,警察队伍面临着老化问题,成州平离开七年,队里就来了十几个新人,更多的还是老面孔。

老周带他进入办公室,拍了下手,对年轻警察说:"手上工作停一下,给你们介绍一下,英雄归来了,欢迎成州平同志光荣归队!"

陌生的年轻面孔纷纷放下手头工作,掌声爆发。

刘文昌听到掌声,从办公室出来,走到成州平面前,当着所有人的面拍了拍他的肩膀:"你小子,真是个硬骨头!"

成州平轻笑:"再硬的骨头,你一掌拍下去也该散架了。"

警员哄堂大笑,老周说:"肃静!成州平同志英勇、坚定的品质值得你们学习,但这种没大没小的行为应该受到批评,成州平,我代表刘队严厉地批评你。"

下午老周带成州平去提交了归队材料。回来的时候,成州平在走廊问他:"我什么时候能开始工作?"

03

老周对成州平说:"你放心,以后肯定有你忙的,但你先把伤养好,工作怎么也得等明年春天。"

成州平的嘴唇紧紧抿成一条线,老周看出他的失望,笑着钩住他的脖子:"咱们队什么时候亏待过英雄了?我前段时间抓紧给你申请了单人宿舍,条件贼好,年终补贴和奖金也快下来了,你就当给自己放个大假,舒舒坦坦过个年。"

老周当了二十年缉毒警察,只过了两回年,而队长刘文昌,没人见过他过年。成州平说:"我想去见一下刘队。"

老周说:"行,你去吧。这两天没啥案子,他也比较闲,现在可能在办公室喝茶呢。"

成州平一瘸一拐地走到刘文昌办公室,敲了敲门:"刘队,是我,成州平。"

刘文昌中气十足的声音传来:"进。"

老周说得果然没错,刘文昌正在喝茶。成州平想到以前杨源进那个奢华的茶园,动辄成千上万一斤的茶叶,而刘文昌喝的茶是路边几块钱一斤散称的铁观音。

刘文昌指了下对面的位子:"你坐。"

成州平没有坐,他站在刘文昌办公桌对面,从手机里翻出一张照片,递给刘文昌:"这是闫立军最后一次进货中间人的车牌。"

刘文昌看了眼照片,那是一辆银灰色面包车。他问:"有啥问题?"

成州平说:"闫立军最后进的那一批货是黄皮。"

刘文昌面色凝重起来。黄皮,就是土质海洛因,最早从山西流传出去,这说明有人在境内制毒。他立马打通一个电话,说了几句,然后把成州平拍下的车牌号发了过去。

成州平说:"如果能找到毒品源头,我申请再次卧底,剿毁毒窝。"

卧底分长期和短期,短期卧底队里每个老警察都干过,毒品最猖狂那几年,大家三天两头就换个身份去和毒贩打交道,但长期卧底的人从没有人会提出去做第二次。刘文昌十指交握,说:"你说说,为什么想去?"

成州平说:"我想立功。"

"立功……"刘文昌咀嚼着这两个字,神情越来越沉重,最后演变成愤怒，他的眼睛突然变得很红，咬牙切齿地说，"你干这个是为了立功？"

成州平低下头，目光冷淡。

刘文昌突然站起来，他越过办公桌，几乎是拽着成州平的胳膊："你跟我走。"

刘文昌虽然瘸着腿，但劲非常大，他拽着成州平，两个人都一瘸一拐的。

老周拿着一堆材料站在集体办公室门口，看着俩人："这是闹哪一出啊？"

刘文昌说："我下班。"

老周说："奇了怪了，八百年没提前下班的人今天早退啊。"

刘文昌没理会他，拽着成州平就往院子里走。到了停车场，他按了一下遥控器，他的车响了一下，他把成州平押解似的押到车门处，说："上车。"

成州平说："去哪儿啊？"

刘文昌说："我家。"

刘文昌车开得很快，成州平眼看着他好几次都险些闯红灯。

刘文昌住的是机关家属楼，几列老楼规矩地挺立在院子里，老房子脱落的墙皮有些腐朽的味道。刘文昌关车门的动静很大，然后，他大步向自家单元楼里走去。

他的腿被毒贩打穿了，不能像正常人一样走路。他在队长这个位子上一干十几年，为了在手底下的人面前有威信，他走路一直都很慢。可现在，他泄愤似的大步流星地往前走。

成州平跟在刘文昌身后上了楼，刘文昌用钥匙打开门，他老婆正在看电视，见他回来，惊讶地说："你今天怎么回来这么早？"

刘文昌哐一下把门摔上，整栋老楼都被他摔门的声音震动了，家里养的一只小花猫立马躲到他老婆的腿后面。刘文昌对他老婆说："你进房里去。"

成州平还是不明白刘文昌要干什么，不过他知道，迎接自己的并不轻松。

刘文昌老婆抱着猫进了卧室,转身前还跟他说:"你控制点儿脾气。"

女人和猫进了屋子,和他们隔绝开。刘文昌比成州平矮一点儿,他仰着头看成州平,冷冷地说:"你想要立功是吧?"他走到电视柜旁边,揭开一块用旧窗帘剪裁成的布料,被布遮掩着的是一个硬纸壳收纳箱。箱子里面摆着满满的奖状、奖牌、奖杯。

刘文昌拿出一个小纸箱,把奖牌哗啦啦地往茶几上倒。奖牌是硬的,茶几也是硬的,碰撞出激烈而尖锐的声音。他倒完奖牌,开始扔奖杯,他把玻璃奖杯直接砸向成州平的肩膀,大吼道:"你要立功是吗?我全给你,你都拿去!"

成州平被玻璃奖杯砸了,刘文昌开始抄茶几上的奖牌,往他身上砸。

刘文昌家里客厅不大,成州平想躲也没地方躲,所以,他没有躲。他堂堂正正地用野心迎接着刘文昌的愤怒。他的态度也很明确,他就是要立功。

那一天,小松姑姑的话,像个幽灵一直在向他叫嚣。不立功,他一个小警察拿什么让人相信他值得被托付。

刘文昌双眼发红,满头的血管外凸,他对成州平大吼:"你都拿去啊!只要你把我儿子送回来,老子都给你!你要什么我都给你,你把我儿子还给我!你能吗?!"

成州平不能。谁也无法做到。就算那些上帝啊,佛祖啊,他们都是真的,也不能做到。

这时那个被紧闭的房门另一端传来女人隐忍的哭泣,刚开始她一直在忍。可随着刘文昌一句"你能吗",她的哭声突然爆发了,那个弱小的女人发出野兽一样的嘶吼声,一声又一声。

刘文昌从部队转业之后一直在做缉毒工作,至今多年,他几乎拿了所有的奖章。他经历了本市毒品最猖狂的年代,越乱的年代越容易出英雄,他就是其中一个。

在他当上大队长那年,毒贩为了报复他绑架了他小学三年级的儿子,他孤身去救孩子的时候腿被毒贩打残了,他的小孩在他面前被杀害。

这个男人一直是金色盾牌上最硬的那一块,现在,他颓丧地坐在沙发上,拿抱枕捂着自己的脸,哭成了一个软蛋。

成州平艰难地弯下腰,捡起砸在地上的奖杯、奖牌,放回箱子里。他把纸巾放在刘文昌手边。他知道刘文昌不想看到自己,便说:"我先走了,查到黄皮的源头,需要我去一线,随时待命。"

成州平离开刘文昌家,坐公交车回了警队宿舍。

老周提前把他的行李送了回来,说是行李,一年四季的衣服加起来也塞不满一个箱子。老周往冰箱里塞着水果,说:"过几天出去买点儿衣服,三十岁的老小子了,也该收拾一下自己了。"

成州平没听老周的唠叨,他坐在床上,边点烟边问:"我归队时间什么时候能定?"

老周说:"年后吧。我给你买了些速冻饺子,你晚上饿了自己煮了吃,但午饭必须去食堂吃,听到没?"

成州平点头:"听到了。"

他看到老周头上多出来的白发在灯光的照射下闪闪发光。他说:"你就别管我了,我又不是生活不能自理。"

老周就是爱操心的命,他说:"照顾你一下你能死啊?"

成州平回来第三天,队里给他举办了一个简单的表彰仪式。但迎接他的不是归队,而是漫长的复健和心理辅导。他一天的安排基本如下:上午去做心理辅导,中午在食堂吃个饭,下午去做复健,晚上回宿舍看看电视。

年二十八这一天,他依然重复这条路径。中午在食堂吃饭,他打了一大碗面,坐在靠窗的位子。几个新来的警员打打闹闹地进来,看到他,立马严肃起来,喊:"成哥!"

过去,成州平也和他们一样爱热闹。他对他们点了点头,一个瘦瘦的警员说:"成哥,我们先去打饭了。"

成州平说:"去吧。"

他看着他们打完饭,然后坐到离他很远的一桌,他低下头吃饭。他吃得慢，吃完的时候，食堂几乎空了。

餐桌被阳光照着的地方忽然被阴影掩盖。一个穿警服的身影在他对面坐下来，是刘文昌。

"黄皮来源查到了。交警那边追踪到了你拍到的中间人车牌号，那辆车一直在广西百色市内活动，我联系了那边警方，初步锁定目标嫌疑人是傅辉。"

"傅辉？"成州平在闫立军身边跟了七年，几乎可以完美地隐藏自己的真实情绪，可是，听到傅辉的名字，他明显眼神晃动了一下。

刘文昌抬头，笑道："对，傅辉，还敢往前冲吗？"

傅辉在他们内部非常出名。傅辉是贩毒发家，但他量小路多，极为狡猾，警方多次拿他束手无策。近几年韩金尧崛起后，傅辉这个人便彻底消失在了警方的视线内。此次警方顺着成州平给的车牌号进行调查，再次发现了傅辉的踪迹。看来他不是金盆洗手，而是改贩毒为制毒了。

他们都是接受过专业刑侦训练的警察，他们的工作就是跟毒贩斗智斗勇，活儿来了，没有退缩的道理。

当然，如果傅辉只是这样的毒贩的话，刘文昌不会问成州平敢不敢往前冲，而是会直接把活儿派给他。他之所以这么问，是因为傅辉在贩毒之前是一名缉毒警察。

成州平挑眉："敢呀，有什么不敢的？"

刘文昌说："如果真的是傅辉的话，这人有残杀线人的前科，普通线人他很容易就看出来了，只能采取卧底侦查。成州平，这次的任务不比上一回简单。等当地警方核实过后就开始给你准备身份。"

成州平想了想，说："做什么新身份，不是有现成的身份吗？"

刘文昌眼皮一颤："你想继续用刘锋的身份？"

成州平点头说："嗯。闫立军最后一批毒品是从傅辉那里进的，我在闫立军身边的时候跟中间人打过照面，换新身份麻烦太大了。"

刘文昌说："我们还需要采集傅辉更多的信息，你这段时间好好养伤，等通知吧。"

成州平扬起唇角："谢谢刘队。"

刘文昌冷哼了声，看向成州平："成州平，我再问你一遍，你是为什么干这个的？"

成州平说："抓毒贩、立功，两件事不冲突。"

刘文昌忽然问他："成州平，你成家了吗？"

成州平摇头。

刘文昌语重心长地说："等你成家了，就知道两个都不重要。"

成州平今天没去做复健，直接回了宿舍，他躺在床上打算睡午觉的时候收到了小松的短信。她发来的是一条高铁票务信息。

成州平看着"旅客您好"四个字，不自觉地笑了笑。他点了根烟抽上，夜里起风了，医院门口来来往往的人群都裹紧了衣服。

成州平快速拨通电话。

小松接到电话的时候，正在高铁站候车。

电话接通那一秒，对方没有说话，小松知道他在故意等她先开口，她不想让着他，也倔强地不说话，但憋了半天，她还是忍不住，先开了口："成州平。"

小松语气柔柔的，让成州平觉得自己的心像泡沫一样柔软、易碎。他说："想我了吗？"

小松说："这才几天呀，你也太小瞧我了。"

成州平不置可否地笑了声。

他低哑的笑声通过电话传到小松耳朵里，小松竟然觉得这样就足够了。就算她看不到他，只要他多笑一笑，不要总是冷着脸、心事重重，就足够了。

成州平说："晚上我去接你。"

小松故意说："那怎么好意思麻烦你？"

成州平说："本来不觉得麻烦，你这么一说倒是挺麻烦的，那算了吧。"

小松装出来的好脾气立马没了，她质问："你这人怎么这样？"

成州平说："我这人就这样，你后悔吗？"

小松说："嗯，后悔了。你不来就不来，又不是没人接我回家。"

成州平立刻想到那天在医院将小松从他身边拉开的男人。那是个极为优秀的男人，成州平想到他熨帖的衬衣，想到他飞扬的眉目，想到他护着小松时关心的神情，真想狠狠揍对方一顿。他的语气忽然淡了下来："那我就不多跑一趟了。"

　　小松也说："行，你有种就别来。"

　　挂断电话，她对着手机屏幕无声地发誓，要是成州平敢来接她，她一定无视他，让他一个人接受严冬的摧残吧！

第十九章

审判和惩罚

01

小松在高铁上睡了一觉,醒来天就黑了。她在终点站下车,这会儿车上几乎少了一半人。她给龚琴打电话:"妈?"

龚琴问:"到哪儿了?你怎么不让你林叔去接你啊?"

小松说:"我都二十五岁了,还让林叔接啊,过几年都该我接你们了。"

小松要回来,龚琴很高兴,她笑着说:"今年真的是咱家最热闹的一次,林志飞也带女朋友回来了,你什么时候带男朋友回来啊?"

小松看到车窗影子里自己慢慢僵化的笑容:"妈,林志飞带女朋友回去,他们住哪里呀?"

龚琴和林广文领证后,在郊区买了新房。龚琴说:"人家小姑娘从外地来,总不能让她住宾馆,当然是住咱们家。"

"那我呢?"

"你当然和我住啊,咱娘儿俩挤一挤。"

小松微微一笑:"妈,我和林志飞又不是亲姐弟,也不熟,不好住同一屋檐下,这样,我最近就住高中同学家里,你好好招待林志飞女朋友啊,别让人家觉得你是恶婆婆。"

小松的语气让龚琴很放心,她说:"那明年让他们住宾馆,你带男朋友回来住家里。"

小松说:"好啊,不过,我今天得先去同学家放东西,明天再回家吧。"

结束通话,小松在订房软件上订了一家宾馆,一直住到年后。在龚琴重新组建家庭那天,她就知道自己没有家了,因此这通电话也没有影响到她的心情。

高铁刚停,几个中年大叔就迫不及待地冲出门,开始抽烟。小松拎着行李箱下车,和大拨人潮一起出了车站。现在已经是春运了,接站的地方站满了人,小松几乎是被挤出人群的。

进出站在同一层,广场上开了各种商铺,红红绿绿的广告牌倒映在光滑的地板上。她从左往右张望了一下四周,直到最后,才看到一个家装广告灯牌下站着的男人。他双臂抱在胸前,身体向后靠在广告灯牌上,扬着下巴,目光淡淡地看着她。

对视的那一瞬,她刚才在高铁上发的誓就被抛到脑后了。除了发的誓,一同被她抛弃的还有她的行李箱。她把行李箱往后一扔,直接朝着那个身影跑去。她撞进对方怀里,抱住他的腰。

成州平被撞得身体后移,他双手投降似的举了一瞬,然后落下来,像她紧紧抱住自己那样紧紧抱着她。

小松在他怀里赌气地说:"有人不是不来了吗?"

成州平哼笑了下,有些欠地看着她:"有人不是有别人接吗?"

小松不服气,她松开成州平,手臂交叉放在胸前,抬头看他:"有人怎么就这么嘴硬呢?"

"有人还说别人嘴硬呢。"

"有人你再说一句!"

在两个"有人"有来有去的时候,一个慌里慌张的妇女提着小松的行李箱就跑。成州平立马追上去,他站到妇女面前,面无表情地看着对方,妇女尴尬地说:"对不起,我认错行李箱了。"

成州平淡淡地说:"没事。"他推着小松的行李箱走回广告灯牌前,"走了。"

小松跟在他身后走了两步,觉得他们两个人这样走好像有一点儿怪异。她乍然看到前方一对年轻情侣,走路的时候,两个人的手像被502胶给粘上了。她拉了一下成州平夹克的袖子。

成州平手插在口袋里:"你想干什么?"

小松把手掌翻开,张开五指。在明亮的灯光下,她掌心的纹路清晰可见。

成州平将自己的手覆盖在她的手心，与她手心相贴，十指相扣。

他的手掌温厚而有力，小松的手被他完全包覆。

成州平今天是开车来的，停车场在地下二层，他把小松的行李放到后备厢，二人都上了车后，他问她："你去哪里？"

小松告诉他的是一家宾馆的名字。

成州平在车的导航上输入那家宾馆的名字，边输入边问："怎么不回家里住？"

小松说："我妈新丈夫的儿子带女朋友回去，我不想和他们住一起。"

成州平对小松家庭状况的了解还停留在李长青去世那一年："我记得你家在兴和嘉园。"

"我把房租出去了。"小松说，"现在我也是个包租婆了，成州平，你要好好巴结我啊。"

成州平斜着眼扫了她一眼，说："我是那种贪慕虚荣的男人吗？"

小松食指敲着下巴，想了想，她说："不好说。"

成州平胳膊钩住她修长的脖子，把她的脑袋困到怀里，嘴唇贴在她唇上，泛开一个浅浅的笑："以后我要是残了，你养我。"

小松被他钩得心痒难耐，含住他的下嘴唇轻轻撕咬，然后放开："成州平，我们去宾馆。"

他们去宾馆、办入住、进房间……几乎是一气呵成。被子下的床单像被风吹乱的水波一样，皱起一圈圈涟漪。

小松一直看着上方的男人，今天他穿着一件浅蓝色的衬衣，莫名地与他的气质契合。她解开他的衬衣扣子，脱去他身上打底的短袖，看到他满是刀疤的腰腹。

在成州平汹涌的情潮下，小松感受到了初次的痛楚，她的手紧紧抓着枕头。

在两人高峰交错的那段时间，她想，每个人的一生也许会有很多段有始无终的感情，但只会有一个人，一段感情，你贪恋他给的痛彻心扉，更贪恋自己的甘之如饴。

事后，成州平搂着她，时间已经晚上十点了，他们都没吃饭。成州平问她："你饿吗？"

小松摇了摇头："我在高铁上吃了面包，你呢？"

成州平说："我不饿。"

成州平烟瘾可不小，事后一根烟已经是惯例了。但他今天没有抽烟，而是一直盯着电视黑洞洞的屏幕发呆。她的下巴在他的肩膀上蹭了蹭："你有心事吗？"

"小松，我——"成州平欲言又止，开口比他想象中要难一些，他抿了抿唇，松开握着她的手，"明年我会有个工作，得去广西一趟。"

小松的目光从他脸上挪开，她看着电视机里映出他们两个人的样子，都有些变形了。她手心圈住成州平的食指，落在被子上，他们手压下来的地方有一片褶皱。

"成州平，我觉得，两个人在一起有没有以后不重要，只要当下全心全意、毫无保留地投入，就不会有遗憾了。"

因为她这样说，所以成州平那句"你能不能等我"始终无法说出口。他也不知道这次会去多久，也许比上一个七年更漫长，长到他根本不敢开口说出那个"等"字。

"李犹松，对不起。"成州平握住小松的手，狠狠地说，"我没办法不干缉毒。"他是在这个环境中长大的，他遇到的所有好人、所有帮助他的人、拉他上正轨的人都是干这个的，他没有其他选择。

"我明白。"小松说。她松开成州平的手，凝望他的眼睛，看了他好一会儿。

直到成州平的眼皮垂下，开始躲避她的目光时，她伸出双臂，搂住他的脖子："我一直觉得，人一辈子能有让自己勇敢去追求的事，才算真正的圆满。"你有你要追求的，我也有我要追求的，小松心想，只是对我们来说，那件事不是彼此而已。但那也没关系，真的没关系，因为他们已经是茫茫人海中最幸运的人了。

小松从成州平的额头一路吻到他的嘴唇，她温柔而坚定地吻他。

成州平没了父母以后一直都是一个人，他不知道什么是牵肠挂肚，长

341

久以来，他想要什么都可以毫无顾忌地去追求，每一次都是成功的，这给了他一个假象，让他误以为自己是个还算有勇气的人。直到她出现。她的执着、真诚是一面镜子，照出他所有的卑劣、怯懦。

成州平紧紧抓着她的睡衣，也许他在试图传达些什么，可他能做的只有抓着她的睡衣，而不是她的手，他恨自己软弱。

这一夜他们一起睡在宾馆。第二天早晨，成州平先送小松去龚琴和林广文的家。

这是个新楼盘，成州平和小松相继离开这座城市那年它尚未建成。现在停车场的车位已经停满了车，小区旁边的各种商店、餐馆里挤满了顾客。

小松给龚琴和林广文都带了礼物，有两个大大的纸袋，成州平帮她把袋子提到了楼道里。小松抱了他一下，然后从他手里接过纸袋："你多吃水果多吃肉，知道吗？"

成州平只能送她到这里，要是被龚琴看到他们在一起，这个新年又要被毁掉了。成州平也嘱咐她："受委屈了就给我打电话。"

小松微微一笑，朝他挥了挥手："成州平，再见。"

成州平出了单元楼，没有走，而是站在一辆车后面，让车身遮住自己的身影，他一边抽烟，一边看着住宅楼的一扇扇窗户。龚琴家在十七楼，他这个视角其实什么也看不到。

小松坐电梯上了楼，她没有立马走到龚琴家门口，而是先走到窗户前。她知道成州平已经走了，但不知道为什么，那扇透亮的窗户一直引诱着她前往。她走到窗户前，向下看了一眼，小区里的人都像蚂蚁一样小，她什么也没看到。

今天是年二十九，小松带着礼物回到家。她给龚琴和林广文各买了一件鹅绒马甲，又买了一些维生素和鱼肝油。

林广文穿着围裙从厨房出来："你这孩子，给我们买什么东西呢。"

龚琴说："你林叔今天亲手给你包饺子，是你爱吃的猪肉玉米馅。"

小松搂着龚琴的脖子，对林广文说："还是林叔厉害，我妈都被你宠得生活不能自理了。"

龚琴嗔怨:"你这孩子,说什么呢?"

小松问他:"小飞和他女朋友呢?"

龚琴说:"俩人出去约会了。"

中午的时候,林志飞和他女朋友回来了。林志飞在龚琴和林广文这一对教师的帮助下高考时成功逆袭本市的一本,去年考上了外地211大学的研究生,这个女朋友是他同班同学。他的女朋友叫方敏,年纪和小松一样,不过她很会打扮自己,所以看起来比小松成熟一些。

中午的饭桌上,大家边吃饺子边聊天,其乐融融。

林志飞和小松两人生活上所有的交集无非过年非得凑一起的时候一块儿打打游戏。吃完饭,林志飞问小松:"小松姐,玩 Switch 吗?我前天刚买的卡。"

小松还没说话,方敏便掐了林志飞一下:"吃得撑死了,咱们出去转一圈消消食儿吧。"

02

林志飞不情不愿地跟方敏下了楼,方敏一边拉着他往小区外面走,一边问:"你们这里最近的商场在哪儿?"

林志飞说:"你有病吧,没事去商场干什么?"

方敏瞪了他一下:"你没见你那个姐姐带的大包小包回家吗?你也不提前跟我说,我什么也没带,她带那么多,我成什么了?"

林志飞说:"我们家没这么多讲究,很民主的。"

方敏说:"那是你们家的事。我不管,咱们现在赶紧去商场买点儿东西。"

林志飞只好和她一起去了商场。方敏在一楼的首饰大卖场看中一条施华洛世奇的手链,价格在两千左右。她说:"买这个吧。"

他们还是学生,生活费都是家里给的。林志飞说:"这个太贵了,你送我妈,她心里肯定会有负担。"

方敏"喊"了一声:"两千不到,有什么贵的?你姐给你爸妈买的鹅绒马甲一件就得这个价。"

林志飞说："咱还在上学，省着点儿吧。"

方敏说："她不是也上学吗？哪来的钱给你爸妈买这么好的东西？"

林志飞四下看了一眼，低声说："她爸是烈士，抚恤金和工资卡都给她了，不过，人家学习好，一直有奖学金，又保研保博的，给导师打工也挣钱。"

方敏睁大眼："她就一直被保送？"

林志飞说："你现在知道我压力多大了吧？"

方敏"哦"了一声。

林志飞问她："还买不买？"

方敏说："当然买了。"

两人带着手链回家送给龚琴，龚琴虽然嘴上嫌他们破费，但心里还是很高兴的。

小松静静地看着方敏跟龚琴介绍，林志飞还依依不舍："姐，咱打一局游戏吧。"

下午，方敏陪着龚琴去超市，林广文在家里准备晚饭，小松和林志飞坐在沙发上打游戏。

小松趁着游戏正激烈的时候小声对林志飞说："咱们现在都是学生，不要买超过自己能力范围的东西。我给我妈和你爸买东西，是因为陪他们的时间少，心里过意不去，你一直陪着他们，这份陪伴比任何礼物都贵重。"

林志飞除了高中父母刚离婚那几年浑了点儿，大学以后就成熟了很多。他本性随林广文，温和、耿直。

这是小松第一次教育林志飞，林志飞也认同她的话，于是点头说："姐，你的话我记住了。"

晚饭林广文做了方敏的家乡菜，方敏很会和长辈相处，夸得林广文嘴角就没下来过。

龚琴倒了一杯橙汁，对小松说："小松，大年初一呢，我们打算两大家人一起聚一聚，按照咱们家这边的习俗，你也该改口叫你林叔爸爸了。"

小松放下筷子，微怔着抬起头："你们是不是有点儿过分了？"

林广文拉了龚琴一下："孩子都这么大了，别为难孩子。"

龚琴的手甩开林广文："没你的事。"她继续看向小松，"这些年你林叔对你怎么样你心里清楚。每年过年先紧着你的口味，然后才是林志飞，重组家庭很难一碗水端平，你林叔这碗水一直向着你。"

小松也叫嚣似的看着龚琴。她声音并不大，很沉静，却让人忍不住噤声："我有爸爸。"

提起李长青这个人，龚琴的情绪再次发作，她提高声音："你扪心自问，你爸管过你吗？"

小松说："那他也是我爸。"

母女俩没有预兆地针锋相对，没人敢劝她们，因为没人知道她们争执的是怎样一件事。

"是吗？"龚琴扬声反问，"那你怎么现在才说这话？"

小松渐渐低下头。

龚琴突然大喊："你说啊，为什么你现在才说这话？"

林广文制止龚琴："大过年的，你就放过你自己吧，别太过分了。"

龚琴指着自己："我过分？"然后，她指向小松，怒吼道，"你爸出事那天跟你打电话，你跟他说了什么？你说啊！"

小松坐得笔挺，像个接受审判的罪人。她一直很坚强，李长青去世后，她再也没哭过。可现在，她的眼泪跟断线的珠子似的，吧嗒吧嗒地掉在米饭里。

龚琴发疯一样大喊："你不是为了他一直记恨我吗？那你说啊！那天你跟他说什么了？！你说啊！"

小松突然站起来，抓起自己的外套，夺门而出。门的另一侧是龚琴疯狂的嘶吼。

小松一直在跑，她打车回宾馆，在出租车上，她终于泣不成声。

出租车师傅疑惑地看了她一眼："姑娘，你没事吧？"

小松摇了摇头。

司机把她放在宾馆门口，她胡乱地给了他一张一百块钱的人民币，然后跑回宾馆房间。

她回到床上,抱住自己,她一直咬着自己的胳膊,咬出了血印。只是腥涩的血的味道丝毫不能减轻她的负罪感。

她回想起李长青出事的那个夜晚。

那天她正抱着一盒薯片坐在沙发上看电影,电影演到最精彩的地方,李长青打来了电话。他问她高考分数,她说,等他回来再告诉他。

李长青用他一贯神经大条的语气说,他得一个月后才回来。

小松听到这句话,于是说:"要不然你永远别回来了。"

那本来只是女儿对父亲耍小脾气说的一句话,却成了她一辈子要背负的罪过。

人难过极了是没有声音的。小松慌乱地下了床,去翻自己的行李箱,她在羽绒服底下找出一盒药,直接倒出半盒塞进自己嘴里。

她知道这一切都要结束了,她要赎罪了。

…………

今年警队效率很高,一连破了几起重大贩毒案,年底的时候,刘文昌给队里放了假。

成州平下楼买完水,上来的时候,看到几个警员穿着便衣,勾肩搭背地下楼。他问他们:"今天不值班吗?"

其中一人说:"刘队今天给我们放假,我们打算去吃烧烤,成哥,你一块儿去不?"

成州平问:"那办公室谁接报警电话?"

那个警员说:"周队在呢。"

成州平问:"就周队一个人吗?"

对方点了点头。

成州平叹了口气,说:"你们快去玩吧,别浪费时间。"

他回到自己的宿舍,从冰箱里拿出前两天老周塞进来的速冻水饺,扔锅里煮了。煮完以后,他把水饺挨个儿摆进保鲜盒里,然后穿上外套,提着水饺去办公室找老周。

老周正靠坐在椅子上,举着手机看球赛,警帽被他扔在一堆废纸中间。

成州平把保鲜盒放他桌子上："趁热吃。"

老周放下手机，抬起头："哟？这是谁啊？这么贴心，我都不认识了。"

成州平说："你就赶紧吃吧。"

成州平也没吃晚饭，他带了两双吃外卖攒的一次性筷子。老周掰开筷子，说："你真是长大了。"

成州平笑道："说什么呢，我都三十一岁了。"

老周回忆起当年他和李长青去学校讲课，他俩稿没背熟，在讲台上谁也不肯先上，有个刺儿头学生光明正大地从教室前门离开。一眨眼，刺儿头都三十一岁了。

老周从抽屉里鬼鬼祟祟地拿出两罐啤酒："别让刘队知道。"

他们一齐拉开啤酒拉环。

老周敬成州平："今年过年怪冷清的，还好你小子在。"说完，他自顾自呢喃了一句，"往年这会儿还有李长青闺女给我发新年祝福，今年怎么还没发？"

成州平从老周口中听到小松，愣神了一下。他放下啤酒，说："大家不都是大年三十晚上发吗？今天才二十九。"

老周说："本来是大年三十发的，但我这几年年三十晚上不是连续出警嘛，她就提前到二十九发了。"

成州平"哦"了一声。

吃饺子的过程中，他的心里一直有事悬着，老周说什么他也没听进去。他恍然一下抬头，问老周："新年祝福发过来了吗？"

老周特地检查了一下手机："没啊。"

成州平了解小松是个很执着的人，她不可能突然停止给老周发新年祝福。在安静的办公室里，他的心忽然焦灼起来。他放下筷子，站起来，对老周说："我头疼，回去睡一觉。"

老周关切地问："怎么个疼法？要不去医院看一下？"

成州平说："困的，我先走了。"

他一离开办公室，就立马拿出手机拨出那个电话号码。每次他给小松打电话、发短信都要重新拨出十一位数字，他从不觉得麻烦，可现在他后

347

悔没有直接把她的名字存在手机里。

成州平拨通电话，一次、两次，都是无人接听。

她每次接到他的电话，都会轻轻叫他一声"成州平"。每一次他都故意做后开口的那一个人，这样他就可以享受更多来自对方的偏爱。他知道小松有多喜欢他，她不可能不接自己电话。

成州平大步飞奔到停车场，拉开车门，他把车开到最大速度，前往小松住的宾馆。

今天宾馆前台值班的是个小姑娘，成州平气势很凶，小姑娘壮着胆问他："先生，请问您需要什么帮助？"

成州平说："我要702号房的房卡。"

小姑娘一愣，调整表情，微笑着说："先生，您是我们的客人吗？"

成州平没有时间跟她解释，他拿出自己的证件。

小姑娘一看警察证，以为702号房里是什么嫌疑人，她从抽屉里找出备用房卡，交给了成州平。

成州平握紧房卡，等电梯的时间让他更加不安，电梯太慢了。他的腿还没完全好，但他一口气跑到了七楼。

他刷开房门，屋里一片亮堂，小松横躺在床上，除了头发有些乱，她的面容异常平静。他抱起她的头，使劲往自己怀里搂，他喊她的名字："李犹松！"

她没有回应他。

一直以来，都是她支撑他、安慰他，把她的能量一点点输送给他。他从来不知道，要是没有她，他会变成什么样。

他看到桌上的安眠药和矿泉水瓶子，屋里灯光从上而下照着他的脸，仿佛一场冷峻的审判正在发生。

03

似乎许多人都会用花这种美丽的植物来形容女人。成州平想起小松，想到的不是哪一种花，而是泥。她把所有的养分都给了别人。所有人都在向上向外追逐阳光雨露，而她则是向内开垦着她自己，把自己埋进阴暗中。

成州平坐在抢救室外面的等候区，把脸埋在手掌中，很久很久。

脚步声、车轮声、护士的叫喊声、孩子的哭闹声……慌乱的急救室里有各种声音。成州平只感觉到一片无法终结的寂静，他的心和头脑空前地沉重，好似有什么东西拽着他不断往下坠，他挣得越厉害，那股拽着他的力量就越沉重。

不知道多少小时过去，他仍旧保持着同样的姿势，一动不动地坐在抢救室外冰冷的座椅上。

凌晨三点，护士出来告诉他："病人已经脱离危险，你是家属吗？这几张单子拿去门诊交费。"

成州平交完费，没有回到医院。他在这座城市上学、工作，可现在依然无处可去。他开车到了市中心的旅游区，这会儿街上只有零零散散轧马路的游客。他把车停在路边，然后就在车上睡了过去。

小松在医院被医生、护士挨个儿教育了一遍。以前，都是她教育别人，以病人的身份来到医院又是另一种心情。

小松很少生病，二十五年加起来只住过两次医院，第一次是在德钦高反的那个夜晚，第二次就是今晚。她听医生说，是个男人带她来的，她以为是宾馆的人，没有多想，而现在她的精力也不允许她多想。

小松躺在病床上，尽管眼皮很重，但她还是努力睁着眼，凝视输液管里缓缓流淌的透明液体。她的头脑一片空白。

快天亮时，小松睡着了，第二天一早，护士来给她换了药瓶。这是个年轻的护士，脸圆圆的，有点儿凶。

护士瞪了她一眼："下次想不开，别挑节假日，同情一下我们这些医护好不好？"

小松只是默默看着她，现在没有说话的心情。

护士给另一床病人拔了针管，拿着药瓶离开病房。过了十几分钟，她端着一个纸杯过来，将纸杯放在小松的床头，双手插兜看着小松："以后真的别挑过年的日子。你其实就图那一下爽快，要真死了也就算了，顶多让你爸妈伤心,要是没死成,这大过年的别人都大鱼大肉,你只能喝白开水,你说,心里该多难受!"

小松喝了口水,轻声说:"谢谢你。"

她很感谢这个护士,她想,这就是自己想要成为一名医生的原因。尽管如此,她依然无法原谅她自己。如果她当初没能说那一句赌气的话,是不是就不会失去父亲了?

她压根儿无法继续去想这件事,去想它,只能让她更恨自己。她意识到自己被泥潭困住,爬不出来了,她无法想象,自己还要用漫长的一生去赎罪。

护士每隔一小时就过来陪小松说说话,但小松真的没有力气,刚开始还会回应护士,后来,都是护士在说自己的事,小松用眨眼和点头来回应她。

晚上护士换班后,就回家去过年了。

大年三十晚上,病房里只有她一个人,她刷了会儿手机,发现除了她,今天全世界都在过年。

龚琴没有找她,林广文给她发了几条微信,问她在哪儿,她说在同学家里,想要静一静,林广文也不好多问。

小松从不看春晚,但今天晚上除了春晚,她似乎别无选择。电视画面里红红火火一片,照在冷冰冰的医院地板上,地板都泛着红光。她就一直呆呆地看着电视屏幕,电视机里发出的欢呼、喜悦都无法抵达她的内心。

在她茫然的时候,有人推开病房门。那是个高大的男人,小松却花了一会儿时间才想起他是成州平。她抬起头看着对方冷峻的脸,忽然有些后悔——她要是不做傻事,就不用和这样一张可怕的脸在一起过节了。他漠然的面容和电视机里欢笑的人群对照鲜明。

成州平提着一个红色的袋子,他把袋子放在了小松隔壁的床上。

自他来了以后,小松的视线就一直跟随着他。她看到成州平朝她走过来,他离得近了,小松能感受到他夹克上的寒意,闻到皮革和烟草混合的味道。

成州平不笑的时候嘴角下沉，小松想让他笑一笑，因为他不笑的时候看上去真的有一些凶。

她抬起头注视成州平漆黑的眼睛，可就在她沉默地看着他的时候，他扬起手，一耳光打在她脸上。

小松没能躲开，被他打偏了头。

"疼吗？"他的目光像冷冰冰的刀子。

小松很想反驳他、讽刺他，可她害怕自己的语言造成无法弥补的伤害。

她一直是个任性、自我的孩子，不顾后果地去喜爱，去憎恨。她可以狡猾地欺骗所有人，躲避责罚，直到成州平出现，他凭着敏锐的直觉看透了她，残忍地揭穿了她。

如果她可以预知这个男人会看到她全部的伤疤，当初便不会那样果敢地追寻。可是，尽管他用严厉的方式惩罚了她的任性、自私，他依然是她充满遗憾的年纪里唯一没留遗憾的人。

小松嘴巴张了张，又合住了。她抱着膝盖，想了想，才轻声说了一句："有你这么对病人的吗？"

"我现在就想把你扔湖里去。"

小松瞪圆眼，愤怒地看着他。同时，她也惊奇地发现，自己失去的生命力正在一点点回来。

她眼珠子一转，看到成州平放在隔壁床上的袋子，里面装着一些薯片和饼干。她心一软，说道："要不然你把吃的放下，先走吧，我没事了。"

成州平往后坐在那张床上，掏出烟咬上，正当他点燃烟的时候，小松提醒他："医院里不能抽烟。"

成州平说："轮得到你管吗？"此时他身上的疲惫感前所未有。

小松心想，还好他总是又凶又傲慢，如果他对她再温柔一点儿，她一定舍不得他。

他们一言不发，谁也不理睬对方。电视里春晚已经换了好几个节目，十点半的时候演的是一个小品，小松看进去了，她也跟着春晚底下坐着的观众一起笑了出来。

成州平瞥了她一眼，他的目光也转移到了电视上，不过，他不觉得小品有多好笑。

他们看着同样的电视节目，反应截然不同，一直到十一点五十九开始新年倒计时，五、四、三、二、一。

电视机里播放着全国各地的烟花画面，医院里听得到烟花绽放的声音，但是它们被四周的高楼围堵起来，什么都看不到。

成州平看着向窗外望去的小松，问："想出去看烟花吗？"

小松说："等我们出去，人家都结束了。"

成州平烦躁地说："你到底想不想去？"

她看了他半天，轻轻点了点头。

小松提前办了出院，办理出院的时候，又被教育了一通。她从小到大都是别人家的孩子，从来都是家长、老师拿她当榜样去教育别的孩子，今天她遭受了人生中最多的批评教育。

今夜还上班的护士脾气暴躁，光教育她还不够，连带着成州平一起教育："小情侣有什么解不开的矛盾？至于闹这么大吗？"

成州平听出来，对方是以为他欺负小松了。他也不能辩驳什么，只能老老实实地挨训。

小松坐上车，后知后觉道："刚才的护士姐姐误会我们是情侣了。"

误会……成州平不耐烦地看了她一眼："信不信我把你扔这儿？"

"你扔吧，我打车回宾馆。"

成州平嘴上说要扔了她，但没有付诸行动。他沉着脸开车，小松发现这是出城的方向。

过年路上本来就没人，越往郊区走越有种寂静岭的阴森感。她不由得握紧安全带："你要带我去哪里？"

"抛尸。"

小松后背发凉。

"现在知道怕了？自己找死的时候怎么不怕？"

小松叹了口气，不好意思地说："那不一样。"

自始至终，成州平都没有问她那样做的原因。

本市的郊县富庶，各县都会有自己的烟花晚会，这是成州平以前过年执勤的时候知道的。郊区有大大小小的丘陵,是观测烟花的绝佳场地。

成州平打开车灯,从路边树丛的小道开进去,一路开上山顶,正好赶上最近一个郊县的烟花尾声。

女孩子都喜欢烟花这种漂亮又短暂的东西,小松也不例外。她坐在副驾驶座上,认真地望向前方与她视线齐平的烟花。

成州平准备了一些要跟她说的话,可在这一瞬间他迟疑了。烟花五颜六色的光在她脸上变换,他蓦然想到那年的日照金山,同样短暂和绚烂,她也是这样虔诚的模样。

成州平想,假如两个人同时下坠,他应该用尽全力托她上去,而不是拽着她,让她陪自己一起坠底。

看完烟花,成州平带她回了宿舍。

成州平的宿舍比他在昆明住的地方小一点儿,但设施比较新,而且屋里有张可以坐人的沙发。小松进门,站在玄关的地方,揉了揉自己的肚子:"我饿了。"

"冰箱里有速冻饺子,你自己下吧。"

小松傻眼了,居然真有这种男的。她要是随便答应一个追求她的男生,也不至于落得大过年自己下饺子吃的下场。她不由得小声反驳:"你怎么能这样?"

成州平脱掉夹克,露出里面满是褶痕的淡蓝色衬衣:"你是谁啊?让我大半夜给你做饭。"

"李犹松啊,不认识了?"小松的语气听起来又无辜又欠收拾。

成州平的目光在她脸上打量了一圈:"宿舍热水到两点就停了,你先去洗澡,我做饭。"

小松脱下鞋,赤脚踩着他的拖鞋,直接进了浴室。

浴室水声哗啦啦响,厨房水声也在哗啦啦响。

成州平洗完青菜,放进一个盘子里,又从冰箱拿出鸡蛋和剩饭。他总是能回忆起他们第二次见面小松给他做的那碗蛋炒饭。他吃了这么多年蛋炒饭,只吃过那一次带壳的。想到这里,他笑了笑。

他分别炒完了米饭和青菜,而浴室里的水声还在继续。在那淋漓的水声中，他的心持续跳动不安。他怕她又做出昨晚那样的事。他无法再等，倏地从床上站起来，当他准备前往浴室的时候，浴室门被推开。

温暖的浴霸照在小松赤裸潮湿的身体上，她离开浴室里暖黄色的光，向他走过来。

成州平装作若无其事地坐回床上，他用一句玩笑话掩饰自己内心的狼狈："你就上赶着投怀送抱吗？"

第二十章

同盟

01

小松一丝不挂地走到成州平面前。

她没有光洁无瑕的皮肤,白皙的皮肤上大大小小的疤痕凌乱。可这样的身体让成州平难以自持,在他眼里,她神圣、孤傲,也残破可欺。他要用全部力量去隐忍、克制自己。

小松站在他两膝之间的位置,她一只手贴上他的脖子,感受那里外凸的青筋与滚烫的温度。

成州平的手贴上她的后颈,把她的脑袋压下来,亲吻她的嘴唇,他的动作充满了浓重的情欲。小松既想挣脱,又想就这样被他毁掉。

小松咬了下他,抬起头,冷冷地挑衅他:"你不脱吗?"

成州平站起来,扯开自己的衬衣,扣子绷开,掉在地上,发出微不可闻的声音。他脱掉背心,和衬衣一起杂乱地堆在脚下。

他的身体和她的一样,横亘着不美好的伤疤。他们赤诚相对,眼里除了彼此,再无其他。

成州平一把将她拉倒在床上,他用牙齿咬她脆弱的肌肤。小松痛得浑身紧缩。成州平咬完她,又轻轻舔舐过她身上的每一道伤疤。最后他亲回她的嘴唇,舌头撬开她的牙齿,凶狠地吻她。

他高高在上地俯视她,眼神狠戾:"叫我。"

小松扭过头,面无表情地说:"你不知道自己叫什么吗?"

成州平的手扳过她的下巴,他强迫她看着自己:"我让你叫我。"

她想和他赌气到底,可她发现,自己没有成州平固执。她心软了,双手抱住他的脖子，颤抖地说出那三个字——成州平。

这三个字是她一生中最好的故事的开端。她遇到的所有的意外之喜、留恋不舍、难过委屈都是源于这个名字。

为了这一场饕餮盛宴，她穿越荆棘林，她没有披荆斩棘的武器，于是被伤得体无完肤。可她不后悔踏上这条路，因为在这条路上她遇到了另一个人。

成州平的动作因她的触碰而变得温柔，他粗糙、宽大的手掌抚摸着小松苍白的脸，看了她一会儿，额头抵上她的额头，吻落在她脸颊上。

她的勇敢、她的坦诚最终让成州平溃不成军，却也备受鼓舞。他的心不可自控地偏离轨道，以前他说的、他想的、他决定的、他给自己做的人生规划通通都不作数了。

成州平的声音听上去也有些不可抑制地颤抖，他的话语低沉却又有力地穿透小松的心。他一边动情地亲吻小松，一边隐忍地说："等我这次回来，你跟我过，行吗？"

小松终于笑了，眼神清澈、明亮，起初她只是轻轻笑着，她看到成州平涨红的耳根，眼里恼羞成怒的神色，笑容越来越深："成州平，你要是敢食言，我就跟别人好，不但这样，我还要抓你来看我和别人结婚。"

成州平以为女人听到自己说的话都会感动落泪。但小松就一直笑着看他，在她毫无杂质的目光中，他甚至不知道要接什么话。他懊恼地偏过头去咬她的脖子，动作越来越用力："你就会对老子狠。"

小松抱着他的背，睁眼看向刺目而孤独的顶灯："成州平，为了我，你一定要平平安安的，行吗？"

成州平因为她这一句话喉头酸涩，更加说不出话来。

原本他这辈子谁也不牵挂，就为了他自己，一条路走到底，走到黑，他无怨无悔，今夜以后，他的人生有了新的开端、新的牵挂、新的未来。

…………

二人不出所料，睡到第二天中午。小松还算勤快些，睁开眼后看了会儿成州平的睡颜，就去洗漱、收拾屋子了。

昨天成州平做的饭在桌子上放了一夜，米饭都干硬了。小松尝了一口米饭,最终决定不为难自己了。她把饭菜扔进垃圾桶里,系上垃圾桶袋子,放在门口。

她套上毛衣和外套,穿鞋出门。出门前,她看到了鞋柜上放着的房门钥匙。她将那把钥匙握在掌心,金属的触感微凉。

拿钥匙这个简单的举动像一场为灵魂举办的神圣仪式,它意味着从此以后她和成州平正式进入了彼此的生活。

小松下楼扔了垃圾,遛了一圈就回来了。

刚开始她还在犹豫,如果碰到认识她的人该怎么解释这一切——有什么可解释的?是什么就说什么。但今天的宿舍冷冷清清,好像整栋楼里就只有她和成州平两个人。

她回去以后,发现成州平还在睡觉。

小松找了件他的卫衣换上,回到床上。

成州平床头放着本地理杂志,她拿来杂志,从头翻到尾。成州平轻咳了两声,她以为他要起床了,结果只是翻个身,继续睡。

她觉得成州平也挺奇怪的,以前他在云南工作的时候,天天和那些坏人打交道,自律得令人发指,一回到警队却开始堕落。

她很快就想明白了,那时候他害怕堕落,只能靠近乎自虐般的自律让他自己保持清醒。而现在他做回了成州平,所有人都知道他是个好人,他也就放松了。

到了下午一点,小松终于忍不住,她拍了一下成州平的肩膀:"不能再睡了。"

成州平翻了下身,面朝上躺着,他手肘搭在额头上,深深呼吸了一次,才睁开眼。他的左眼跟做过手术一样有了一条清晰的双眼皮痕迹。他的眼皮一单一双,打破了完美的对称,那股邪劲又回来了。

他呆呆地看着房顶,还没完全清醒过来。

小松手肘支着身体,侧躺着端详他的脸,在他的脸上有了一些岁月的痕迹,他眼角和鼻翼的纹路都更加深刻。小松手掌托起自己的脸,说:"成州平,你是不是变老了?"

"呵。"成州平冷笑了声,然后习惯性地伸手从床头柜上拿烟,"也不知道是因为谁。"这两天的心力交瘁是他前所未有的。

小松笑了笑："不过现在这样更有味道了。"

成州平心里虽然得意，但嘴里咬着烟，没有回她。

小松盯着打火机的火苗，他们没有拉开窗帘，屋子里昏昏暗暗的，打火机的火苗锃亮。

窗帘是暖色的，被过滤进来的光是暖色的，燃烧的香烟也是暖色的，一切光景都是暖调的，成州平身上也覆盖了一层温暖的光影。他吸了一口烟，两颊凹陷，吐出的烟气让屋里的氛围更加暧昧。

小松轻轻拉着他的手："我能抽一口吗？"

成州平扫了她一眼，他的食指和拇指捏着烟，送到她唇边："只能抽我给的，记住没？"

小松轻轻吸了一口，浓烈的烟草气息沉入肺部，她咳了两下，成州平投来嘲笑的目光。她吸第二口的时候顺畅了很多。

她想到成州平抽烟时的样子，试着摒除脑海里其他的念头，当她呼出烟雾的时候，成州平的面容在烟雾中变得模糊。

朦胧之中，她看到成州平邪笑一下。

灵魂被填饱了，该身体饥饿了。小松不像成州平身体抗造，她洗完胃就几乎没吃过东西，熬到现在，人已经虚脱了。再不吃东西她怕会晕倒，于是催着成州平去做饭。

成州平用电饭锅熬上粥，又点了一条清蒸鲈鱼、一份清炒时蔬、一份炒土豆丝。

吃饱了有力气了，小松问："要不要下去走一走？我看楼下有健身器材，可以锻炼。"

成州平灌了口啤酒，说："不下去了，房里也能锻炼。"

提起"锻炼"这两个字，小松脸一红，她把啤酒罐贴在脸上，给自己降温。当她的目光对上成州平目光的那一瞬，就知道自己逃不开"锻炼"这两个字了。

不得不说，成州平锻炼的花招还挺多。从大年初一到年初四整整四天，两人大门不出，二门不迈。他们就在这个小屋子里尽情尽兴。

年初五宿舍里的人突然多了起来，早晨八点，小松躺在成州平的臂弯里，被楼道里的脚步声和打闹声吵醒。她睁开眼，安静地看着成州平的睡颜。

昨夜他们一起洗澡，现在的成州平身上散发着清爽的青橘味道。他睡觉的时候呼吸声很沉，嘴巴自然地抿紧，喉结一上一下动着。他的嘴唇长得很标准，薄厚适中，嘴角因为长期下沉，有两道自然而明显的纹路。

她吻了一下他的嘴唇，他还没醒，小松又亲了亲他的额头、鼻尖，然后重新回到他的嘴唇上。

这时，成州平的手机响了。他蓦地睁眼，撞到了正在偷亲他的人。

小松被抓了个现行。

成州平醒着的时候，她可以光明正大地亲他，占他便宜，她从来没有不好意思过。但趁他睡着的时候，她亲他反而慎重起来，有种做坏事的心理。

这种小心思被他撞破，小松立马向后躲。

成州平的手迅速按住她的脖子，一边完成这个吻，一边伸手够手机。

他举着手机，看了眼来电显示，小松也看到了。

成州平按了接听键，然后翻了个身，压在小松身上。

"刘队。"成州平说。

"干吗呢？"刘文昌问。

他轻笑着看着身下的小松紧紧盯着他的双眼，说："锻炼呢。"

"哦——"

小松殷红的嘴唇无声地张合，她用唇语说：流氓。

刘文昌说："过年这几天，广西当地警方对傅辉进行了追踪，能查到的资料已经让小吴整理好了，待会儿发给你，你回头先记熟了。成州平，你车开得怎样？"

小松发现成州平的眼神变了味，越发浓重，她被看得头皮发麻，于是灵机一动，抬起双手挡住他的眼睛。她看到成州平唇角上扬，对着电话肯定地说："非常好。"

刘文昌又问："有 B2 驾驶证吗？"

"有。"

刘文昌说:"大年三十那晚,百色底下一个县城的交警队接到报警,有人醉驾发生车祸,造成一死二伤。过了两天,负责追踪傅辉的刑警发现傅辉的造纸厂正在招聘货车司机,便对了一下信息,那个醉驾司机是傅辉造纸厂车队的司机。"

成州平眼里笑意一敛,他低头亲了一下小松的额头,然后起身走进洗手间。

造纸厂车队一般都会进行外包,傅辉造纸厂却有自己的车队,很难不怀疑他是用造纸厂的车队运毒。

成州平说:"我要怎么做?"

"应聘上车队的司机。当地警方会配合你取得傅辉的信任,你要打入他们内部,跟控贩毒团伙,拿到完整的证据链。"

这听起来也许有些难度,却是他的工作,他不假思索道:"收到。"

刘文昌说:."下午来队里开会。"

02

成州平打完电话从洗手间走出来。

小松已经换好衣服了,她靠窗站着,端视成州平赤裸的身体。因为上次出事,他的身体不如以前健硕,失去那层饱含力量的肌肉,他一身硬朗的骨头就显现出来了。打不断的硬骨上覆盖着一层满是疮痍的皮肉。

小松想,她永远不会心疼成州平,因为任何带有低视、怜悯的感情都是对他的不尊重。

在小松欣赏的目光中,成州平走到她面前,扣住她的腰,把她压在窗台上亲吻。那张狂、狰狞的生命正在支配着她。

从窗帘透进来淡淡一层光,照在他眼睛里,他的眼睛明亮生辉。这个早上,他的身体、他的目光,当然还有他的吻,他的一切一切,包括在他脸上流动的光影,在小松心里形成了一生都难忘的回忆。

短暂的厮缠结束,成州平从衣柜拿出制服,穿在身上。

这是小松第一次见他穿制服,他们认识七年以来唯一一次。她手里握着纸杯,喝了口水,说:"你穿成这样真好看。"

成州平挑眉看着她:"你的意思是我穿别的不好看?"

小松轻笑一声,调侃他:"你不穿衣服最好看。"

成州平再浑蛋,在小松面前,也从来无能为力。

中午小松下了速冻馄饨,吃完时已经一点,他们一起离开宿舍。

宿舍里住着的大多是刚毕业的警察,除了缉毒口的,没几个人认识成州平。他们狐疑地看着成州平和他身边的女孩,两个人没有牵手,没有交谈,可他们同频的步伐说明了一切。

下到一楼,碰到几个缉毒大队的后辈,他们看到成州平身边有个女孩,本来不太敢上前打招呼,因为带异性来宿舍算违纪,但距离太近,他们不打招呼说不过去,于是硬着头皮叫了声"成哥"。

成州平朝他们淡淡地点了下头,他把小松送到宿舍大院的门口,小松回头说:"我叫的车快到了,你赶紧去忙你的吧。"

成州平手插在口袋里,他仰着下巴,眼睛微眯,浑蛋似的看向她:"这么急着和我分开吗?"

小松抱了一下他,他穿着冬天的制服,抱起来手感厚实。她说:"我下午去看一趟我爸,然后回宾馆。成州平,晚上联系。"

成州平说:"路上注意安全,碰到解决不了的事,随时给我打电话。"

随时给我打电话——在他们认识的第一天,谁也没想到会有后来的故事,尽管后来他们在一起了,想要随时通话也很难。随时打电话,这是他们不敢想象的事。

一辆银灰色轿车停在路边,打着双闪。

小松仰头吻了吻成州平的嘴唇:"成州平,晚点儿联系。"

成州平朝她招了招手,看着她上车。

车开到郊区的公墓,小松在门口买了捧花,去看李长青。

人们都说时间可以让一切愈合,但在小松失去父亲的第七个年头,她还是没能走出来。她挣扎过,无果,只能顺从、接受。

小松告诉自己,没关系的,在光鲜的皮囊下,大部分人的灵魂都是破烂的，她只是其中一个。

她把捧花放在李长青墓碑前，李长青的墓碑用的是化名，没有照片。她的人生里，没有一张父亲的照片。她努力记住父亲的模样，最后还是遗忘了。

原本有很多想要倾诉的话，可出口的时候，只有一句颤抖的——"对不起"。她为自己的任性抱歉，也为自己的遗忘抱歉。

墓园旁边有个湖泊，离开的时候，她把那块电子手表扔进了湖里。因为你，以后我会努力更坚强，更勇敢，她在心里说道。

她的手腕上，取代那块电子手表的是一条红色编织绳。它巧妙地覆盖在她手腕的疤痕上，点缀了她苍白的人生。

在墓园回宾馆的车上，小松给林广文打电话，问了龚琴的情况。

林广文说："我昨天带你妈去二院看了，是抑郁症，医生开了一堆药，情况不是很乐观，建议先用药，复诊如果没有好转，建议住院。"

小松说："我是不是不方便去看她？"

龚琴和李长青的婚姻不欢而散，但在随后的多年中，龚琴对他都是又爱又恨。

龚琴理智上清楚，李长青什么下场都是他自己的选择，和她、和小松无关。可是她是个病人，发病的时候，她一直觉得是自己和小松害死了李长青。

林广文安慰说："你放心，我会一直照顾你妈，小松……这些年，你辛苦了。"

小松说："林叔，谢谢你。"

…………

成州平这次去开会，他们和云南、广西三地连线，会议重点就是这次行动的目标人物——傅辉。傅辉最早在云南境内活动，后来辗转去了山西，五年前，他在广西百色开了一家造纸厂，一举洗白，做起正当生意。

为了这次会议，云南一方特地请来了边境缉毒队退休的老所长彭海东。

彭海东是傅辉十几年前的同事，对傅辉的过往经历很清楚："傅辉这个人的侦查能力、格斗能力，现在放警队也是一流的，而且，我们不能确定他是否还留着以前在警方的人脉，所以此次行动必须慎重，再慎重。"

傅辉是警察出身，也就是说，他们警察会的傅辉都会，甚至比他们更在行。

彭海东话锋一转："但这个人有个核心弱点，他非常唯我独尊，当时带我们的老队长说过，傅辉这个人早晚会被他的性格害死。"

会议上，成州平做了笔记，把傅辉这个人在脑子里过了一遍。

结束了正式会议，视频另一头，彭海东调侃说："你们要量力而行啊，不行就别上，别让全国其他同事看笑话。"

一群老爷们儿自尊心都很强，刘文昌说："这次我们派去的卧底侦查人员，他在学校的时候啊……"他把当初李长青向他推荐成州平说的话完整地复述给彭海东。

一旁的老周听得乐呵呵，小声跟成州平说："咱刘队多护你这犊子啊。"

成州平没有像以往那样和他插科打诨，只是沉默地笑了下。

把韩金尧和闫立军缉拿归案，有他的功劳，但不全是他的功劳。在这七年里，除他以外，有多少在前方冲锋陷阵或在后方做案头工作的人，他们都默默无闻。

下午他们去食堂吃饭，刘文昌跟成州平说："这几天放松一下，过完十五，用最好的状态投入任务。"

老周吐槽他："你就不能让人家吃个安稳饭啊？非得吃饭的时候说。"

刘文昌和老周一起工作多年，两人一个唱红脸一个唱白脸，刘文昌心里骂了老周一声"老狐狸精"。

老周对年轻警员关怀备至，问他们："假期都到哪里浪去了？"缉毒大队本来就没人来，他们生怕把年轻孩子给吓跑，语气都格外温柔。

一个年轻后辈说："今年的贺岁片，我跟你们说，绝了。"

一行人兴致勃勃地聊起了贺岁电影。

成州平本来没参与他们的讨论，他上一次进电影院还是大学的时候，现在流行什么他一窍不通。听几个人把今年的某部贺岁片夸得天上有，地下无,他忽然抬头,问对面的刘文昌:"刘队,我今晚能去看电影吗?"

"有啥不行?"刘文昌说,"就一个小警察,出门可别跟人摆架子。"

老周又开始扮好人:"你怎么能这么说话?来,我教教你说话之道……"

刘文昌都说了,所以,晚上他是可以出去看电影的。

成州平回宿舍换上便服,坐在沙发上,在手机上搜索什么。他上学的时候还没智能手机,那时候要买电影票要么去电影院买,要么找黄牛买。他在手机浏览器里搜索的是:如何购买电影票?

照着网上提供的方式,他先下载了一个购票软件,找到热映大片,排名第一的就是今天吃饭时后辈夸的那部片子。他看了下时间,现在是傍晚六点四十分,他们应该能赶上晚上八点那场,于是他选了八点的场次,进入选座页面。

他没有选择余地,只有最后一排的最边角还有两个空座。他选了那两个空座,确认支付。

看着手机屏幕上出票成功的提示,他松了口气,然后拨通了小松的电话。

小松秒接。她刚在宾馆洗完澡,趴在床上抱着 iPad 看文献。她轻快地喊道:"成州平。"在过去的时光里,没有一次她接到他的电话时可以毫无迟疑地叫他的名字。

成州平说:"八点去看电影吧。"

成州平会主动提出看电影,小松感到很惊讶。看电影是一种大众主流的休闲娱乐方式,和成州平的生活完全不沾边,而且成州平不是那种会有约会意识的男人,小松觉得,比起外出约会,他可能更喜欢在屋子里待着,做一些更现实的事。

她语气带着笑意,调侃他:"成哥,怎么想起要看电影了?"

成州平不擅接受女人的调侃。他们这些男人有时很奇怪,自己逗女孩子的时候什么话都能说,一反过来被女孩子逗,就会产生一种羞恼的情绪。他轻咳了声,镇定地说:"我打车去找你,你十五分钟后下楼,我在宾馆外面等你。"

十五分钟……小松抬头望了眼对面的镜子，自己头发潮湿地贴在身上，光吹头发就得花十分钟了，哪还有时间化妆打扮？

时间已经不多了。她果断地说："挂电话吧。"说完，她果真就挂了电话，一声再见也不说。

成州平举着手机贴着耳朵，看着桌子上的玻璃杯，心里有些说不上来的滋味。

十五分钟时间真的只够小松吹头发和换衣服。

她吹干头发，蹲在行李箱前翻衣服，翻来翻去，在美丽和温暖之间，她毅然决然地选择了美丽。她挑了一件白色衬衣打底，外面套一件深绿色毛背心，下身穿毛呢裙，套上大衣，来不及化妆，她就只描了眉毛，画了唇彩，气质幽静。她穿上靴子，已经过去二十五分钟了。

小松欢欢喜喜地坐电梯下楼。她一出门，冷风便迎面而来。哪有什么人……宾馆外面空空荡荡，非说有人的话……街对面商场墙上挂的明星广告牌算人吗？

小松拿出手机，拨打成州平的电话，可是一直没人接听。随着电话里嘟嘟的声音，她的心越来越焦灼。

他不接电话。小松担心他出事，她使劲想，自己可以去哪里找他，可以找谁……

她突然发现，她和成州平之间除了彼此，还有她去世多年的父亲，没有其他任何交集。正当她打算给老周打电话的时候，一个怀抱贴上她的后背，对方双手圈住她的双臂，下巴抵在她肩头，柔声道："李犹松，你迟到了。"

03

小松忍住怒火。这种不接电话的戏码真的可以让她疯掉，她不想惯着成州平，挣开他，冷淡地说："走吧。"

成州平不懂她是怎么回事，他一步跨到前方，抓住她的胳膊："闹什么脾气？"

小松仰起头注视他："好玩吗？"

成州平似乎知道她在气什么了。他嘴角沉了一下："以后不会这样了。"

小松挑眉："不会怎么样？"

"不会怪你迟到。"

小松："……"

她想，这毕竟是他们两个人第一次约会，不能因为别的事破坏氛围，等约完会再算账。她说："先打车去电影院吧，时间紧张。"

成州平伸手拦下出租车，在车上，两人都没说话，一直到了电影院，才有了一段无聊的对话。

成州平看着一个抱着爆米花的初中生从他们面前飘过，便问小松："吃爆米花吗？"

小松："我不吃。"

然后就没然后了。

电影是3D的，两人领了眼镜，进入电影院。电影剧情刺激，一开场就是爆点，一直持续到结尾。

这个时间点来看电影的都是情侣，电影一结束，他们就开始讨论剧情。小松和成州平没有做这样的事。他们都是现实的人，电影演得再逼真，也不会过分投入。

成州平发现小松是故意不跟他说话的，长久以来，都是他一勾手，她就放下一切向他跑来，他第一次在她这里受到冷遇。看电影的时候，他一直在想这是为什么，后来也不想了，就当她小女孩闹脾气。

走出电影院，夜色冰冷。成州平点上烟，抽了一口："过完十五，我就要去工作了。"

小松抬头看着冷冷的月亮、乌云，夜晚有一些冷，她一张口就呼出浓浓的白雾："成州平，在你去工作之前不要故意不接我电话。"他们能通话的次数寥寥无几。

成州平的手一直捏着烟，他的手僵在身侧，烟灭了。他拉住她冰冷的手，放进自己的口袋："嗯，别生气了。"

小松反握住他的手,握得很紧,在成州平夹克的口袋里无人看到的地方,她的指尖发白。

成州平问她:"你穿成这样冷不冷?"

这座城市的冬天比不上北方的寒冷,可湿意渗进骨头里,骨头像要裂开一样。小松不肯承认自己为了美丽放弃了温暖,嘴硬道:"不冷啊,我衣服很保暖的。"

成州平松开她的手,张开手臂把她揽进怀里,无论外面如何寒冷,他的怀抱依旧温暖。

电影院所在的商圈和小松入住的宾馆只隔了两条街,他们就这样在路灯的指引下走路回去。其实时间也在流逝,只是以步行的方式,主观上感受到的时间会走得缓慢一些。

成州平把小松送到宾馆门口,说:"你回去吧。"

小松站在台阶上,微笑着看他:"你明天有工作吗?"

成州平摇头说:"没有。"

小松学着电影里面轻浮的男主角,手指钩着成州平的下巴:"我邀请你和我一起上楼,去不去?"

不论何时,她看向他的目光都坦荡而炽热。

成州平抓住小松的手,放在唇边吻了吻,如他所料,小松立马就害羞了,她慌张地往回抽自己的手。

成州平那老成的眼神分明在说:跟我玩,你还嫩了点儿。

宾馆房间里,一通狂欢。

小松忘了自己在哪本书上看到过这句话:正确的爱是对于美的、有秩序的事物的一种有节制的和谐的爱,而没有哪种快乐比色欲更为强烈和疯狂。可是人心如何用正确、错误这样简单的方式来判定呢?

成州平今天折腾了很长时间,他的眼睛甚至布满猩红的血丝,小松抚摸着他太阳穴的青筋,她想问他是不是害怕即将到来的任务,最终没有问出口。

她亦无法预料这次分别会有多久。她抱住成州平,因疼痛而紧紧咬住他的肩膀。

事后她洗完澡，出来时发现成州平趴在床上睡着了。她上了床，也趴下，侧头看向成州平。

成州平骤然睁开眼，他无力地眨了眨眼，看上去很疲惫。

小松突然坐了起来，抱住成州平的脑袋，让他枕在自己腿上。

成州平从没有用这样的姿势依赖过任何一个人。

他依稀记得他的亲生母亲是个冷漠的女人，能让她热情的只有毒品。起初，他不知道为什么那个女人对他总是冷漠，年幼的他总是努力把每件事都做到最好，可依然得不到一句鼓励。

很多年后，他已经上了大学，再回到他那个县城，找到当年认识他亲生父母的人，才知道他母亲生他是剖宫产，后来刀口总是疼，他的生父就拿毒品给她止疼。她把自己的堕落都归结到他身上。

在成州平的成长中没有一个真正的引路人，他记忆里，自己一直被各种人推来推去，能长大全凭一身蛮劲和比别人稍稍好一点儿的运气。

直到后来上了警校，他的人生才上了正轨。

警校里的教员都是很传统的男人，避免不了大男子主义，他们认为男人天生就要强硬，流血不能流泪。那几年，成州平在拼命获取他们的认可。

他普通话不好，带着浓重的南方口音，他每天都五点起床，跟着广播练习普通话；文化课底子薄弱，警校的图书馆里永远看得到他的身影；他不是体能最好的学生，别人每天跑二十圈，他就跑四十圈；除了助学金，他没有任何收入来源，一有时间他就去打工赚钱。

他就是这样一路宁愿流血也不流泪，成了现在的成州平。他依然固执地认为，脆弱是女人独有的资格，男人是天生的保护者。可在小松身边，他有了截然相反的感觉，他能深深地感受到自己才是脆弱的被保护的那一方。

小松抱着他，轻柔地说："成州平，今天我去看我爸了，我把我们的事告诉了他。"

成州平闭上眼，放心地依靠着她："他怎么说？"

小松看了会儿怀里的成州平："他说，'成州平这小子要是敢学陈世美，我就拉他下来陪我。'"

成州平突然睁开眼："谁是陈世美？"

小松："你不知道谁是陈世美吗？"

成州平说："我没空认识他。"

小松跟他认真地介绍陈世美："陈世美就是抛弃原配秦香莲的负心汉，你不能学他。"

成州平讽刺道："谁抛弃谁还不一定呢。"

"成州平，我们永远不要说伤害彼此的话。"小松说完抱着他的脑袋沉默了很久，才慢慢开口，"我爸出事那天晚上，给我打过电话。我不知道他要出警，我生气地告诉他，让他永远别回来了，我不是故意的，我真的不是故意的，如果我知道他会出事，我不会那样说。"

成州平愣了一下，伸手把小松的后脑勺向下一摁，让她的脸贴着他的脸，她的眼泪都流在了他脸上。

"小松，"成州平开口说，"这次我回来就再也不接这种任务了，我替他照顾你一辈子。"

她心里那道伤痕时间也无能为力。成州平能做的，只有在她想要下坠的时候垫在她身下，在她疼的时候替她擦泪。

说起来，这七年，他们在一起的时光有限，交集为零。可冥冥之中，他们一直在彼此身边。

他熬不下去的时候就想到日照金山，想有朝一日以成州平的身份再次和它相遇。她对未来迷茫的时候，和成州平有关的人、事、物就会出现，推着她向一个确定的方向走去。没有她，没有他，不会有今天对未来义无反顾的他们。

他们两个睡得很晚，小松没有定闹钟，她已经做好要睡到大中午的准备了，但上午八点半，一通电话打来。她拿起手机一看，是龚琴。

小松握着手机去了浴室。她接通电话："妈？"

龚琴的声音听上去空前地冷静："小松，你是不是谈恋爱了？"

小松没有否认："嗯，你怎么知道？"

"昨天小飞和小敏去看电影，在电影院看到了你。我记得，和你在一起的人是你爸的同事。"

小松心一紧:"你怎么知道?"

"小敏不确定是不是你,拍了照片,我认得,你高三的时候那个男的送你回过家。"

"她拍照片了?"小松反问。

龚琴说:"妈问你,你是什么时候和这个人好上的?是不是高三的时候?"

小松的手指渐渐用力地抓着手机,她说:"有什么事,我中午回去跟你说。"

她挂断电话,打开水龙头,凉水从水龙头里喷涌而出,她洗了把脸,用毛巾擦净,开始化妆,甚至还喷了一层香水。

她从洗手间出来,成州平已经醒来了。他穿着白色背心靠在床头,弯曲着颈椎在拉伸胳膊。

抬头的一瞬,成州平看到小松上完妆的脸怔了一瞬,调笑她说:"你这是要上战场吗?"

小松从沙发上拎起自己的文胸,对成州平说:"我中午回家一趟。"

成州平看她全副武装,就预料到她不是回去和家人团聚,而是去战斗。时隔多年,他还是总能回忆起第一次送她回家龚琴打她的那一耳光。那时他出于陌生人的礼貌走开了。

成州平从被窝里出来,捡起地上的长裤,说:"我陪你一起回去。"

小松下意识地说:"不用了。"她知道在那个地方成州平会见到什么,又会遭受什么。她想把他们的感情保护在安全屋里,永远不受污染,这是她能为他做的为数不多的事。

成州平系上腰带,穿好衬衣,走到她面前,双手搭在她肩上:"李犹松,我在的时候你可以不用冲在前面。"

人的感情可以分为很多种,爱情也是。小松心想,她和成州平是最坚实、可靠的战友。他受伤的时候,她为他冲锋陷阵;她疲惫的时候,他为她抵挡刀剑。他们永远向着同一个地方前行。

她抱住成州平的腰,踮起脚在他的额头上亲了一下,然后轻轻点头。

第二十一章

第二次离别

01

去龚琴家里之前,成州平先回单位取来车,然后和小松去超市象征性地买了些水果。水果是小松挑的,她默默地选了一些砸起来没有攻击性的水果,比如橘子啊,杨梅啊,杨桃啊,草莓之类。

下了车,本来是成州平提着水果,两人并肩走,可到了单元楼下,小松突然握住成州平的手,郑重地告诉他:"待会儿,不论我做什么,你都不要拦我。"

成州平从她的眼睛里看出了自己中学时跟人干架的气势。他说:"你悠着点儿,有什么问题,尽量和平解决。"

"成州平,"小松仰起头,"我和你不一样。"

成州平像煞有介事地点点头:"这个我能看出来。"

是啊,他们当然不一样。他是男人的时候,她是小女孩,他到了成熟男人的年纪,她好像还是小女孩——清澈而鲁莽的小女孩。

小松用手比画了一下成州平的身高:"要是我能长你这么高,我也可以选择和平对话。但现实是,我还是个没有正式进入社会的学生,而且我是女生,如果我不强硬,所有人都会认为我是柔弱可欺的。"

这一路,哪怕笨拙,哪怕犯错,她也在坚定地捍卫自己。成州平如果没有见过她在李长青葬礼上的坚强,也会被她的外表欺骗。

在一阵小提琴悠扬的声音中,小松敲开了林广文和龚琴新家的门。

开门的是方敏,她看到小松和她身旁的男人,很惊讶。

小松没理她,直接进门,说:"妈,林叔,我回来了。"

林广文从他的基地——厨房出来。他依旧一脸笑容："小松回来了？你妈说你中午回来，我就去市场里挑了一只土鸡，今天炖土鸡汤，你和朋友尝尝。"

小提琴的声音戛然而止，龚琴从卧室里走出来。

龚琴精神虽然有些问题，但她不是一个劳苦的女人。上一段婚姻结束时，李长青把能给的都给她了，现在这段婚姻，林广文对她更是无微不至地照顾着。龚琴生病了，小松不但不担心，相反，她觉得很讽刺。被照顾的人才敢肆无忌惮地生病。

成州平以前也见过龚琴两次，他对这个女人唯一的印象是会发疯，直到今天，他才真正看清龚琴的样子。

龚琴比小松漂亮。她不但是语文老师，还会拉小提琴，在文学和艺术的双重加持下，她有种异于常人的优雅气质。

龚琴走向两人，对林广文说："他们不用吃饭。"

林广文说："女儿好不容易回来，你别又把她推走。"他热情地走向成州平，接过成州平手上的水果，"你们先聊，我去洗水果。"

林广文给在客厅打游戏的林志飞和方敏使了个眼色："你们两个跟我去厨房搭把手。"

林志飞完全不知道发生了什么，他不舍地放下游戏机："就不能让我打完这局。"

方敏拉了把林志飞："叔叔说什么你照做就行了，别打扰人家一家。"

她刚说完，小松忽然疾步走到她面前："谁让你拍照的？"

方敏被小松的气势吓到了，之前她觉得小松就是那种很会表现出乖乖女模样的女孩子，有些小心思，但为了维持完美的形象，不管你做什么，都不会撕破脸。

林志飞不解地问："你拍什么照了？"

方敏心虚道："就是昨晚咱不是在电影院碰着他们了吗？我看姐和那人也不亲近，怕她被人骗，就拍了照片让阿姨辨认一下。"

小松说："拍到正脸了吗？"

林志飞还解释说："姐，小敏也是好心，删了就行。"

方敏说:"我删了不就行了,你干吗小题大做?"她拿出手机,打开相册,删掉了那张带着成州平侧脸的照片。

删照片归删照片,但方敏咽不下这口气,她说:"不就是个破警察嘛,有什么拍不得的?"

"你怎么知道他是警察?"小松冰冷地发问。

小松的声音冷到极点,方敏一时半会儿说不出话。小松忽然抬高声音,质问她:"说啊!你怎么知道他是警察?"

"够了,是我说的。"一直一言不发的龚琴忽然开口说。

小松回头看向龚琴。

龚琴说:"小飞,敏敏,你们俩到卧室里去。"

林志飞也有点儿害怕这种情况,拉着方敏进了卧室。

客厅里只有龚琴、小松和成州平三人。

龚琴这一次没有发作,她自始至终都没有看成州平一眼,冷冽的目光盯着小松:"你以为你带着这个人来跟我耀武扬威,你很伟大吗?你以为你喜欢上一个缉毒警察,你就伟大了吗?"

当龚琴说出这些话的时候,小松就知道她是不被理解、不被认同的,而且,永远不会。她喜欢成州平和他是做什么的其实没有关系。一直以来都很简单,两个渺小的人意外相逢,发现他们殊途同归,仅此而已。

她淡淡地说:"我们跟你和我爸不一样。"

"能有什么不一样?"龚琴冷笑。

能有什么不一样?只是,你们不知道而已。

在他们年轻的时候,李长青也曾为她背井离乡。那时候他们还没有小松,李长青拿自己在这座城市的第一份工资给她买了一把很贵的小提琴,李长青因为工作经常失眠,她就给李长青念课文。她曾被李长青身上的英雄光环吸引,妄想他来拯救世界,而自己拯救他。小松也是在爱里出生的孩子。

可后来呢?李长青因为工作,长期不归家,她被他抓过的人报复,家门口被扔死猫,被寄恐吓信。她抱着小松担惊受怕的时候那个男人从来不在。

离婚的时候，大家都说她无情，可她胆战心惊，她怕他出事，怕小松没爸爸，这些谁又替她承受过半分？

龚琴不想让女儿再步自己的后尘，可她不知道还能用什么办法让女儿回头。母女关系再僵，她也不想让小松一辈子都毁在这个男人手里。

她把目光转向成州平，竭力保持冷静说："我知道你是李长青的同事，我不问你是什么时候把我女儿拐跑的，就问你一句，你要真的为她好，舍得让她后半辈子过得跟我一样吗？"

成州平和大多数男人一样，懒得面对，也不敢去面对这些问题。现在一切都不同了。他有了想要牢牢抓在手里的东西，有了必须捍卫的人。

他向前走了一步，小心地将小松护在身后："我不会委屈小松的。"

委屈——这个词过于精准。小松这一刻满心骄傲。不必别人认可、见证，她已经是胜利者了。

果然，他看到了。她被荆棘扎破的灵魂、褶皱的内心、不为人知的委屈，他都看到了。他没有去缝补她灵魂的破洞，没有抚平她内心的褶皱，他只是为她掩盖这一切。他是懂她的，就算别人都不懂。

小松仰起头，骄傲地看着母亲："我和成州平跟你们不一样，因为，我跟你不一样。"

小松和父亲相处的时间很少，可所有人都说她像李长青，一样莽撞，一样倔强。

"能有什么不一样！"龚琴愤怒地嘶吼，"你让他放弃他的工作，他能吗？！"

小松在很小的年纪就听到父母为工作的事情争吵。

李长青最开始也不是做缉毒的。他是刑侦大队的，而且是难得的研究生学历。在一次案件中，犯罪者为了拿钱买毒品，杀了自己全家，他是第一批赶到案发现场的人，看到婴儿车里的婴儿，比刀扎到他自己身上都疼。

那次案子给了他极大的感触，他不顾所有人劝阻，调岗去了缉毒大队，后来一次来这座城市出差，遇到了龚琴，两人相爱后，他不顾一切地申请调到这座城市。但因为他见过太多因为毒品支离破碎的家庭，最终，他选择了保护那些家庭，而不是自己的家庭。

龚琴的一切担忧、愤怒都有理有据，只是她忘记了，小松本来就和李长青一模一样，那么痴，却那么勇。你无法从她身上看到一丝怯懦，当她下定决心往前冲的时候，会不顾一切。她一往无前，压根儿不给任何人评判她对与错的机会。

龚琴发作起来，谁都会受伤，有一次她做梦梦到李长青，直接用指甲把身边林广文的胳膊掐出了血。

"你为什么就跟你爸一模一样？！"龚琴声嘶力竭地大喊，她开始摔东西，先是果盘，然后是烟灰缸。她举起那个烟灰缸向小松砸去。

在它砸来的瞬间，成州平抱住了小松。烟灰缸砸在他肩膀上，发出一声清晰的声响，然后反弹到地上，碎成一地尖利的碎片。

林广文听到声音，立马从厨房跑出来。他拉住龚琴："你醒一醒，小松这么大了，她有自己的判断，有自己的人生要走，她没义务背负你和她爸的过往，你也该放下，走出来了。"

小松握住成州平的手："我们走。"

这是小松和龚琴最后一次交谈，依然不欢而散。但她走得很放心，因为龚琴身边有个可以真正照顾龚琴的人，而她也有自己的人生。

走到楼梯里，小松的手轻触了一下成州平的后肩："疼吗？"

成州平挑眉："你也太小瞧我了。"他现在是警队公认的硬骨头，当初闫立军让人拿锥子钻他关节的时候他都咬牙忍过去了，被烟灰缸砸算什么？

显然刚才那是一段不愉快的回忆。但此刻他们十指紧扣，光明正大地走在日光下，彼此的内心都有着不为人知的骄傲，因为他们是全世界最幸运的人。

接下来的日子，成州平在为这次任务苦背资料和做心理测试，而小松也要准备回学校了。她的假期本来还有一段日子，但李选突然打电话让她提前回校，说有重要的事，却没说到底是什么事。

小松买了正月十五当天的高铁票回校，而成州平将在她走的后一天前往广西。

这一周时间，成州平白天都在队里，晚上才过来宾馆。虽然工作的内容他不能告诉她，但可以跟她透露压力测试和心理测试的内容。

成州平把白天做的抗压题拿给小松，一个小时，小松都认真地坐在桌前做题。橘色的灯光照着她的侧脸，她格外投入。

成州平被她晾了一个小时，开始后悔让她做抗压题了。他关掉电视，走到桌前，手指无聊地绕了一下她的马尾辫："你是怎么保养的？嫩得跟高中生一样。"

小松刚好对完答案，她把自己的分数写在试卷开头，比成州平分数还高。

成州平心里有点儿嫉妒，他松开小松的头发，手上余香残存。他坐到桌沿，低头凝视小松："我记得你高中时就像现在这样。"

小松抬起头："你个浑蛋，是不是我上高中那会儿就惦记我了？"

成州平认真想了一下："那会儿追我的人一大堆，还真轮不到你。"

小松冷笑："你很骄傲是吗？"

自从小松高中起，成州平就在她这里屡屡失利，现在依然是。他说："把你弄到手了，能不骄傲吗？"

听听，这是人话吗？小松懒得理他。她从椅子上站起来，走到行李箱前，蹲下来翻找。

成州平从桌子上下来，坐到椅子上，一只胳膊肘放在椅背上，另一只手随意地扣动着打火机，视线落在小松翘起的臀部上。

小松翻了半天，终于在行李箱的夹层里翻出一条手绳。她站起来，朝成州平走去，才发现椅子已经被他霸占了。

成州平扬头向她示意了一下，一只手夹着烟，另一只手摊开，放在自己的大腿上。

小松问："我坐哪儿？"

成州平手掌招了招："坐这儿。"

他的语气让小松感到难为情，她轻斥："你是流氓吗？"

"只准你耍流氓，不准我耍吗？"

小松不肯坐在他手上，成州平夹烟的那只手直接钩住她的腰。他的力量依然在，用了三成力一揽，小松就跌坐在他的手上。

成州平握着她臀部的手拢了一下，小松瞬间红了脸。她低着头说："你把手给我。"

"要哪只？"

小松看了眼自己的右手，成州平送她的红绳是戴在右手上的，于是她说："右手。"

成州平的手从她身旁绕过去，把烟蒂扔进烟灰缸，这只手老老实实地放在了桌子上，而另一只手在她臀部轻柔地抚摸。

小松心无旁骛地把手里的彩色编织绳戴在他手上。

成州平的手腕比起她的不算细，却骨节分明，满满的力量感。他是个简单的人，身上的色彩逃不出黑、白、灰、蓝，这条彩色的绳子戴在他手腕上十分突兀。

成州平问："这是什么？"

小松说："那年我们去看日照金山，我在飞来寺买的纪念品。"

成州平回想她刚才在行李箱里一通翻找的举动，而行李箱正是那年她去丽江时带着的那一个。她人莽心细，不可能把送他的礼物随便塞进行李箱里，除非她是临时决定送他的。

成州平说出真相："你是不是买来这绳子就扔进了行李箱，刚刚才想起来，所以随手送我？"

小松发觉成州平是真的很敏锐。

她把自己的胳膊搭在他的胳膊上，两个人的手臂交织在一起，组成一个"十"字。他们手腕上各戴着彼此送的绳子，两条绳子都很廉价，却是他们最贵重的身外物。

"成州平，这是九眼不灭长寿金刚绳，它是藏式的平安符。我一直不信这些的，但因为总是遇到你，我想有些事不需要用科学来解释。"

其实除了前两次的偶然相遇，后来的相逢都是他们求来的。如果她没有在医院救老人，如果他没有追赶火车，如果她没有关心老周，后来的这些全不会发生，他们也会和许多匆匆而过的旅人一样后会无期。

成州平将小松往自己怀里抱了抱，听到她问："你知道这绳子为什么叫九眼不灭吗？"

成州平转了转手腕，嘴唇贴在她嘴边："为什么？"

"因为不管从哪个方向看都能看到九只佛眼。成州平，它们会替我盯着你。"

此时成州平才有了离别的实感，他真正意识到明天他们又要分离，别说相会，就连打电话都很难。他低头吻着小松的颈窝，声音喑哑道："李犹松，要是有更好的人，你就跟他走，我不记恨你。"

他身上偶尔有少年般叛逆的时刻，更多的时候还是成熟、稳重的。

这世上从来没有百分百的事，当年谁也没料到李长青会离开。成州平意识到自己害怕了，甚至想要退缩，在以前从没有这种情况发生。

他也知道自己怕的原因是什么。以前的他无牵无挂，他死了顶多让警队多一个英雄，不会有人为他伤心，他不用背负另一个人的后半生。

在更早更早……第一次见她，她还是个孩子的时候，成州平就心疼她。她那么小的年纪，在最该天真的年纪，却像一个成熟的成年人，坦然接受了命运的不完美。

成州平对小松的感情太过复杂。他心疼她，佩服她，向往她，当然，他也爱她。他这辈子所能拥有的感情都给了她。

小松没有回应成州平的话，她问成州平："成州平，你知道为什么我们会看到日照金山吗？"

成州平的声音埋在她的锁骨窝里，他来回舔吻着她，听起来心不在焉，像在逃避答案："为什么？"

她回身捧住对方的脸颊，她的目光落在他刀锋似的眉上、他深海似的眼中："因为它知道，我和成州平都是执着的人，它要是不来，我和成州平谁都不会走。"

就算相逢无期，她仍固执地相信，等到最后的人会拥有一切。

她亲吻了一下成州平的嘴唇："成州平，我们虽然不能像别人那样光明正大地牵手、散步，每天通话、见面，但这是我们的选择，我们不要退缩，也不要后悔。"

幽静的淡黄色灯光里，成州平动情地吻住她，他们忘我地抚慰彼此，把自己完完全全地献给对方。

02

小松回学校这天,成州平送她去高铁站。

小松的车是下午一点十五的,他们上午十一点四十到了高铁站,中午去吃了鸭血粉丝汤。

小松吃得少,成州平自然而然地把她剩下的那碗吃了。看到干干净净的碗,小松想到什么,她眼里划过一丝笑意。

成州平抬头的瞬间正好看到她眼里的笑意,于是问:"笑什么?"

小松的食指钩住他的食指:"成州平,你记得当初在德钦我没喝完的那碗酥油茶吗?"

成州平当然记得。他那时表面冷静,但心里别提多慌张了,当时他是真的没有想到小松会提出让他喝她剩下的酥油茶。他眼神看向玻璃门外面的人群,说:"忘了。"

小松说:"你忘了也没关系,我记得。你当时肉眼可见地慌了。"

"我有吗?"成州平挑眉看向她。他再慌的时候也不会露馅,怎么可能被她看出来?

小松说:"你肯定不知道我为什么那么做,成州平,当时我是故意的。"

成州平的手拿着矿泉水瓶,食指有一下没一下地敲着塑料薄膜,他说:"你当时为什么那么做?"

小松老实交代:"当时我想,如果你喝了就说明你是个随便的人,你要是不喝,就是个好人。"

成州平被她的逻辑打败了。他一边拧矿泉水瓶盖,一边说:"知道我不是个好人,你还凑过来。"

小松摇了摇头。

成州平正喝水的时候听到她说:"不是我,是我的心。"

这么肉麻的话,她说得坦率、自然,成州平差点儿被水呛住。他一如当时般掩盖住自己的慌乱,佯装冷静地看向小松。

小松发现他这个人心里越乱,就会装得越正经。她点开手机,看到时间,十二点半了:"成州平,我们走吧。"

成州平拧上瓶盖,站起来,手握上小松行李箱的拉杆,推着她的行李箱走出餐厅,进入候车大厅。

现在还算过年,车站被布置得张灯结彩。小松原本是和成州平牵着手的,在转弯的时候她看到一家服装店。服装店的玻璃门上贴着一张巨幅的海报,海报是一个外国模特穿着一件黑色冲锋衣。

小松蓦地想到成州平那件黑色冲锋衣。当初在嵩县实习的时候,他把那件黑色冲锋衣送给了她,在那之后她就没有见过他穿冲锋衣了。

冲锋衣满大街都是,但能穿得好看其实也挺难的。她想成州平的工作得经常外出,南方多雨,冲锋衣防风又防雨,再适合不过。

小松对成州平说:"你等我一下。"说完,她松开了成州平的手,跑进服装店里。

小松找到店员:"我要海报上那一件,一米八五的码。"

店员姐姐从衣架上拿来衣服,热心地询问:"还需要别的吗?"

小松摇了摇头。

店员说:"这件原价一千八,如果是会员,会有一个八折折扣,您要办理会员吗?"

小松摇摇头:"不用了。"她拿出自己的卡,刷了一千八,也没要票据。

店员把衣服折叠好,放进购物袋里,交给小松。

小松提着购物袋走出服装店,左右环视,没有看到成州平。于是她走到商店的另一侧,发现成州平正站在一棵景观树旁边,看着远方发呆。

她顺着成州平的目光看去。他视线的终点是一对中年情侣。男人穿着黑色的棉袄,头发有些秃,女人穿着红色的棉袄,看起来很臃肿,他们的脚下放着黑色的大包小包。

他们是一对普通的中年人,小松之所以判断出他们是情侣,而不是夫妻,是因为他们正在拿着手机自拍。如果是夫妻,到了这个年龄,可能已经开始相看两相厌了，不可能腻在一起自拍。

小松拎着购物袋走到成州平身边："这个给你。"

成州平接过袋子，打开一看，里面是一件黑色的外套。他扫了小松一眼："你可真是心血来潮。"

小松仰起头说："你的衣服我还留着，不过放在宿舍里了。南方经常下雨，你得有件防水的衣服。"

成州平问她："多少钱？我转给你。"

小松盯着他半晌，忽然笑了起来："成州平，都要一起过了，还这么见外啊。"

成州平说："你还在上学。"

"成州平，这是我送你的礼物，你收着就好。等你回来，也送我一样礼物。"小松虽然还是个学生，但在感情里，她不是弱势的一方。

成州平看着她振振有词，脸上不自觉有了笑容："我知道了，李大夫。"

小松看向刚才自拍的那对中年情侣，他们已经走了。她问成州平："我们要拍一张合影吗？"

成州平意识到她发现自己的心思了。他不喜欢拍照，不喜欢煽情，也不喜欢表露自己。这种被拆穿的感觉让他感到窘迫、难为情。

他在小松臀部轻轻一拍，说："你的车快到了，别误了车。"说完，自己先推着行李箱朝候车大厅走去。

小松看着那个男人沉默的背影，她心里也有些生气，不拍就不拍，谁稀罕跟他拍照啊？只是她有些遗憾罢了，他们之间没有彼此的照片，也没有合影。

她大步追上成州平。成州平见她跟过来了，开始叮嘱："我不在的时候，碰到事，你别自己往前冲，多想想后果，尤其医患关系这种事，我上学的时候，课上好多案例都是医患冲突，如果碰到嵩县那种事，能躲就躲……"

成州平很少说这么多话，而且是用语重心长的语气。但小松一声不吭，他低下头看到她心不在焉，问道："你听见了没？"

小松的睫毛、眼皮都在颤抖。上一次在火车上分别，她等了四年，她不知道这次会有多久。她也害怕离别，也恐慌未来。

小松突然转过身，捧住成州平的下颌，吻住他。

候车大厅来来往往的人只当他们是一对难舍难分的小情侣，大家仓促地看他们一眼，又忙着赶往自己的下一站。人来人往，不会有人为他们停留。

成州平轻柔地吻过她的额头："你别担心我，这只是工作，它和你拿手术刀一样的，别人看着危险，但只要足够熟练、细心，实操起来不难。"

小松在他怀里点头。

小松擅长重逢，却不擅长离别。这个时候，说什么都好像不太合适。她静静地把耳朵贴在成州平心口，想了一会儿，说道："成州平，你也照顾好自己。"她顿了顿，接着说，"除了我，有别人叫你的名字，千万不要回应。"

进站闸机口打开了，排队的人群蜂拥而入。成州平把行李箱交给小松："快去吧。"

小松微笑着向他挥了挥手，进入闸机口。

高铁到站是傍晚六点。她出了站，天色浓黑。

坐地铁回到学校，她简单收拾了床铺后，带着白大褂去了洗衣间。现在还没开学，宿舍楼整体来说很空。不过，也有人过年没有回家，留在学校过年。宿舍大楼亮着零星的灯火。

一个研一的学妹抱着白大褂进来，看到小松，微笑着说："师姐，你怎么这么早就回来了？"

小松说："导师那边有点儿事。"

她们都知道小松是李选的徒弟，学妹问："李选教授是不是跟传闻中一样挑剔？听说他的研究生毕业率超低。"

小松在李选手下学习，并没有这种感觉。与其说李选挑剔，不如说他严格。不只是她，他对手下每一个学生都会提出一百二十分的要求。

小松说："他是很严格。"她问学妹，"你过年没回家吗？"

学妹为难地笑了笑："我老家在农村，回去一趟太贵了，我就想还是不回去了。"

小松"哦"了一声，说："那待会儿我请你去吃火锅吧，正好今天是十五，咱们一起过节。"

学妹说："那怎么好意思呢？"

小松说："那有什么不好意思的？"

洗完衣服，她带学妹去学校附近的火锅店，她们点了啤酒。学妹酒量不是很好，却又意外地能喝，她喝醉了，开始哭诉自己的家事。家里重男轻女，过年他们给她弟弟买了车票让他回家，却没让她回去。

学妹哭着说："我考上大学那年就没家了。"

小松在高中以后就没有攀比心理了。可是此时，她的心里产生了一些不为人知的虚荣。她骄傲地想，自己有家。而且，在这个世界上，她拥有比家人更亲密的人。

因为喝了啤酒，她晚上很困，回宿舍洗漱完就上床睡觉。但她翻了两次身，没能睡着，于是拿出手机拨通成州平的电话。

此时此刻，成州平正在老周家里吃汤圆。明天他就要出发了，老周和刘文昌两个人给他饯行。

汤圆是老周媳妇自己包的，其中混进去几个奇形怪状的家伙，则是老周上初中的女儿包的。老周骄傲地说："我女儿方方面面都像我，一点儿都不细心。"

老周媳妇牵着女儿从卧室出来，瞪了老周一眼："你还有脸说？"

老周媳妇又凶又蛮横，两人吵闹多年，但从来没有提过离婚。她转头对成州平和刘文昌和颜悦色地说："你俩好好吃，要什么让老周伺候，我带乐乐出门看电影去了。"

就在老周媳妇和女儿刚出门后，成州平的手机响了。他摸到口袋里的手机，并没有把它拿出来，而是只露到来电显示的位置。看到那一串数字，他的心先紧张了一下。

成州平对刘文昌和老周说："我去接个电话。"他走到阳台，接通电话。

今天晚上成州平喝了些白酒，他一反常态，在电话接通的瞬间主动问："这么快就想我了吗？"

他的声音里有浓浓的调戏意味。隔着手机，小松面颊发烫。她抱着被子，说道："没有。只是问问你，晚上吃汤圆吗？"

成州平"嗯"了一声："我在老周家。"

小松考虑到她和成州平是在他做任务的时候好上的，如果让老周知道他们的关系，就会知道成州平违纪了，于是她说："那等你回去了再打给我吧。"

成州平盯着阳台窗户上那个红红火火的窗花，说："你不想跟我说话吗？"

小松被他的语气撩得耳朵发热，她说："我只是问一下你今晚在做什么……我要睡了，晚安，成州平。"她迅速地挂断了电话，想到他刚才的语气，呼吸都不由得加快。

成州平听着电话挂断的声音，有些蒙。她真的……就这么挂电话了？

在餐桌上吃饭的刘文昌和老周对视一眼，等成州平回来，老周笑呵呵地问："对象？"

成州平没否认："嗯。"

刘文昌掏了根烟出来："正常。既然有对象了，以后就得担起责任来，让人家女方和女方家人觉得你是个可靠的人。"

成州平夹了颗花生米："知道。"

老周突然站起来，走向卧室的方向。过了一阵，他从卧室出来，拿着一个牛皮纸袋，放在成州平面前："拿着。"

成州平在毒贩那里待了七年，看到手机盒，第一反应是里面装着毒品。他的手僵了一下，打开袋子。里面是一个手机卡。

老周说："以后用这个卡跟我联系，每月会按时帮你交费。你的手机号先停一段时间。"

成州平手里把玩着自己的手机，说："为什么？"

老周说："考虑到这次目标人物的特殊性，咱们得比以前更加慎重，你以前和我们联系的手机号会暂时停用，这个卡是当地警方帮忙办理的，我们可以实时接收到你的定位，里面已经存好我、刘队和当地行动负责人孙阳的手机号了，都用了化名。"

刘文昌一下就明白成州平为何抗拒了，他哧地一笑："别以为我们不知道你小子是什么心思。今晚给对象打个电话，说明你工作需要，得断联一段时间，好好说，争取让人家理解你。"

成州平看着手机若有所思。良久，他说："知道了。"

03

成州平在正月十六下午两点出发，刘文昌亲自送他去机场。

接到成州平，刘文昌瞥了眼他随身的行李包，问道："就这么点儿东西？"

成州平嗤笑："我现在是个逃命的人，能有多少东西啊？"那个黑色背包里只有几件旧衣服和洗漱用品。

刘文昌又看了眼他身上的冲锋衣，问："穿这么少？"

成州平说："南方和这里不是一个天气，我不好穿棉袄过去。"

刘文昌不是个会关心人的人，问了两句，就没话说了。刘文昌把他送到机场进站的地方，他拎包下车时，刘文昌忽然说："等你回来，我会帮你申请个人二等功。"

个人二等功已经是他们能取得的最高个人荣誉。他们这个行业和其他行业是一样的，荣誉越大，意味着付出越多。至于一等功，得像李长青那样才能拿。

成州平盯着刘文昌四方四正的脸。经过这段时间的相处，他和刘文昌也熟了，刘文昌是典型的嘴硬心软、护短。刘文昌说要帮他申请立功，可这时候，他已经明白当初刘文昌说的那句立功和抓毒贩都不重要是什么意思了。

成州平扬扬下巴，说："行啊，刘队，要说话算话。"他打开车门，潇洒地朝刘文昌挥了挥手。

他过了安检，找到候机厅，离飞机起飞还有一个小时。他拨通了小松的电话，小松过了一段时间才接听。

她知道他出发的航班，在之前就把那个航班号添加进自己的行程软件里了。现在离成州平出发不到一个小时。

小松靠在医院的白墙上,她不想让成州平担心自己,也不想让他对未知的未来畏手畏脚,所以尽可能用轻松的语气说:"成州平。"

"李犹松……"从来没有一次成州平觉得开口这么难,他苦想半天,决定平铺直叙,"这个手机号会停用一段时间,等恢复使用后,我会给你打电话。"

小松的声音听上去有些低落:"这段时间,我们不能打电话吗?"

成州平说:"嗯。"

小松很快就接受了这个现实,说:"你自己在那边注意安全。"

这很神奇,尽管她的语气一如往常,但成州平能够听出她的担忧。他说:"你放心,还有别的同事,不是我一个人。"

小松说:"嗯。"

她刚说完,成州平便听到电话那头的一声催促:"李犹松,你电话打完没?"

成州平说:"你去忙吧。"

情感上,小松不想结束这通电话。她抓手机的手指不自觉更加用力。她低着头,看着两块地板之间的黑色夹缝:"成州平,我不会换手机号,你需要我的时候我一直都在。"

因为她这么说,成州平心头更加堵得慌。他知道,他不能再放任自己。再这样下去,他可能无法顺利登机。

他果断地说:"我要登机了,李犹松。"他结束了他们之间的通话。

小松站在走廊里,消毒水的气味将她包围,她视线所及,纯白、明亮,却又有一种说不出的冷清。

李选见她还不回来,脾气发作,亲自出来:"你有什么事比开会重要?"

小松迅速调整好心情,说:"没有,回去开会吧。"

李选召集几个毕业生,说的是毕业答辩的事:"这是你们给自己三年专业生涯交卷的时刻,咱们学医的,这些年学历贬值很快,有没有浪费时间,是不是自欺欺人,到时候就知道了。"

结束会议，小松手机的行程软件发来一条提示，登机已经开始了。

看着小松心不在焉的样子，李选怒吼："李犹松！你来一下我办公室。"

小松想，他又要因为自己今天走神小题大做了。就在她起身跟着李选走的时候，她的手机收到一条短信。短信内容是一张图片。

她一边走，一边点开短信对话栏里那张黑乎乎的照片。那是一张夜晚的合照。她只有半张脸，成州平的脸被镜头拉变形了。

小松的嘴角终于有了笑容，能把成州平拍这么丑的只有成州平本人了。她通过他身上的病服辨认出这是元旦那天晚上拍的。

李选见她没有跟上来，回头催促："要我请你是不是？"

小松摇摇头，快速跟上李选。她知道自己今天走神过分，所以到了李选办公室第一件事是给他倒水，堵住他要骂人的嘴。

李选拿起水杯，讽刺道："是不是心里又骂我呢？以后你就不用这样嘴上一套心里一套了。"

李选在专业上是公认的大牛，但这些年晋升也好，患者评价也好，他都是科室里垫底的，一来因为他带学生，时间太紧张，二来因为这张嘴无差别攻击。别看他对小松说话这样，对院领导和患者说话也都是这样。

小松现在心情低落，听到李选说话，就在心里嘀咕：这么多医闹怎么没人闹李选呢？她嘀咕完，反应过来他的话："什么叫以后就不用了？"

李选哈哈一笑："被我抓到了吧，你果然是嘴上一套心里一套。"

小松："……您能不能说重点？"

李选看着她，说："明年有德国海德堡大学的公派留学名额，我已经把你的名字报上去了，这半学期，除了毕业论文，你也准备一下英语考试，最好再抽空学点儿德语。"

小松觉得不可思议地看向对方："可是，我没有说过我想去。"

李选又问："那你不想去吗？"

每年学生们都为了公派留学的机会挤破头，学校里关于这方面的八卦层出不穷，机会砸在她头上，她只要脑子没问题，肯定得接着。她默默点了点头。

李选说:"你坐下,我试着好好跟你说。"

小松从李选办公桌下方拉出凳子,坐了下来。

李选说:"这个机会很难得,公派留学的名额一直轮不到我手上,今年也是因为那边学校的项目负责人是我的博士同学,我才争取到名额,为什么是你呢?你也知道。"

出于一些原因,小松提不起笑意,她看着李选:"您就不能夸我一句吗?"

他们肿瘤科每天面对的病人和其他科室的不大一样。面对癌症患者,医生的措辞必须慎重,再慎重,面对无能为力的生命,医生其实比谁都难过,但不能在患者和家属面前暴露任何情绪。在这样一个相对压抑的环境下,许多临床实习生都会偷偷掉眼泪,或者私底下抱怨病人家属难缠。三年间,李选没有见小松哭过,也没见她抱怨过,她只是认真地去做她该做的事。

李选虽然没有公开夸过她,但也会偷偷拍下她写的病历,拿给别的医生炫耀。

"李犹松,"李选说,"我帮你争取这个名额不是因为你优秀。"

小松吸了口气:"那为什么?"

"因为我知道你以后肯定会继续干临床的,你是我见过的唯一一个不害怕跟病人打交道的学生。整个学医的大环境都觉得做科研就是比做临床厉害,认为临床医生只不过是操作机器,我希望我现在送出去一个学生,以后可以收获一个优秀的同事。"

小松一直以来都是以学生的身份进行临床学习,医院里等级森严,本科实习生上面有研究生,研究生上面有博士,博士上面有护士,护士上面有住院医师……一直以来,她都是这个体系里的底层。

医院的医护往往都不会重视实习生。倒不是因为他们经验少,而是因为他们未来不一定都会来医院工作。这是小松第一次觉得自己很快就要够到这个职业了,不过,她没有立即答应李选:"这是件大事,我得先和家人商量。"

如果是别的学生，李选没什么担心的，但因为是小松，他心里拿不准："李犹松，出国读博对你的未来肯定是利大于弊，这点你应该也很清楚。但还有一点，是我个人觉得你必须去。"

小松目露不解。

李选在她的注视下说道："上学期期末，有一些关于你私人作风的风言风语，你本是个能够专心做事的人，我希望你到一个可以让你专心学习的地方去，不要花时间、精力去抗衡这些风言风语。"

小松知道，那些流言蜚语出自成州平住院那段时间。上学期期末她就听过了，传到她耳朵里的话已不堪入耳。她对李选说了声"谢谢"。

李选面色凝重了一会儿，说："李犹松，你不用谢任何人，什么因结什么果，你现在拥有的一切都是你自己取得的，坏的也是，好的也是。"

小松对他微微一笑。此刻，她觉得命运真的很奇妙。当初，如果她没有帮成州平的爷爷，就不会成为李选的研究生，也许就会有不同的人生道路。

李选说："我把要准备的材料用微信发你。"

小松点头说："好。"

可是，她和成州平甚至没有彼此的微信。

离开李选办公室，小松再次打开手机里的行程软件，她意外地发现，这趟航班因为航空管制延迟起飞了。

在这延迟的半个小时里，成州平重新打开了手机。

他点开手机相册，七年来的照片一页到尾。最新一张照片停留在元旦那天。他点开那张照片，双指滑动，放大小松的半张脸。他遗憾于这张照片没有拍好，也遗憾于昨天送她的时候没有好好拍一张合影。

飞机机舱里响起航空管制结束的广播，成州平几乎是在一秒的时间内删掉了那张模糊不清的合影。

他关了手机。飞机一路向南，两个小时后，抵达南宁吴圩国际机场。

成州平一下飞机，先去了就近的洗手间换衣服。南宁和昆明纬度差不多，冬天都热。男洗手间里都是换衣服的人，成州平把身上的夹克、抓绒衣脱下，只剩里面一件短袖。

他把脱下来的衣服塞进包里，包里多了两件衣服，空间开始不够。他的视线里出现了一个黑色衣角。他捏起那个衣角，拎出那件衣服。这件冲锋衣和他之前那件很像，款式、颜色都大同小异。

　　他穿上冲锋衣，向镜子里看了一眼。他的脸上有了一些很明显的变化，他低头自嘲地笑了下，拎包离开。

　　在机场接成州平的是边境缉毒大队的孙阳，他们之前视频过两次。孙阳本来想考验一下成州平，特地没主动打招呼，但成州平还是一眼就在人群里找到了他。

　　眼睛是人脸上最具特征的地方，眼皮单双、眼窝深浅、眼睛大小形状、眼尾上扬还是下垂、目光有神与否……微小的差异可以产生巨大的不同。孙阳黑眼圈很重，眉毛淡，是典型的两广人的长相。成州平认出他，走到他面前，伸出手："孙副队，你好。"

　　孙阳伸手和成州平握手，说："有两下子嘛。"

　　成州平说："小意思。"

　　孙阳说："走，先上车，老熟人在车上等你呢。"

第二十二章

中间人

01

孙阳说的老熟人是当时在云南负责杨源进抓捕行动的高远飞。他在一辆黑色轿车上等着成州平。

后来成州平直接跟高远飞接头,两人工作上有不少来往,包括他被闫立军折磨的时候,也是高远飞带人来营救的。

孙阳介绍说:"高副队负责了傅辉案很多年,一直没抓捕成功,这次主动请缨,参与傅辉抓捕行动。咱们三个虽然是天南海北凑一块儿的,但在这次的傅辉抓捕工作中,咱们是铁三角。谁出岔子,就是给自己队里、局里丢脸。"

高远飞说:"刚说完铁三角就搞内部竞争,你行不行啊?"他从包里拿出一个文件夹,递给后座的成州平,"我们找到了之前傅辉在金三角贩毒时的警方线人,据线人说,傅辉身边有个叫川子的人,在傅辉干缉毒的时候就给他当线人。这次我们调查傅辉的造纸厂,发现他是造纸厂的车队经理,说明傅辉这些年一直带着他,这个人是接触傅辉的关键人物,你进了造纸厂,先取得他的信任。这里是川子的背景资料,你自己琢磨琢磨。"

成州平翻开文件夹,浏览了一遍川子的资料,这人四十三岁,很好认——他是个光头。他笑了声:"巧了,刘锋老乡。"

孙阳紧张起来:"不会露馅吧?"

成州平摇了摇头:"你们资料上写的,这个王庆川初中时就离开老家了,再也没回去,原因是在学校伤人被开除,当时刘锋刚出生,而刘锋不到五岁就跟母亲背井离乡了,倒是可以用老乡的身份接近王庆川。"

孙阳乐呵呵道:"你这要是不干咱这行,应该去当演员,这信念感也太强了。"

高远飞和成州平在云南配合过好几年,他跟孙阳说:"是时候让你长见识了。"开罢玩笑,说回正经的,他说,"早前,傅辉在金三角从事贩毒活动,边境警方曾先后派去过三名线人,其中一人被残忍地杀害,一人在被傅辉折磨时被警方解救,还有一人下落不明。这次我们联系到的是那个被警方解救的线人,据他说,那个下落不明的线人是被傅辉朝头上开了三枪,尸体喂了狗。"

成州平一哆嗦:"别吓我。"

高远飞的语气沉重起来:"成州平同志,你放心,我们会为你的安全负责,与此同时,你也要为自己的安全负责。"

孙阳插了一句嘴,说:"对,不管是干什么,都是安全第一。"

成州平说:"我也不是去拼命的,你们说得我心惊胆战的。"

高远飞回头看了会儿成州平,他也是个老爷们儿,不好意思说出自己真正的想法,于是又转过头。

成州平说:"你看我干吗?"

高远飞被抓住,他用喝水来缓解尴尬,然后不好意思地说:"小成,我觉得你这一回好像变了个人,会笑了。"

成州平看向车窗,反光膜映出他的样子。他轻轻笑了笑,说:"是吗?"

孙阳问高远飞:"你跟我说说,他以前是啥样?"

高远飞说:"成天板着张脸,他领导都得看他脸色。"

成州平说:"别污蔑我。说正事,你们真打算让我直接去造纸厂应聘吗?"

孙阳说:"不应聘怎么混进去啊?你是专门做卧底侦查的,比我们清楚。"

成州平说:"你们就没想过,造纸厂开五千块一个月的工资,但招聘信息挂了快半个月还没招到人是什么原因吗?"

孙阳乐道:"你小子可以啊,发现问题能力挺强的,现在的年轻人别人说什么就是什么,都不愿自己动脑子思考了。"

高远飞笑了两下,说:"这个问题,之前老孙找线人接近应聘的司机打探过,说是这里工资给得高,但得经常跑夜路跨省,工作强度大,如果是个体司机,跑这种跨省长途,一个月少说也得挣个八千一万,相比之下,这工资其实没什么竞争力,所以应聘的司机不多。"

听完高远飞的话,成州平思索了一阵:"如果是这么说的话,那我也不一定能一次应聘上。"

孙阳说:"那就多去几次,缠着他们。"

成州平果断地说:"不行,如果他们真的是用车队运毒,缠着他们肯定会引起怀疑。我这里有个路子,可以试一试。"

他的话说完,孙阳通过后视镜看向他。

成州平说:"闫立军从傅辉手里进货的时候,有个中间人,外号叫骆驼,听口音可以断定他是广西当地人。当初你们调了监控,他的车最后一次出现是在百色市内。闫立军出事,他肯定得避一段时间风头,所以我认为他还在广西境内。"

孙阳说:"你既然有他的手机号,那我们可以通过他的手机号定位到他的地点。"

成州平撕开烟盒,说:"不用多此一举,只要他人在广西就行,我试试打他的电话。孙哥,麻烦把车停在路边。"

孙阳把车停在了路边。成州平噙着烟,拿出手机,找到骆驼的电话。

他拨电话的时候,孙阳和高远飞同时屏住呼吸。

电话只响两声就接通了。成州平开了外放,一个带着广西口音的男人开口道:"刘锋?"

成州平说:"骆哥,是我。"

"你没被抓?"

"没有,之前闫哥让我帮他处理点儿家里的事,我回到大理,发现闫哥家外面停满了警车,猜到出事,就去山里躲了一段时间,看新闻才知道闫哥出事了。"

他说完,高远飞给他比了个大拇指。

骆驼立马说:"哦,闫老板出事后,我也一直在老家。那你现在呢？"

成州平说："别提了，年前花光了积蓄，我想出来找个活儿干，先去了成都，又去了贵阳。我之前也没有正经工作，只能找保安、司机之类的活儿，结果都嫌我有前科，现在想来南宁碰碰运气，不行的话，就去北方看看。"

"你现在在广西啊？"骆驼说。

成州平说："昨晚十点的火车，今天九点多到的，刚吃完饭，打算待会儿去网吧找找招聘信息。"

他说完，高远飞怕露馅，用手机搜了一下贵阳到南宁的火车，没想到真有一趟昨晚十点从贵阳发车，今天九点到南宁的火车。

"你开过货车吗？"

成州平朝高远飞挑了下眉。

"我犯事以前考过 B2，这些年没碰过大车，不过我两年前刚换过证，也是一次就过。"

"不重要，有证就行，我这里有个活儿，在百色，开货车的，一个月三千多，你能干吗？"

孙阳夸张地张了张嘴。

成州平问："有四险一金吗？"

骆驼说："这是正规公司，四险一金肯定有，包吃包住。"

成州平突然不说话了。电话另一边的骆驼和电话这边的高远飞、孙阳同时被他的沉默给吓得屏住了呼吸。

他看了看眼前两人的反应，淡笑一下，对骆驼说："有四险一金还包吃住，这么好的活儿能轮到我吗？"

骆驼说："这你就别操心了，人明天能不能到百色，给个准话。"

成州平说："那我就不在南宁找了，待会儿直接坐大巴去百色。"

他挂断电话，憋了半天的孙阳喘了一口气，边笑边骂："这真鸡贼啊，招聘启事挂出来五千一个月的工资，给你直接打折到三千了。"

成州平说："钱多钱少都是钱。"

高远飞说："成，这事我们绝不跟你们刘队说。"

孙阳问:"那我们把你放在客运站?"

成州平想了想:"把我扔人流量最大的地方。"之前被武红的熟人意外地拍到他停在贵阳车站的车而暴露,他吃一堑长一智,不能再犯同样的错。

孙阳说:"那就去步行街吧,正好我带老高去转转。"

他绕了几个圈子,把车开到步行街附近。

高远飞突然说:"孙队,能帮忙下去买盒烟吗?我烟没了。"

孙阳说:"抽我的吧。"

高远飞说:"大男人,多难为情。"

孙阳说:"男人还计较这个——"他把车往路边一停,下车去了烟草店。

坐在后座的成州平缓缓抬起头,看着中央后视镜里的高远飞,问道:"高副队,有话跟我说?"

高远飞笑道:"你小子察言观色真是一流啊。"

成州平说:"你说吧。"

"成州平,"高远飞说,"你们刘队和周副队在我面前一直说你干这个不是为了生计,跟我们不一样。他们对你期待很高,但你记住这只是份工作。"

成州平的脸色一点点沉下来,他道:"高副队,你到底要说什么?"

"成州平,工作可以完不成,但你再碰一次毒品,人就废了。"

在高远飞坚毅的目光中,成州平的心如同被拳头击中。他抿紧唇,捏着手里的烟盒。

孙阳很快回来,把车停到人最多的地方。成州平拎着行李包下了车。

现在是假期,步行街上有许多学生,他们青春靓丽,最大的忧愁是做不完的作业和逐渐逼近的开学。天刚黑,华灯初上,这条街更漂亮了。

成州平以前出差来过南宁。他们队里需要跨省出差的工作不多,因为他胆大爱玩,方向感强,这种出差的机会自然而然都落在了他头上。

那次来南宁,他是跟老周一起,当时他们两个人要去南宁旁边的一个村落调查毒贩的背景,工作结束后,来南宁走马观花逛了一圈。

南宁最有名的是"三街两巷","三街"的其中之一正是他现在所在的兴宁路步行街。兴宁路步行街是百年老街,整条街仍保留着过去的"骑楼"建筑风格,在这条街的入口,有一个写着"兴宁街"三个字的牌坊,是游客打卡点。当初老周拿着他的翻盖手机,对着这个地方拍了一堆照片。他拍照,成州平就在旁边抽烟。

当时他不理解,一个景点而已,看过就行了,之后还不是把照片往相册一丢,让新的照片将它覆盖。他不理解拍照记录的意义。可现在,他看着那个别具一格的牌坊,牌坊底下,人来人往,他也想拿起手机拍下它。因为他有可以与之分享的人了。

只是,他不能那么做。如果他那么做了,就是开了一个坏头。大概就会像烟瘾那样,抽了人生中的第一根烟,就会有第二根、第三根,然后彻底上瘾,戒不掉。

成州平在街对面吸完一根烟,拿手机查了一下从这里去客运站的路。最晚一班车是晚上七点,他坐公交车过去,时间还有富余。他在超市买了瓶水,买了一袋面包,结账时又拿了一盒烟。买完票,他在候车厅等了半个小时,就到了上车的时间。

他到达百色已经晚上十点了。乘客一出站,就向四处散开了,客运站的夜晚空旷、安静。

成州平打了车,司机问:"去哪里?"

成州平说:"附近有能过夜的网吧吗?"

司机说:"有一个,过去五公里。"

网吧外面就是夜市,晚上嘈杂、吵闹,成州平戴着网吧的耳机入睡。

第二天早晨七点,夜市的热闹散去,留下一地垃圾和无人问津的寂静。成州平从衣服里掏出手机,骆驼发来了短信:"双利造纸厂,今天上午十点,大门口见。"

02

成州平在手机上一搜,这个双利造纸厂还挺远,在西南郊区。他倒了几趟公交，在上午九点半抵达双利造纸厂。

这个双利造纸厂不是很大，两个厂房后面是一排活动板房，也就是员工宿舍，活动板房后面是停车场。周围荒僻，荒草野树杂乱一片。

"刘锋！"骆驼穿着一件花衬衫从门口出来。

成州平握紧手上的拎包，走向骆驼："骆哥。"

"叫什么哥？我就比你大一岁。"

成州平微微一笑："还得您多帮忙。"

骆驼想搂住他表示亲密，但发现自己的手够不着他的肩，讪笑了一下，说："我先带你去见车队经理，待会儿你见了人就叫川哥，别紧张，川哥人很好说话的。"

货车司机这个岗位给的是五千块钱，骆驼告诉"刘锋"是三千，他从中拿两千的回扣，没了"刘锋"，他就拿不到这两千的回扣，因此他表现得格外热情。

骆驼把成州平带到其中一间活动板房里，里面的布置像办公室，不过没瞧见人。

骆驼喊了声"川哥"。

角落里横着一张单人床，一个男人从被子里面钻出头："一大早，啥事啊？"

骆驼说："车队不是在招司机吗？我带过来一个，你瞧瞧。"

闻声，川子从床上坐起来，光溜溜的脑袋转向成州平他们这一侧。他打了个哈欠，说："驾驶证我先看一眼。"

成州平从包里翻出一个黑色小本，伸出手递向川子。

川子翻开他的驾驶本看了眼，还给他。他从床上站起来，越过二人，走到办公桌前，从底下拿出两个纸杯，给二人倒了水："别紧张，坐下说。"

成州平看向骆驼，骆驼说："听川哥的。"

成州平坐下以后，握住水杯，显示出紧张的样子。

川子从抽屉里拿出一张应聘表格："先填这个。"

成州平看了眼那张应聘表格，骆驼给他抽出凳子，他坐下来，自己从笔罐里拿了一根黑色圆珠笔。

表格就是普通的应聘表格，上面需要填写基本信息，还有之前的工作信息。成州平龙飞凤舞地填完基本信息，盖上圆珠笔笔帽，放在表格上："填完了。"

川子拿起表格，习惯性紧锁的眉头舒展开："老乡啊。"

成州平可以说是从小就和毒贩打交道了。和其他警察一样，接触毒贩久了，他会有自己的毒贩画像，这很玄，但很多时候他们辨认毒贩就是凭借着第六感。普通毒贩的眼神都是躲躲闪闪的，像骆驼这种，而稍微厉害一点儿的，眼神中有不可一世的自大，之前的闫立军则是这一种。

川子和成州平以前见过的毒贩都不一样，他的眼神很平和，就像一个普通的办公室里安贫乐道的中年人。之所以出现这种情况，原因有两种。一是这个人背后有其他的故事，二是这个人还没有意识到自己在做一件什么样的事。

川子的眉头又皱起来："工作履历怎么不写啊？"

成州平还没回答，骆驼已经抢先替他回答了："这哥们儿以前在昆明洗车，脾气太直了，老板故意找借口开了他，也不是什么光鲜的经历，就没写。"

川子问："那之前呢？"

成州平说："我之前打过人，坐过牢，工作不好找。"

川子端起茶缸，趁着喝茶的工夫想了想："我们只是招个货车司机，有没有前科不重要，还是得看你开车技术，能跑长途吗？"

成州平说："没跑过。"

"挺老实啊。"川子说。这几天面试的司机都一口咬定自己什么都能干，看起来资历一个比一个丰富，谈起条件也一个比一个敢开口。

成州平说："你给我一份稳定的工作，我什么都能干。"

川子说："那我也不能招个车开得不好的。走，先试驾。"

川子从座位上站起来，他身高一米六七，体重大概有一百五十斤，整个人胖得很匀称，没有脖子，圆圆的身体上架着一个圆圆的头。成州平看着他的背影，总觉得他像小品演员。

川子把他们带到停车场，停在一辆蓝色大货车前，给了成州平钥匙：

"上车,我坐副驾,上高速转一圈。骆驼,你先找个地儿自己玩吧。"

成州平打开车门,踩着踏板上了货车。

川子个子矮,他上身趴在副驾驶座上,几乎是爬上来的,动作显得很滑稽。成州平没有笑他,而是搭了把手。

川子说:"认路吗?"

成州平点头:"昨晚坐大巴过来,记路了。"

造纸厂离高速入口很近,成州平准确地把车开过了收费站。他开车,川子在一旁举着手机看二人转,时不时传来咯咯咯鹅叫一般的笑声。

成州平沿着高速一直开,他问:"咱们去哪儿?"

川子头也不抬:"开到第一个出口出去就行。"

成州平继续开,就在即将抵达第一个出口时,他看到一片明黄色,是高速上查车的交警。

正常人看到交警的想法是赶紧通过检查,可如果是运过毒品的毒贩呢?第一反应一定是逃跑。成州平突然踩了一下刹车,川子的身体往前猛地一倾:"你干啥?"

成州平说:"没事。"说完没事,他挂挡继续向前开。

今天是空车,很快过了检查。出了高速,川子说:"回去走国道。"

除了刚才成州平突然停的那一下让川子有些不满,他认路的本领让川子刮目相看。

货车在两岸绿荫的国道上穿行,川子刷完视频,给了成州平一根烟。

成州平说:"我先不抽,有点儿事我觉得该告诉你。"

川子就怕听这话,他摸了摸自己光秃秃的脑袋,说:"可别说你杀过人。"

"我没杀过人,我以前是在闫立军身边办事的,认识骆驼也是因为帮闫立军走毒,闫哥出事了,我没处去才来投奔骆驼的。"

川子听到"闫立军"三个字耳朵张开。说来讽刺,都是贩毒的,但毒贩也怕毒贩。川子的音调明显降了一度:"跟了闫立军几年?"

"七年,我们是在监狱里认识的。"

"吸吗?"

"不吸。"

川子缓了缓，说："你来我们这边干吧。"

成州平听完这句没有流露出任何喜悦，而是说："我看你们招聘启事上写的是一个月给五千，骆驼跟我说的是三千，我可以每月只拿三千，但不能让他拿走我的钱。"

一个亡命之徒，自然是破罐子破摔，自己不好，别人也不能好的心态。成州平说罢，突然停了车。

川子嚷嚷："你停车干啥？"

"你不答应，我现在就下车。"

"哎，你大爷的。"川子的眉毛也是短短的，瞪起人来像个卡通人物。

成州平说："我就图个安稳，你就说答不答应吧。"他这么说有赌的成分在。他看得出来，骆驼在他们这个圈子只是个边缘人物，他由骆驼引荐，干到猴年马月才能得到川子的信任，不如一开始就直接接近川子。川子他们既然是卖毒品的，招新人也不敢要太干净的。

川子一连骂了好几句脏话，解完气，说："下车。"

成州平推开车门，跳下车，头也不回地往前走。

川子把车钥匙拧下来，跳下车，喊住他："你干啥去？吃饭啊。"

成州平回头看着川子，川子头往路边一扭，一个红色门头的饭馆，上面写着"司机食堂"四个白字。成州平知道，这事成了。

川子一进门，就对柜台收费的女人比了个"二"，就是两个人的意思。然后他从口袋里掏出一堆纸币，拿出一张五十块的放在柜台上，对方给他找了一张十块。

成州平问对着他的光头："川哥，你这是什么意思？"

"啥意思？这还看不明白？收你的意思啊。一个月三千五，干得好了，年底还能涨薪。"

成州平心里松了口气，但他也不能让对方看出来，于是用别的问题掩饰内心："要自己打饭吗？"

川子点头，说："这家的鱼香肉丝真的好吃，你必须尝尝，我逢人就推荐。"

吃完饭,他们回了造纸厂,下午川子让人带成州平去医院走过场地做了一下体检,就算正式入职。晚上给他分配了宿舍,说是宿舍,其实就是活动板房里放着两张上下床,简陋无比,上厕所、洗澡还要从院子这头跑到那头。

成州平晚上洗了澡,回宿舍,发现宿舍里其他人已经回来了。除了他,剩下三个人里面有两个是本地人,他们住上下铺,住在成州平下铺的是一个贵州的小伙子。

成州平在看到他们的第一眼就知道他们是瘾君子。他从他们身上闻到了一股类似香烟的味道,但这绝对不是香烟,而是大麻。

两个本地人正凑在一起看手机,没顾得上理他。那个贵州小伙子黑黝黝的眼睛看了成州平一眼,在成州平和他对视上的那一瞬,就立马移开了眼神。

成州平翻上床,拿出手机,用手机自带的画图软件画了一下造纸厂的平面图,发给孙阳,然后又给老周发了条报平安的信息。

他昨晚睡得很好,今天到了晚上十一点还是丝毫都不困。他没有继续刷手机,而是直接把手机压在枕头底下,他的左手转动着右手上的那条手绳,转了会儿,便抬起手,看着上面眼睛一样的编织纹路。

成州平一拿起手机,就想要给小松发短信,甚至是打电话。只有远离手机,才能勉强克制这种冲动。这种情况一直持续到四月,才勉强改善。

四月中旬,小松学校的官网公布了公派留学的名单,整个肿瘤科只占了两个名额,小松是其中之一。

上午他们刚在学校进行完开题报告,下午两点半,蒋含光和他的研发团队去医院实验楼开会,李选让他的学生过去旁听学习,于是学生们中午在学校外吃了一顿饭,随后一起打车去了医院。

到了医院才一点多,小松正和别人一起等电梯,手机嗡嗡地响起,她看着手机屏幕上"蒋含光"三个字,旁边的男生凑向她的手机,试图看清楚她的来电显示。

小松迅速按下接听键,把手机贴在耳边,对方什么也没看到。她不想让同学知道自己和蒋含光私下认识,这层关系会让她的努力付诸东流。

"李大夫,医院的饭卡借我一用,我还有五分钟就到食堂了。"

03

小松看了眼进电梯的同学,对他们说:"我去食堂买点儿东西。"说完,她关了手机,走向食堂。

从实验楼去食堂得绕过门诊大楼,蒋含光比她先到,他没架子地坐在食堂前的高台上,两条长腿着地。

小松到的时候,两个穿白大褂的女孩子正围在他身边,询问他的微信。

蒋含光从小接受的是西方的精英教育,在他身上有着和大部分按部就班的男人截然不同的浑然天成的自信与风度。在刚认识他的时候,那种自信与风度很容易令人妄自菲薄。

可小松与他认识久了,发现那也不过是用来掩饰傲慢内在的外衣。受他文化背景的影响,他认为自己独一无二、与众不同,可这世界这么大,又有谁是真的不一样呢?

蒋含光的目光忽然落在她身上,刚拿出手机的手停在半空中,他对那两个询问微信的女孩微微一笑:"Sorry,女朋友来了。"

小松走上前:"别乱说,他女朋友是学校的博士后。"

那两个女孩子是本科实习生,脸皮薄,其中一个说了句"不好意思",就拉着另一个跑开了。

蒋含光从台子上跳下来:"准确来说,是前女友。"

小松用两根手指从口袋里夹出饭卡递给他:"给你,我先回实验室了,下午开会见。"

"李大夫,你忍心让刚失恋的人独自吃饭?"

小松听他这么一说,突然明白了。她挑眉问:"被甩了?"

这是蒋含光谈过的第一个中国女孩,也是第一个甩他的。小松对他前女友佩服不已,觉得对方真是"为民除害"。

蒋含光脸上的笑意逐渐僵化,他不笑的时候,露出正经模样,脸上就会自动出现四个大字：生人勿近。

小松说："我要回实验室了，你自己去吃吧。"

"我说，你不用躲着我吧。"

小松一言不发地盯了他好一会儿。蒋含光摸了摸自己的脸："我看起来很憔悴吗？"

小松摇了摇头，说："你别对我用激将法，我不吃这一套。"她的下巴朝食堂的方向扬了扬，"再不去，就没饭吃啦。"

蒋含光正色道："我会先去会议室，待会儿见。"

小松朝他挥了下手，转身离开。

蒋含光低头看了眼她的饭卡，她的饭卡是医院一卡通，专人专卡，上面有一张她的照片。

这张照片上，她面带微笑。她的五官都很柔和，脸上没有过于锋利的线条，这张照片上，她没有化妆，按理说，整个人看起来应该是柔和的，可是蒋含光看出了刀锋一般的锐利。这种气质的来源是她的眼神，她瞳仁清亮，目光笃定。

蒋含光两指夹着饭卡，笑了笑，进入食堂。医院食堂很一般，蒋含光如果不是迫不得已，也不会吃医院的饭菜。

一般人失恋都会选择用食物补偿自己，但蒋含光对自己身材要求严格，失恋虽然让人不开心，却没有保持体脂率重要。整个食堂，他能吃的只有水煮蛋和白灼青菜。

因为吃得少，所以他吃得很快，他吃完看了眼时间，现在是一点四十，他可以提前去会议室休息十五分钟，然后准备一下会议内容。

为了公司的药品能够进入中国市场，他每年都有至少六个月待在国内，其中六个月里又有一大半时间在附院。他对科研楼的情况了如指掌，一进楼，头都不抬，直接去走楼梯。

肿瘤科在八楼，出了楼梯就是走廊，要去会议室得先经过实验室。他刚到走廊，就看到一个白色的身影站在实验室门口。那道白色身影站得笔挺，远远看上去，身姿如松。

蒋含光脑海里冒出一个四字词语：人如其名。他手里夹着饭卡，散步过去,把饭卡往对方眼前一晃:"你怎么不进去?"

小松手快地接过饭卡,然后对他比了一个"嘘"的动作。

实验室里传来议论的声音,时而是几个人一起说话,时而只有一个人说。蒋含光的目光自然而然地看向实验室紧闭的大门。

他听到一个清晰的女孩声音,说道:"她爸是烈士,公派留学这种事肯定得优先选烈士子女。"

紧接着说话的是一个男生,他说:"烈士子女更得注意言行了,前两天我跟老板去查房,碰到十楼的护士,她们跟我说去年年底她跟一个患者好上了,她天天在病房过夜。"

另一个女生说:"你不能得不到就毁掉啊。"

那男生又说:"咱学院多少好妹子,谁想和她好?护士姐姐说了,那男的伤得挺重的,估计是跟人打架打的,一看就不像正经人,当时她还怕李犹松上当,结果你们猜李犹松说什么?说那是她未婚夫。"

最开始那个说小松是烈士子女的女孩又说:"我本科和她是同班同学,也是室友,说实话,她真的挺刻苦的,每天都泡在实验室,但成绩吧,也不是顶尖的。当时保研的时候我还纳闷,李选这么挑,怎么接受了她,我在导员办公室看到她的申请表才明白,八成因为她是烈士子女,有她在好申请项目金。"

另一个女孩惋惜道:"谁让咱们家没烈士呢,我爸要是烈士,我也能申请上去年的公派留学。"

蒋含光在关注那些噪声的同时,也关注着小松的表情。她的脸上并没有生气的意味,反而带着一抹淡淡的笑容。

蒋含光拉住她的胳膊:"你跟我去会议室。"

蒋含光不想让她听到这些言语。他和小松的姑姑、表姐很熟,所以一直以来都是站在家人的视角去看待这个女孩。他和她的家人一样,认为她是一张白纸,他们有义务保护她的单纯。可现在,那些人的话像尖锐的圆规,在这张白纸上胡乱刻画。

蒋含光一米八五的身高,常年锻炼,肌肉很结实,他竟然被小松甩开了胳膊。小松推开那道门,波澜不惊地走进去。吓到的反而是刚才说话的那帮人。

　　她站在他们身边，穿着和他们一样的白大褂，脸上有和他们一样因为赶论文而熬出的黑眼圈，可是，蒋含光能够辨认出来，他们和她是截然相反的两个世界。

　　他们的世界，只需要一些饭后茶余的话题，就能够汲取足够的养分。其实那些话题是什么对他们来说并不重要，重要的是，它可以将他们凝聚在一起，让他们的世界不断扩张，不断侵略他人存活的土壤。小松只是恰好成了他们的话题。

　　他们吵吵闹闹，可若是你能够深挖到他们的内心世界，就会发现那里寂静无声，一片荒芜。

　　大部分人，甚至是蒋含光他自己，也只是听听就罢，不去计较。但小松的选择和他们不一样，因为她和他们不一样。她自成一个独立的世界，无惧也无畏。

　　而在她的对立面——那个喧嚣而无趣的世界，最慌乱的是她的大学室友吴舒雅："小松，我们就是随便一说，谈起了你。"

　　小松冲她挑眉："怎么不谈你自己呢？是因为你没什么可谈吗？"

　　当然，不知所措的还有那个暗恋她很久，最后对她痛心疾首的男生。

　　小松看向他："你照过镜子吗？照过的话，就该知道谁看起来不像正经人了。"

　　那男生平时胆小，而且压根儿没料到小松会突然出现，他当下就愣住了。

　　最后还得是博士师姐出头，她说："小松，大家说着玩，你别较真。"

　　小松看了她一眼，说："祝你们早日成为烈士子女。"

　　吴舒雅终于受不了，大喊："李犹松，你爸死了，又不是我们害的，你跟我们发什么火？"

　　小松早就被龚琴锻炼出来了，比起发疯的龚琴，这几个人没有丝毫战斗力可言。她对吴舒雅笑了笑，稳重地说："我发火了吗？我跟你说重话了吗？你急什么？"她说罢，手指还在吴舒雅的脸蛋上轻轻拨了一下，"你保研的时候就该知道自己运气不好了，怎么还敢在背后说别人，要不是我

405

脾气好，你碰到的是别人可怎么办啊？"

吴舒雅气道："别人有你这么厚脸皮吗？"

"够了。"蒋含光实在忍受不了了。

他二十岁就大学毕业，毕业之后去做环球义工，然后直接进入家族企业工作。他也就比眼前这几个学生大四五岁，但阅历比他们丰富太多太多。成年人的世界，时间和精力有限，没有人会把时间花在这种幼稚的争吵上。

对学生来说，能见到蒋含光都是在工作场合，他工作的时候非常严肃，他一发话，他们就都不敢说话了。

蒋含光先对这场事端的挑起者——李犹松同学说："你是小学生吗？还用这种方式处理问题？"

他不想让自己看起来是在拉偏架，所以先说了小松两句，但他又确实是在拉偏架，所以只说了小松两句，然后就对着那三个学生说："你们是学医的，能读到硕士、博士说明你们以后都是想从事这个行业的，无论做研究还是看病人，都需要你们的专注力，不如把关注别人的时间用在自己身上，这样才会更快进步。"

师姐低着头说："我们受教了，蒋先生，今天也是我们不该在背后说人家，小松，对不起。"

蒋含光觉得，至此，他已经为小松平安解决了这件事，接下来只要小松给他们一个台阶下就行。可小松只是淡淡地说了一句："我不接受。"

蒋含光被她气笑了，无奈道："你还真是个小学生啊。"虽然他嘴上这么说，可心里清楚小松不是一个不懂人情世故的人，相反，她很懂，她今天之所以这样，是因为那些话真的严重伤害到了她。

"你跟我来。"他拉起小松的手，把她带到旁边的会议室。

实验室里的三个学生看到他拉住小松的手，面面相觑，做出"原来如此"的表情。

会议室现在还没有人进来，蒋含光关上门的那一刻，小松开始浑身颤抖。

她靠在冷白的墙壁上，像失去所有力气，双手捂着脸，弓着身体，一遍又一遍深呼吸。她听到自己浓重的呼吸声,她想,自己还是要更坚强一些。

因为之前在丽江小松的见义勇为,蒋含光意外地和她邂逅,他对这个女孩有着天然的好感,后来的重逢让他学会一个美妙的词语:因缘际会。

种种原因之下,他和小松相处起来比他和别人的相处更加自然。尽管两人的年龄、阅历、背景都不相同,但他们的相处一直都是平等的。这种平等在今天第二次被打破。

第一次被打破是在去年冬天,他在病房撞见她和那个男人在一起。

蒋含光知道,如果今天被议论的人是自己,他不会有推开那扇门的勇气。他心疼地抱住她:"你没有错,相信我,你和他们是不一样的。"

小松努力克制住自己的颤抖,她扶着蒋含光的手臂,说:"准备开会吧。"

蒋含光笑了:"你满头鲜血,还惦记着开会吗?"在他的眼里,她已经头破血流了。

小松说:"不然呢?"

蒋含光由衷地感叹:"Bravo(好样的)!"

会议室正门旁边有一道小门,那里是一间储物室。小松走进储物室,从里面抱出几瓶矿泉水,挨着座位分发。

蒋含光也抱出来几瓶水,在会议桌上摆完一圈,正好剩下一瓶,他拧开瓶盖,递给坐在会议室后排椅子上的小松。

小松说:"不想喝。"

蒋含光在她身旁的椅子上坐下,把瓶口送进自己口中:"你知道吗?玫瑰有罪不是因为它带刺,而是因为它太过鲜艳。"

受他成长背景的影响,他具有浪漫的文艺和哲学思维。可他忽视了小松是个不折不扣的理科生,无法理解他话里的比喻。

她诚实地摇头:"我不知道。"

"感谢你,我今天终于体会到了什么叫鸡同鸭讲。"他努力摆出一个笑。

经过一段时间的缓解，小松已经复原了。她对蒋含光说："刚才谢谢你。"

他们都知道，蒋含光刚刚用一种成熟而体面的方式帮她解决了大麻烦。刚才要是没有蒋含光说的那一番话，那些人离开这栋大楼，回到他们各自的生活圈，会继续提起这件事，让流言蜚语一直发酵，直到最终，学校会为了安抚大多数学生取消小松的留学资格。

蒋含光说："我可没帮你什么，你谢我干什么？"

小松对他莞尔一笑："谢你刚才帮我发水。"

几分钟过后，蒋含光的团队和院方代表、药企代表陆续到来。他们坐在会议桌旁，小松这些学生只能坐在后排旁听。

抗癌药物出海一直是我国药企的一大使命，也是近几年的新风向。

蒋含光家的企业，从知名度来说，自然比不上那几个大型药企，他们也没有独立的研发团队，但在其他企业忙着攻占全球市场的时候，蒋家的企业深耕欧洲本土市场，高薪挖来了其他药企的市场人才，组建了一支专精化的市场团队。这场会议中，蒋含光的重要性可想而知。

他说了很多药物在海外上市的专业术语，后排的学生都在忙着记笔记。或许他们也知道这些内容和他们没什么关系，做笔记只是不让自己看起来不专业而已。

小松无法专注于和她无关的会议，她的笔尖一直在本子上乱涂。她一直在想出国读博这件事。出国留学是好事，更是大事。她在公示名单以后就告诉了李永青和林广文他们，当然，他们也为她感到高兴。

她从来都有自己的主意，只要是她认定的事，她不会顾及任何人的说法，也不需要别人的意见。可她再也无法像以前那样毫无顾虑地去做一件事，她现在止步不前。

她要想办法告诉成州平。在过去的四个月里，她的生活被学业和各种琐事填满，除了刚开始的那一周，后来想起成州平的时候其实不多。这个名字只会在她遇到重大人生节点的时候突然出现，比如现在。

蒋含光的声音清晰地回荡在会议室里："License-out（中国新药跨境交易）省时省力，我们公司也有许多这样的案例，但你们做药物出海的初心是为了长远地在海外市场站稳脚，这和其他企业有本质的区别。我们虽然是一家外企，但我们蒋家一直没有忘记自己的根在哪里。我们希望在世界市场上看到更多中国研发人员的面孔，而不是粗暴地掠夺你们的研究成果。我们公司愿意，也乐意成为中间人，帮助你们进行自主出海。"

蒋含光一番"大有格局"的发言引起掌声雷动。

小松茅塞顿开：中间人！对！可以找中间人！她和成州平虽然不能直接联系，但是他们有中间人。

她立马拿出手机，翻出老周的微信，输入："周叔，我有事要找您，看到微信，麻烦回电话给我。"发送完毕。

第二十三章

我们故事里的他们

01

小松在会议结束后没多久就接到了老周的电话。

他们的来往一直只限于逢年过节互相问候，小松发来这样一条微信，老周还以为出什么大事了，一处理完手上的事，就立马给她回了电话。

"小松，是不是出什么事了？"老周心里一通瞎猜，是不是成州平爷爷的复诊结果有问题？还是她家里出事了？

小松开门见山："周叔，我下学期要去德国。"

老周明白了，忙说："恭喜恭喜！是不是需要你爸的档案啊？"

"不是的，周叔。"小松说，"您还记得去年年底您让我帮忙照顾成州平吗？当时，他借了我五千块钱，现在我要准备出国，用钱的地方多，但又不知道怎么联系他，您能不能帮我问问他什么时候还钱啊？"

周叔一听，声音陡然升高："他问你一个学生借钱？"

成州平刚来警队的时候，比起其他人不算老实，刘文昌当时再三叮嘱他们几个老同志，要看好这个孩子，别让他走歪路。老周对成州平是爱之深，责之切。

小松一听老周误会成州平了，便解释说："也不能算他问我借钱，是我自己非得借给他的。"

老周纳闷了："你非借钱给他干什么啊？"

小松说："说来话长，有机会了，我慢慢跟您说，不过，这事不着急，我十月份开学，九月才出发，您九月之前告诉他就行。"

结束通话，老周越想越不明白，哪有催债还给这么长期限的？

最近成州平那里没什么特别的动静，老周趁着抽烟的工夫给成州平发了一条短信，让他晚上回电话。

没想到成州平立马就回了，老周一根烟还没抽完，接了电话，骂骂咧咧地说："你能不能等我抽完烟再打过来？"

成州平说："找我什么事？"

老周听到他不带丝毫情绪的声音，有些心疼。他年轻的时候也干过同样的事，知道它对一个人的心理影响有多大，只是那时候他没有成州平这么大的胆子，一弄清对方的人员结构就立马不想干了。

"你今天怎么接得这么快？"

"在开车，刚上高速，路还长着呢。"

老周调侃他："你这是技多不压身。"

成州平懒得跟他东拉西扯："你赶紧说吧，我开车呢。"

老周说："是这样的，刚才老李闺女小松给我打了电话，人家姑娘马上要出国了，说你那里还欠着她五千块钱，小女孩脸皮薄，不好意思催，我说我来帮她催。"

在老周提到小松名字的瞬间，成州平就知道她一定是有事要找他。其实在这之前他就知道了。

他们学校公派留学的名单都会在官网公布，成州平前天去网吧，搜索过她的学校。在那个时刻，他仅仅是试图了解她的生活，却没想到在留学人员名单里看到了她的名字。

只是他没有想到小松会以这种方式告诉他。更准确地说，他没想到在他们四个月没联系的情况下，她依然会和自己分享这件事。

成州平对着电话说："我现在要去南宁，等我到南宁了，把银行卡寄给你，你捎给她吧。"

老周诧异："五千块钱你就要寄银行卡，过分了吧。"

成州平说："我乐意啊，不说了，前面有电子眼，我挂电话了。"

他挂断电话，面无表情地继续开车。今天路上车很少，他前面只有几辆小型私家车在跑，笔直的高速公路看不到终点。

他到南宁已经是晚上了，卸完货，车停在停车场，他先打车去了市区，找到一个ATM，把自己的那张银行卡插进机器里，确认过余额，然后又去超市买了一个牛皮纸袋、一沓黄色便笺。

回到旅馆，他把银行卡放进纸袋里，又拿起笔，在便笺上写下："密码：手机号后六位。"他将这张便笺纸也放进了牛皮袋里，第二天一早，便亲自去了快递点，把它送出去。

南宁是省会城市，发往全国大多数地方的快递只用三天。

三天后的周六早晨，老周在家里收到成州平寄来的快递。

老周是个老警察了，那天成州平说要寄卡过来，挂了电话，老周就察觉到了不对劲的地方。他是成州平的领导，因为成州平工作的特殊性，他有权检查成州平的私人物品。

老周在客厅撕开了快递包装，拿出牛皮纸袋，往外一倒，果然，除了银行卡，倒出来的还有一张折叠起来的黄色便笺。

他展开黄色便笺，看到上面的密码提示，已经意识到事情不是看起来的那样。密码提示写着手机号后六位，却根本没说是谁的手机号，这就很不寻常了，现在的人除了自己的手机号，还能记住谁的？

老周送孩子去书法班后，找到最近的ATM，把成州平给的银行卡插进去，输入密码的时候，他拿出手机在通讯录中找到成州平以前的号码，把后六位输进去。

机器界面成功跳转，老周点了下查看余额。看到余额的瞬间，他脑海里各种思绪乱撞。他慌乱地抽回卡，害怕周围有人盯着，又怕卡掉了，立马把卡放到自己运动衣内胆的口袋里。

一回到车上，老周立马拨通成州平的电话。

成州平没接电话，老周知道他现在在忙别的，在等待电话的途中，老周试图组织自己的语言。

约莫半个小时过去，成州平给他打来了电话。

尽管老周已经给自己做好了心理建设，但在电话接通的那一瞬，他还是没能忍住，暴跳如雷地问："你哪来这么多钱？"十五万，他工作这么多年，也不可能一下子拿出十五万。

电话那一侧，成州平所在的地方是造纸厂旁边的野草丛。这块地是荒废的,一堵墙将造纸厂和这里隔开,不会有人发现他在这里,对他而言这是个相对安全的领域——从心理上来说。

老周感知到他的沉默,又厉声问了一遍:"我问你,哪来这么多钱?"老周并不愿意质疑成州平,但作为领导,他又必须问。

成州平说:"是上回任务的奖金。"

"胡扯!你的奖金是谁给你申报的?有多少钱,我比你还清楚,在这儿跟我瞎扯。"

听到老周暴跳如雷的声音,成州平忽然装作厉声说:"你是不是怀疑我拿黑钱了?"

成州平这人跟他们相处少有严肃的时候,老周一听就知道他是装的。与此同时,他悬着的心终于落下来了。成州平既然这么说,那就说明这不是黑钱。

老周说:"你先交代钱的事,哪来这么多钱?"

"我工作也快十年了,还攒不下这点儿钱吗?"

老周在心里计算了一下,除去给他爷爷寄的钱和饭钱,不租房,不休闲娱乐,不旅游,不成家的话,差不多。但这些钱已经是成州平能攒的最大限度了。这就涉及了第二个问题:他几乎把全部身家都给了李长青的女儿。

是欠人家十五万吗?老周当然不会这么想。他捋了片刻后,开口问道:"你是不是跟老李的女儿处对象了?"

成州平没有回答,也没有否认。

老周知道他默认了:"过年那两天,有人跟我告状,说你带女人进宿舍,是小松?"

"嗯。"

"成州平,你疯了吗?"

成州平想,如果是这样就好了。如果他可以再疯狂一点儿,现在他就可以直接拨通她的电话。

幸好这是一场电话对话,老周只能踹一脚车底,而不是踹成州平。他平息了一下情绪,问道:"什么时候好上的?元旦你住院期间?"

"比那更早，是抓捕韩金尧的时候。"成州平默默地想，也许，他们开始的时间比她在嵩县实习的那个假期还要早一些。在那个日照金山的清晨一切就悄无声息地发生了。

老周一听火又上来了，比元旦早说明了什么？说明是成州平执行任务期间好上的。他咳了几声，克制地说道："成州平，做人要讲良心。你李哥生前是怎么对你的，还要我说吗？他走之前被毒贩认出脸，半年没敢往家里打电话……"说着说着，很多心酸的往事都涌上心头，老周不知道他在为李长青愤怒，还是在为自己愤怒，他红着眼睛，声音陡然提高，"你怎么敢这么祸害他女儿！"

尽管这个问题成州平早就想过无数次了，可当另一个人站出来指责他的时候，他依然不知道怎么回答。他踢了一脚地上的石子，嗫嚅说："我想和她好好过的。"

老周简直想把成州平给爆头，他的脑袋重重往后一靠，无力地说："我说怎么当初你爷爷治病，她又是找大夫又是每天探病的，敢情那时候你俩就好上了。成州平，你听我一句劝，他们家的背景不是咱们能高攀得起的，人家这一出国八成就不回来了，你赶紧跟她断了，别耽误人家，也别耽误自己。"

成州平站着的地方是造纸厂的墙根下面，造纸厂外墙上挂满铁刺，这让他回忆起自己的中学时代，那所镇上的中学也是类似的墙壁和铁刺。他靠在墙上，举着手机，也不说话，也不挂断电话，就让沉默继续着。

成州平第一次知道，当时自己爷爷看病是小松帮忙的。她见过了他的爷爷、姑姑，知道他来自什么样的家庭。可她从没对他提起过。

在这段沉默的时间，成州平想明白了，不论他怎么做，都始终会亏欠她，这亏欠不是给她一笔钱就能够弥补的。

他懂得小松，他把钱全给她，她不但不会收，反而会认为他在试图和她撇清关系。而且，万一……他是想万一自己要是出了事，这笔钱里的每一分都会像大山般将她压垮。

最终，他缓缓开口说："老周，你帮我个忙。这钱我直接给她，她肯定不会要。"他不在她身边,想要给她一个男人能给的保护,却不想带给她压力。老周这通电话给了他一些思考的时间。

老周冷笑:"你说,你想让我怎么给她?"

"你不是知道密码吗?可以用你的名义办张卡,把卡里的钱转过去,给她的时候就说是队里对她爸的心意。"

老周不知道是该夸他还是骂他:"你脑子倒是转得快。"

成州平说:"你把钱给她,我就跟她断了,你要是不信,可以查我手机号的通话记录,反正你都查得到。"

他这么一说,老周实在不知道该说什么了。

成州平说:"我出来时间太长了,挂电话了。"

在刚刚成州平沉默的时候,老周也想,自己是不是对成州平过于严厉了?他对成州平期望太高,所以让太害怕成州平毁掉自己的前程。

自成州平入队以来,成州平一心只想干缉毒,老周没从他嘴里听过一句抱怨。不只他,现在就连刘文昌对成州平也很重视,把成州平当接班人培养。

他和小松是在执行任务期间好上的,这是严重的纪律问题。

老周在车上睡了一觉,接完女儿,回家吃完饭,他趁洗碗的时候给成州平发了条信息:"下周末我会亲自把钱转交给对方,不会告诉其他人,你专心工作,别省钱,一个人在外,不要亏待自己。"

02

一周后的周六,老周一大早坐高铁去找小松。他快到的时候,刚好中午十一点半,给小松打电话的时候,她刚上完德语课,走出上课的大厦。

她本来打算中午随便吃一点儿,但老周来了,两个人正好凑着下次馆子。

小松给老周发去一个地址,那是一家位于高铁站和她学校之间的朝鲜料理店,它的评价很高。

小松坐地铁过去,出了地铁站,在小区里绕了几圈才找到。原来那家店藏在小区里面,难怪她一通好找。她进去的时候,老周已经坐在角落里了。小松发现,他们这些人都很喜欢坐在角落里光照不到的位子。老周如此,她父亲如此,成州平也如此。

这家店装修非常简陋,传说老板是朝鲜人,所以店里的朝鲜料理非常正宗。

老周说:"吃什么?我请客。"

现在天热了,小松点了一碗爽口的冷面,老周也点了冷面。

在等上餐的时间,老周从衣服内胆里拿出一张银行卡,推到小松面前:"出国用钱的地方多,这是你爸的退休费,还有一些我们老同事的心意,加起来有十几万,密码是三个三、三个六,你收下吧。"

小松看着那张淡蓝的卡,她没有拒绝,而是将卡拿起来,握在手掌中,对老周笑道:"还有天上掉钱这种好事呢?那我也就不客气了。"她把卡放回自己的钱夹里。

老周也不知道小松有没有怀疑这笔钱的来源,他的任务只是让她收下钱,现在也算顺利完成了。

老周今天来就只是为了给小松送卡,他坐下午两点的高铁回去,吃完饭,小松把他送到高铁站的进站安检口。

老周说了好几次不用送了,但她一直跟着,因为有句话一直哽在她的喉咙里,她不知道该以什么样的方式问出口。

安检口人挤人,提着行李箱的旅客大多匆忙。

老周说:"送到这儿就行了,再送你就直接送我回家了。"

小松嘴唇抿了抿,鼓起勇气,面对老周:"周叔,成州平他怎么样了?"

老周说:"他还是老样子,好着呢。这小子啊——"他指了指脑袋,"这儿转得快,办事稳。"

小松看着老周,坦白道:"周叔,我和成州平在一起了,你能不能让他在我出国前给我打个电话?只要几分钟就好,我就想听到他的声音,确认他是平安的。"她一口气说出来,话的尾音颤抖。

老周是心肠软的人，实在看不了这种画面。他躲开小松灼灼的目光："小松啊，你理解一下，我们干这个的纪律很重要，都是没办法的事，等他工作结束了，肯定会给你打电话的。"

小松也不好再强人所难。她深吸了一口气，对老周说："周叔，你别怪他，是我追他的，成州平刀子嘴豆腐心，他拿我没办法才答应的。"

老周看出了她的意图，她在维护成州平。老周说："小松啊，你是个好姑娘，我们警队对不起你，以后你出国了，见到更大的世面，认识更多优秀的人，就会忘了成州平。"

小松想，如果今天是她劝别人，大抵也会说同样的话。

世界这么大，人来人又去，哪有什么情有独钟、独一无二？无非是自己不肯放过自己罢了。她能做的已经都做了。

老周朝小松招了招手："我进站了，小松，出了国一定要照顾好自己，别担心家里，我们帮你看着家。"

小松点点头，微笑着说："谢谢周叔。"她看着老周的背影拥进人群，他的身影没什么特别，一旦进入人群，就分辨不出哪个是他了。

小松的生活依然像陀螺一样不停转动，四、五月准备毕业论文，六月进行毕业答辩和毕业典礼。

毕业典礼，她的爷爷奶奶、姑姑、表姐都来了。

他们拍了大合照，小松回头看那张合照，始终觉得有所缺失。

七月的时候，她陪爷爷奶奶去了趟云南。这次他们有整整一个月的时间，又有人安排行程，几乎玩遍了云南全境。

这趟旅程的末尾停在香格里拉，小松的奶奶提出要去看日照金山。负责接待他们的人连夜给飞来寺打电话，说最近看到日照金山的概率比往年更高，第二天中午他们就出发前往德钦。

接待人帮他们订了位置最好的酒店，甚至不用去观景台，在酒店的阳台上就看得到日照金山。

七月的德钦，雨天和日照交叠。他们在酒店待了三天，第四天早晨，如愿看到了日照金山。

小松忽然意识到，她和成州平也许没什么特别。和上一个在等待中度过的四年不同的是，这一次，她甚至不知道成州平在哪里。

八月份，她回家看了龚琴一趟，母女俩无话可说，倒是林广文拿了张卡给她。

小松没有收那张卡，李长青牺牲后，他的抚恤金、以前的工资卡、五险一金都由小松直接继承了，奖学金也申请下来了，她没有需要用钱的地方。

林广文虽然平时话少，但他看得明白，小松自始至终都没有接受过自己。

小松的机票是九月十五号的，而在八月下旬，她在网上意外地刷到一个冈仁波齐的转山活动，她被活动的介绍词和照片吸引，想都没想就报名参加了。

她第一次听说"转山"这个词，是十九岁那年在德钦由成州平告诉她的。藏传佛教认为在冈仁波齐转一次山可以洗涤灵魂。

小松去了才知道，一路荒野露天，连上厕所的地方都没有，活动还没开始，已经有一拨人因为高反严重而离开了。

三天转山结束，她被晒得黑成了另一个人。除了晒黑，这一次行程平安顺利，冈仁波齐的星空让她久久难忘。

九月回到李永青家里，她开始收拾行李。

李永青、白莉她们都有海外留学的经验，她们提前帮小松列了清单，小松只需要按照清单去准备行李。

出发前一周，她的心情五味杂陈，有期待，有不舍，就在她以为自己出现了一些心理问题时，病来如山倒。先是急性肠炎，又是高烧不退，飞机起飞当天，她还在医院输液，只能先退票，推迟一周出发。

这段时间李永青正好去了海南出差，白莉也回美国了。

小松是李家唯一的孙女，老人不放心她独自出国，都打算亲自把她送到德国了。李永青一个电话拦住他们，这俩老人本来就年纪大了，七月去云南玩，回来腰疼了两个月，根本禁不住长途飞行，也不知道到时候是他们照顾小松还是让小松照顾他们。

最后是白莉给蒋含光打电话，拜托蒋含光送小松一程。

蒋含光原本是十月中旬回欧洲，受人之托，他把机票提前了一个月。

小松本来想，自己一周后肯定就康复了，起初她没有接受蒋含光的陪伴，只是她低估了自己这次的情况，即便机票推迟了一周，她依然没能康复。

再推迟的话，就赶不上开学了，小松只能带病上飞机。

飞往法兰克福的航班在凌晨，为了避免迟到，他们提前四个小时到了机场，走完一切程序，到达机场大厅是晚上十一点。还有两个小时，她即将前往异国他乡。

蒋含光绅士地要替她拎行李箱，小松说："不用，我还没虚弱到那个地步。"

蒋含光微微一笑，嘲讽道："你真是身残志坚。"

小松："……真的不用。"她病了，不比平时鲜活，说话都是有气无力的。

蒋含光直接上前把她的行李箱接到自己手里："今天你是病人，你有权力使唤我。"他还是从小松手里抢走了行李箱，小松揉了揉晕乎乎的太阳穴，跟在他身后，前往登机口。

他们来得不算早，这会儿登机口前的椅子上已经坐满了人。

蒋含光找到一个空座，指给小松："你坐这里。"

小松看了他一会儿，什么也没说就坐下了。

蒋含光说："你刚才是想说什么吗？"

小松点点头："嗯，我以为资本家都是坐头等舱的。"

蒋含光觉得她生病的时候难得有了小女孩的天真、柔软，他敲了一下小松的脑袋："资本家才知道要合理消费。"

小松转过头，躲避他的触碰。她知道，蒋含光是为了照顾她而没有坐头等舱，这种照顾让她疲惫。

蒋含光不以为意，对小松说："我去买咖啡，你喝什么？"

小松摇头说："我喝水。"

如果不是蒋含光认识她多年，知道她外表之下的尖锐，恐怕也要误以为她是个不通人情世故、容易害羞的小姑娘。他说："旁边的人走了，你可以躺下来休息。"

小松说："你快去吧。"

蒋含光离开后,她仍保持着之前的坐姿坐在椅子上。候机的人们都在低头看手机,或刷视频,或和人聊天。

小松手里握着手机,她的手机在今夜格外安静。

窗外的停机坪上,一架航班落地,飞机照明灯发出的光束穿破夜晚。小松被灯光吸引,站起来走到窗前看着那架飞机落地。

窗户上映出一个女人拿着手机走来走去的身影,小松这才意识到自己居然糊涂到把手机落到座椅上了。

她立马走回座位,果然,黑色的手机孤零零地待在椅子上。

小松拿起手机,发现有一个未接来电,是个陌生号码,点开一看,电话归属地是广西。这个时间给她打电话,八成是诈骗电话。毕业生是诈骗团伙的重点目标人群,光这一个月小松已经接到三个诈骗电话了。

每次看到来自五湖四海的陌生电话,她都会接听,有时候,明知道可能又是一个诈骗电话,她还是会接听。她怕错过成州平的电话,此刻竟然主动回拨了这个陌生号码。

和平时的通话不同的是,这通电话在拨出后的第一秒就被接起了。可是在电话接通后,没有人说话。

小松感受到一阵安静,浅浅的呼吸声似吹拂着她的耳朵。她有一种强烈的预感,是成州平。

小松握紧手机,走到柱子后没人的地方。她向后靠在柱子上,低头看着脚下。地板锃亮,灯光从天花板打下来,地板上反射出她的身影。

在这段时间,对方并没有挂断电话,小松能够肯定一定是成州平。

她的脸上终于有了浅浅的笑容,她抬起头,看着前方,对着电话说:"你们这些电话诈骗都不休息吗?"

03

夜里,造纸厂的停车场被荒地包围,空旷的地上风声呼呼,货车车门一关，什么都听不见。成州平坐在驾驶舱里，看着手中的烟一点点熄灭。

电话那一头，小松又轻轻说："喂，电话诈骗能不能有点儿诚意？"

他不由得笑了，同时，他的脑海中想象着此刻她的表情。他们有段日子没见了，他想起她，眼前浮现出的依旧是那双灵动又倔强的眼睛。

"你要出发了吗？"

小松原定出发的那天，老周给她发了微信。小松告诉老周推迟了出发日期，于是老周把这个日期转告给了成州平。同时，他催成州平赶紧断了。

成州平本来想，就这样算了吧。可在她出发的前一刻，他还是没能忍住。

"嗯，还有半个小时登机。"小松说道。她没有和成州平计较为什么现在才打这个电话，此刻她心里想的是，果然，他会忍不住的。她嘴角微微勾起，像一个胜利者，在无人问津的终点耀武扬威。

成州平很想开口问候她一句，只是，他无从切入。他没有机会参与她的生活，所以找不到一个能够让这通电话继续下去的话题。

尽管在飞速流逝的时间里，他们相处的时间有限，他们无法进入彼此的生活，更做不到情人间亲密无间的陪伴，她不知道成州平身处何地，成州平也不知道她何时归来，可是他们甚至比对方自己更加了解对方。

小松知道成州平想听什么。她清了下嗓，对着电话温柔地喊了一声"成州平"。

听到这三个字，成州平原本有些忐忑的心渐渐平静下来。他吸了口冷气，正欲开口，却听到电话那头传来一个男人的声音——

"你怎么跑这里了？猜一猜，哪杯是热水？"蒋含光双手各拿一个纸杯，走到小松面前让她猜测。

夜晚安静，成州平清晰地听到了对方的声音。他对人的特征非常敏感，意识到自己在哪里听过这个声音后，他回忆了一番，然后和去年年底到病房找小松的那个男人对上了号。

小松随意地从蒋含光手里接过纸杯，说："谢谢。"

"你跟我这么客气啊。"

成州平的声音和蒋含光的一起传来。他说:"你去忙吧,我挂电话了。"

小松握着手机的手一顿,脸上那抹淡然的笑意荡然无存,她对着电话质问:"你在退缩吗?"

小松一向保持着稳定的情绪,她忽然语气严肃,蒋含光都有些被吓到。他无辜地举起手,冲她用唇语说:"注意时间。"然后他把手机屏幕在她面前一晃,提醒她登机时间。

成州平听到小松的呼吸变得沉重,他一时也不知道这个问题的答案。

看吧,他就知道,她比他更了解自己。

这大半年他没有给她打过一通电话,很大一部分原因是他清楚他们会越走越远。他没有勇气放开她,也没有勇气挽留她。

小松喝了口水,调整了呼吸,她静静地说:"成州平,我会努力按时毕业回国的,你……有想对我说的话吗?"

成州平重新点上烟,吸了口烟。也许是香烟给了他力量,又也许是她格外用力喊的那一声"成州平",他的语气恢复他们刚认识那时的果断、冷静:"等你回国的时候,我接你回家。"

小松在很小的年纪就失去了"家"。这些年,她固执地认为李长青牺牲和自己有关,为了惩罚自己,她惩罚自己这辈子都不会再有家。可是成州平如此懂她的缺失。

她深呼吸,让自己的声音不要颤抖。她对着电话用柔软的语气说:"成州平,说话要算话啊。"

成州平说:"嗯,你回国的时候发短信给我以前的手机号。"

登机口已经在排队了,广播的通知声似乎在催促他们快点儿结束通话。在这有些慌张的瞬间,"我爱你"这三个字毫无预兆地跳到了小松的嗓子眼。

在小松的家庭,从没有人说过这三个字。她也不是偶像剧的受众群体,在她的记忆里好像从没听到过这三个字。

人通过后天习得语言、行为、技能,但说"我爱你"是与生俱来的本能。

只是她还没来得及说出口,成州平就忽然说:"我该挂电话了。"他直接挂断了电话,因为有人在拍车门。

一个拿着手电筒的男人站在货车旁边拍门,他手里的手电筒朝车窗照去。成州平用手挡住手电筒的光,开了车门,问:"兄弟,有事吗?"

对方关了手电筒,说:"你在车里干什么呢?"

这人是车队的一个小主管,真名叫赖永生,平时大家叫他三哥。

成州平晃晃手机:"刚跟女人打完电话。"

赖永生狐疑地看着他:"打电话非得跑车上?"

一些司机有毒瘾,会偷偷跑到车上吸毒,最近川子说要整顿车队风气,赖永生晚上会不定时地来停车场检查货车。

成州平从车上跳下来,边系裤带边跟赖永生说:"那肯定不能在宿舍打啊。"

成州平拍了一下他的肩:"我回去了。"

离开赖永生视线的那瞬间,成州平脸上的笑容立马消失,他从口袋里拿出手机,一条短信跳到屏幕上。

短信来自小松,她发来的是一张照片,没有任何文字,但那张照片诉说了所有——那是一张日照金山的照片。

成州平将照片保存在手机相册里,然后和往常一样熟练地删除他们通话的痕迹。

他回到宿舍,对床两个广西人正在连麦和人打游戏,他下铺的贵州小伙正躺在床上双目呆滞地看着手机。

成州平去床头的桌子上倒水,他扫了眼贵州小伙的手机屏幕,屏幕里面是一个女主播。女主播穿着一件性感的公主裙,背景是一座欧式装修的豪宅,明亮的灯光、豪华的背景似梦似幻,贵州小伙看得如痴如醉。

成州平问贵州小伙:"关注多久了?"

小伙不好意思地说:"一个月。"

成州平靠在桌子上,喝了口水,问:"你喜欢这种的?"

贵州小伙腼腆地说:"锋哥,我不是图她漂亮。我是觉得,她这么有钱还这么善良,真的很难得。"

成州平看一眼就知道这女主播的豪宅是3D贴纸,没想到真有傻子相信。他又问:"那你给她打赏吗?"

贵州小伙说:"嗯,我刚刚还给她送了两艘游艇,现在我在她的榜一。"

成州平不看这些,不过按照常识,能刷到榜一,砸了少说得有上万。

成州平立刻发现了不合理的地方:贵州小伙一个货车司机,一个月工资到手不到四千,哪来的钱刷给主播?

他问:"送这个贵吗?"

对方使劲摇头。

成州平又试探着问:"你哪来这么多钱?我看你平时挺节俭的。"

车队的帮派很明显,本地人是一派,外地人是另外一派,在成州平来之前,这个贵州小伙是被其他两个本地人孤立的。

成州平刚来没多久,宿舍两个本地人想给他一个下马威,所以找了其他兄弟一起围堵他,成州平一个打五个,一帮人被治得服服帖帖,往后他们再也不敢招惹成州平了。

成州平经常和贵州小伙聊天,对方知道本地人都怕他,也愿意亲近他。他给主播发了一串爱心表情后,对成州平说:"锋哥,上厕所去吗?"

去上厕所是句黑话,有什么在宿舍不能说的,就借上厕所的机会出去说。

二人出了宿舍,走到活动板房后面的路灯下,贵州小伙紧张兮兮地说:"锋哥,这事你别说是我说的。我的钱是川哥给的提成,跟川哥跑外地做生意就能拿提成。"

他所谓的做生意其实就是跟着川子去贩毒。

成州平刚来没多久就打听过了,川子时不时去外地出差,他只带最早跟他的那几个司机,因为知根知底,新来的一个都不带。

傅辉反侦查能力极强,高远飞和孙阳给成州平的指令是,让他别着急,先花一年时间,掌握贩毒证据的同时取得川子的信任。

成州平有过在闫立军身边卧底的经验,他比谁都更清楚,在这件事上太过冒进会丢命。可今夜那通电话之后,他无法不着急。上一个任务,他花了七年，他再不做点儿什么，可能又是一个七年。

他从没质疑过自己选择的这条路，只是，他可以有无尽的七年，小松呢？一个女孩子能有多少个七年？他答应了要在她回国时接她回家，在她回来之前，这一切必须结束。

成州平往贵州小伙嘴里塞了根烟："小超，我实话跟你说吧，我妈癌症要买药，我急着用钱，你能帮我跟川哥说一说，让他带我赚钱吗？"

孙阳之前调过川子的转账记录，发现他每三个月就要往医院打一笔钱，他猜测他家里有人生病。成州平想通过母亲生病的借口引起这个人的同理心。

没错，毒贩也有同理心。成州平记得学犯罪心理学的时候，教他们的老师说，坏人也是人，在他们犯错之前和其他人没有两样，谁也不是天生就坏。正常人有的同理心、恻隐之心，他们也有。

成州平眼前这个贵州小伙小超，贩毒纯粹是因为身边很多人都干这个，没人出事，他没见过因为毒品家破人亡的人，所以没觉得贩毒有多不应该。

成州平之前帮小超拉过几回货，小超也感激成州平，听说成州平家里有事，虽然很为难，但还是说："锋哥，我也不能保证，但我一定会跟川哥提的。"

成州平揉了一下他的头："谢了，兄弟。"

在成州平对小超说了他的"困境"以后，小超第二天就跑去跟川子说了。

成州平怕自己多问几句会露馅，小超从川子那里回来后，他也没催促。就这样过了一周，成州平都打算放弃的时候，小超从外面跑进来："锋哥，川哥让你去他办公室一趟。"

成州平从床上跳下来，在宿舍其他二人的注视下，出门前往川子的办公室。

他敲了敲门，里面传来川子尖锐的声音："进来。"

成州平推开门，一股空气清新剂的味道扑鼻而来。他走到川子办公桌前，说："川哥，你找我？"

川子抬头看了他一眼："你不是急着用钱给你妈治病吗？"

成州平点了点头。

川子弯下身子，从桌子底下翻出一个牛皮纸袋，扔到成州平面前。纸袋被里面的东西撑出方方正正的棱角，成州平第一反应是：这是白粉。

川子说："我暂时只能拿出两万，你先给你妈把药买上，抗癌药不能拖，这我清楚。"

成州平的目的不是钱，而是尽快参与到他们的贩毒活动中。他拿起牛皮纸袋往里面看了眼，又扔回桌上："我没钱还你。"

川子眉毛一竖："谁指望你一个拉货车的还钱了？拿去吧，以后少给我惹事就行，我没钱还能再挣。"

在成州平前往闫立军身边之前，老周问过他这样的问题——"你会被毒贩用金钱和美色收买吗？"

他的答案是不会。

可紧接着，老周又问——"那要是他们对你比队里对你还好呢？要是比你亲爸亲妈对你还好呢？"

第二十四章

黑夜里的枪手

01

成州平是缉毒警察,这是他的命。所以,不论毒贩给他的是什么,他都不会被收买。

尽管他因川子给他钱的举动而震动,可他没有被收买。他理智地思考,要怎么才能让川子带他去交易。

既然川子都说了这是他妈的救命钱,那不收肯定是不行的。他把钱拿在手上,说:"川哥,这钱我肯定会还你的。你是头一个对我这么好的人,你让我干什么都行。"

川子"嘿"了一声:"这话我爱听,但我不让你干啥,你踏踏实实过好自己的日子,就当报答你川哥了。"

成州平没想到一个毒贩开始给自己灌起了鸡汤。他把钱往桌子上一摔:"我知道你有挣钱的渠道,骆驼和小超他们能干的我也能干,而且我干得比他们好。"

川子摇了摇头,语重心长地问他:"刘锋,知道我当时为什么同意招你吗?"

成州平说:"不知道。"

"你这孩子老实,我第一眼见你就喜欢得紧,本来我还犹豫要不要你,但你跟我坦白了你跟过闫立军,当时我就想不能让你再碰那玩意儿了,只有我两只眼睛盯着你,你才不会再碰那玩意儿。"

这个答案成州平也是委实没有想到,他差点儿暴露了自己的震惊。他咽了咽口水,低头看着川子,面无表情地说:"川哥,我只想挣钱,碰不碰那玩意儿，我无所谓。"

"你说的这叫什么话？那玩意儿是人能碰的吗？"川子忽然动怒。

成州平心想，原来毒贩也知道那玩意儿不是人能碰的。

他能看出来川子不吸毒，他从头到脚都呈现出健康的富态，笑的时候眼睛眯成一条缝，两只小眼睛里全是光，生气的时候眉毛竖起来，眼睛瞪得圆圆的，更好笑了。

成州平算是碰壁了，他只能一边往宿舍走，一边想办法。他怀里揣着钱，视线扫过一排排蓝白相间的活动板房，忽然身旁的房子里传来争吵声。

打架斗殴这种事在车队并不少见。

成州平的心里迅速形成了一个计划，他加快步伐回到宿舍，换了身衣服，就出门去市里了。

他在网吧待了一下午。他年轻的时候也打游戏，还打得很好，为了那次任务，号也卖了。他注册新号玩了一局，就发现自己真的跟不上时代的步伐了。退出游戏后，他随便打开了一部电影，闭眼睡了会儿，心神难安，被噩梦惊醒。

无聊地等待中，他点开了网页，骨节分明的十指敲击键盘，打出"海德堡"三个字，搜索结果的第一条是一张带有河流和教堂的照片。他不敢多看，匆匆浏览了一下，就关掉了网页。

时间差不多了，成州平离开网吧，去快餐店吃了饭，就回了造纸厂。

刚好天黑，成州平进到宿舍，对床下铺的徐坤正在看手机。成州平拉开衣柜，翻了一下自己的衣服，他突然哐一下关上衣柜的铁门，转身走到徐坤面前："我的钱呢？"

徐坤说："什么你的钱？没见。"

成州平说："我走的时候就你在宿舍，你是不是拿我的钱了？"

徐坤脾气暴，成州平一激他，他便扔下手机，从下铺钻出来："你他妈别没事找事。"

成州平揪住他的衣领，把他往后推："你是不是偷老子钱了？"

他刚说完，徐坤就推了他一把，一拳砸在他脸上。徐坤先动手，成州平立马还击。

徐坤根本不是他的对手。但成州平依然很谨慎，没有用格斗技巧去攻击徐坤，而是一通乱打，另一个广西人回来，才把他们拉开。

徐坤被成州平打断了肋骨，在医院吼着要告成州平，后来川子出面，让成州平出了医药费。徐坤早就看成州平不顺眼了，不依不饶，非要报警。

造纸厂是干什么的？怎么能招惹警察？川子主持公道，让成州平赔钱。

成州平这一赔，把这大半年攒的钱都赔了进去。

川子开着他的小轿车带成州平回造纸厂，嚷嚷了一路："你跟他动什么手呢？有什么事非得动手解决？出门在外，忍一时海阔天空，知道不？"

成州平说："他拿了我妈的救命钱。"他一口咬定是徐坤拿了钱，反正宿舍里又没监控，是是非非全凭一张嘴。

徐坤平时手脚就不干净，川子还是信成州平的，但是，他无奈地说："他不认，宿舍里又没监控，你说咋办？"那毕竟是他的钱，他也很惋惜。

成州平看着窗外，说道："川哥，我真的没办法了，你让我走吧，我去别的地方挣钱。"

川子能预见让他走的后果是什么。他在车队待着都不安分，去别的地方，只怕又会走上歪路。川子说："下个月我要去趟凭祥跟越南人做生意，你跟着我，佣金咱俩四六分。"

成州平说："谢谢川哥。"

川子冷笑了一声，说："让你见识一下干这个挣钱有多不容易，以后就踏实了。"

临出发前一天晚上，川子才从傅辉那里收到交易信息。成州平没能拿到具体的交易信息，不过，这是个好的开头。只要他能进入交易中，就可以取证。

他把行程同步给了高远飞他们，对高远飞他们来说，这显然是个好消息。晚上成州平和高远飞通了一次电话，高远飞再三嘱咐："越南人凶残，和他们做生意一定要小心再小心。"

成州平说："好。"

高远飞又把老周和刘队的关心转告给他，那些关心在一定程度上给了他支撑。

在那无人问津的七年里，即使没有关心，他依然不急不躁地做事。而现在，一切都变得不一样了。

他感受到自己状态的变化，为了不影响这次任务，他在出发前，把和小松有关的一切都清空了。其实也没多少东西，不过就是把她送他的手绳和衣服留在了宿舍而已，再多便没有了。

从百色去凭祥有四个半小时的路程，成州平开车，中午就抵达了凭祥。

车上有货，川子胆子比成州平想的还要小，他寸步不离地守在车上，吃饭的时候，他让成州平自己下车去吃饭，给他打包带回车上。

成州平趁吃饭的时候和孙阳通了次电话，孙阳还是那句话——安全第一。

成州平从饭店出来，看到路边有卖菠萝蜜的摊贩，便买了一斤菠萝蜜带回车上。

川子从袋子里拿出一瓣菠萝蜜，笑眯眯地说："你还挺细心的。"

成州平边点烟边说："看到就买了。"

川子端着盒饭坐在副驾驶座上吃，成州平在一边抽烟，他手里夹着烟，撑住方向盘，转头问川子："川哥，你为什么会干这个？"

川子和成州平以前接触过的毒贩完全不同，他是个乐呵呵、健康的人，健谈又真诚。成州平什么样的人都见过，能轻易识别出他的真诚不是装出来的。

川子边吃边说："还能为啥？赚钱啊。"他说得理所当然，不以为耻，也不以为意。

"你知道我为啥秃头不？"川子忽然问。

成州平说："我怎么会知道？"

川子说："我这儿是长毛的。"他说完，还特地举起筷子指了一下自己锃亮的头顶，"我对象化疗，头发掉光了，本来就不好看，秃了更丑，我就寻思着吧，让她好受点儿，就把自个儿的头也给剃秃了。"

根据成州平拿到的资料，川子跟着傅辉贩毒已经是十几年前的事了，如果他对象那时候化疗的话，现在人大概已经没了。他问："那你对象现在呢？"

"投胎了。"川子说，"她走的前一天跟我说，菩萨给她托梦了，说她下辈子肯定能去个好人家。"说着说着，他忽然掉起了眼泪，泪水和着盖饭，他吃得越发大口。

成州平最害怕人哭，女人的哭他都搞不定，更别说一个老爷们儿在他面前掉泪了。为了让川子赶紧恢复正常，他说："女人没了还能再找，又不是找不了了。"

川子一直没说话，直到吃完饭，把饭盒装进塑料袋里，往车外的臭水沟里一扔，他问成州平："你处过对象吗？"

成州平不解地看着他。

川子说："我指的是你下辈子还想和她结婚的那种。我对象她一走，我觉得这世上就没女人了，这世上没有人比她更爱我。"

川子像炫耀般问了他一句："刘锋，你碰到过这样的人吗？"

成州平是自负心很强的人，他吸了口烟，说："碰到过。"成州平做梦都想不到自己竟然在这里和一个毒贩谈感情问题。

川子问："那怎么没在一起？"

关于他和小松之间的事，他无法说给这个毒贩听，但此时此刻他有一种强烈的倾诉欲，因为他知道，除了这个毒贩，没人相信他是真的想和小松有以后。

成州平说："她家人不同意。"

川子叹了口气："只要你好好过日子，勤勤恳恳，他们家肯定会同意的。"

成州平淡笑了下，点点头。

交易时间在晚上十二点，地点是边境的一个村子。成州平和川子提前过去，去了他们才知道，那是个废弃的古村，村里没有通信塔，一进来手机就没信号了。

二人在树林里等了三个小时，夜里十点的时候，看到两辆面包车开进村子里。

川子眉头皱起来:"咋来了这么多人?"

成州平也产生了强烈的不好的预感,那两辆面包车里少说得有七八个人,而他和川子就两个人,今天死在这儿都不一定有人知道。

川子一声不吭地抽着烟,到了十一点半,他抽完了整整一包烟。

"刘锋,"川子掐灭烟头,"待会儿我去找他们,十二点半的时候,我要是还不回来,你就赶紧开车走,听见没?"

成州平一时没反应过来他的意思,只听他宣布遗言似的说:"我干这个的第一天就知道我肯定不得好死,你跟我不一样,你还年轻,以后多的是选择。"

尽管成州平极力拒绝这个毒贩的影响,但他也只是一个普通人,对方的一些话确确实实入侵到了他的心里。他说:"川哥,我跟你一起去。"

川子提起脚下的箱子,一掌拍上成州平脑门儿,教训道:"别倔,现在不是讲义气的时候。"

成州平非去不可。

这一趟川子一直像母鸡护食一样护着装黄皮的箱子,成州平根本没办法取证。

他当下先答应了川子,川子带着箱子下了车,身影笨拙地穿梭在密林里,然后上了其中一辆面包车,成州平迅速拍了两张照片取证。

等待的过程中,他尽量不让自己焦虑,抽了一根又一根烟,脚下全是烟头。成州平意识到时间过了很久,他拧了下车钥匙,车上的仪表盘和照明系统亮起,他看了眼时间,夜里十二点四十分。川子还没回来。

他下了车,打开后备厢,在后备厢翻了半天,只翻出来一把水果刀。他拿着水果刀,朝密林另一侧的面包车走去。

看到有人靠近,车上的越南人开了门。川子大吼:"你来干啥?赶紧滚!"他被两个皮肤黝黑的越南人压在最后一排,牛仔裤被鲜血染红一片,肥胖的脸颊因为痛苦而变形。

"朋友?"面包车第二排,一个穿着老头衫的厚嘴唇男人开口说。

他的普通话很别扭,应该也是越南人。

在第一排的副驾驶座坐着一个穿 polo 衫的男人，他戴着一副金边眼镜，一个劲地发抖。

厚嘴唇男人开始说越南话，穿 polo 衫的男人恐慌地说："他说，要你们验货了才能收。"

"这帮臭虫，帮着越南佬逼同胞吸毒！"川子大骂，"刘锋，你不能吸！吸了人就毁了！"

川子喊完，制伏他的越南人又是一刀刺进他肚子里。

成州平迅速掌握了周围的信息……车上加上司机，一共四个越南人，而那个穿 polo 衫的男人是翻译，他眼前这个穿花衬衫的厚嘴唇男人则是这次交易的主犯伟伦。

伟伦刚从老挝监狱被放出来没多久，急着东山再起，但他臭名在外，当地没人敢给他供货，也不知道是怎么和傅辉取得了联系。

翻译说："这是这边的验收规矩，谁的钱也不是大风刮来的，大家都是做生意的，彼此谅解一下。"

成州平之前已经被注射过一次海洛因了，他再吸食一次，这辈子真的就毁了。他知道，自己不能吸，死也不能吸。可是，另一辆面包车上突然下来五六个越南人，他们手里的刀和钢棍在月色下寒光闪烁。

川子仍不死心，跟成州平说："你赶紧走，我就是把命留在这儿你也不能碰，碰了你就完了。"

成州平何尝不知道。

伟伦说了句越南话，后座的两个越南人立马捂住川子的嘴，像要把他活活捂死。

成州平只关注着川子的情况，他不知道伟伦从哪里拿出一把枪，黑洞洞的枪口直直对着他的脑门儿，伟伦用蹩脚的普通话说："别婆婆妈妈，验货！"

02

成州平没办法。不吸，他和川子今天都得死在这儿。

他们缉毒警察,尤其是做卧底工作的,都拿糖粉练过假吸。只是这次的白色粉末和那些甜甸人的糖粉不一样。

他的心跳陡然加快,瞳孔缩小,一股前所未有的兴奋感将他吞噬,他挣扎过,但半点儿用都没有。

没用的,他做什么都没用。一切都消失了,他的过去、他的未来,还有小松……都消失了。

他把用来鼻吸的橡胶管往地上一扔,绝望之后,他的声音比平时轻了许多,他麻木地问道:"怎么样,满意吗?"

一车越南人两眼放光,伟伦抓起一袋粉,往鼻子里狠狠一吸,哈哈大笑起来。这群毒贩也是瘾君子,直接在车上饕餮起来。

第二天清晨,成州平和川子被丢在荒山野岭。成州平虽然帮川子进行了止血,但他还是因为失血过多晕过去了。

成州平开车一路飞奔到最近的县城医院,把川子送进急诊。

他去超市买了很多矿泉水,坐在医院的走廊里,一瓶一瓶往嘴里灌。灌到最后,他都开始反胃了,又踉跄地走到厕所里去吐酸水。

再次回到医院走廊,成州平冷静了下来。他回到车里,拨通高远飞的电话。

电话接通后,高远飞担心地说:"你跑哪里去了?昨晚搜不到你的定位,急死我们了。"

成州平淡淡地说:"昨天交易地点没信号,取货的是伟伦,我会继续调查伟伦和傅辉的联系渠道。"

成州平也好,高远飞也好,他们都很了解边境这些出名的毒贩,这些毒贩的脸深深刻在他们脑海里,甚至比他们家人的面容还要清晰。

高远飞骂道:"怎么就让这孙子提前出来了!你呢?没出事吧?"

成州平说:"我没事,我能有什么事呢?"

他的声音听上去一如既往地稳定,高远飞没有怀疑他的话,他没事就好。

结束通话,成州平回到医院,川子还在抢救室。一直等到半夜,川子才醒。

劫后余生，他窝在病床上大哭起来。

成州平坐在旁边冰冷的板凳上，平静地看着他："你哭什么？"

"刘锋，你放心，川哥不会不管你的。"

成州平惊讶于川子能说出这种话，他想到昨夜川子誓死不碰毒的态度，冷笑道："川哥，你是干这个的，怎么还这么怕？"

经过昨夜，川子已经把成州平当自己人了。他向成州平说出了他的故事，这也是成州平第一次从他嘴里听到傅辉的名字。

川子父母都是拾荒的，初中的时候他被冤枉偷钱，一气之下和老师起了冲突，就辍学了。当时他一心想去大理流浪，等跟人去了大理，才发现风花雪月都是别人的事，跟他没关系。他决定打道回府的时候，在火车站碰到了一个男人，那个人跟他说去边境能挣钱。

川子就跟那个人去了，他开始打工，什么样的工作都干，也什么样的人都碰到过。

川子长得不帅、不高，穷、土，没有女人看得上他，他二十八岁那年，还没谈过对象。也就是那一年，他碰到了那个女人。对方有癫痫，和他一样没人要，他们就凑一起过日子了，但好景不长，他的女朋友被查出了脑癌。

为了给女朋友治病，川子答应了当时还是警察的傅辉，给他做线人。

川子运气不好，被抓到折磨得半死。他以为不会有人救他，这条烂命爸妈都不管，还能指望谁？

当时的傅辉还没有染毒，仍然是个正直、英勇的警察，他单枪匹马闯毒窝，救出了川子。从那以后，川子就把傅辉当成了心目中的英雄。

可是没多久，傅辉就找到他，说要带他做大生意，挣大钱。

川子明白了，傅辉不当警察了。

傅辉第一次染毒是为了救川子，后来没能抵住毒瘾，反反复复吸，他的工资不够买毒品了，就开始想其他门路。

川子需要钱，而那时候的傅辉也是走投无路，需要人帮助，川子为了报答傅辉，就在他身边帮他贩毒，一干就是十几年。

十几年后，川子的女朋友去世了，但用钱的地方还是很多，女朋友的家人要生活，他的家人也要生活……川子挣的钱都给了他们。

听完这个故事，成州平无法形容自己的心情。

他该同情川子的遭遇吗？

他当然会同情，他的心又不是铁打的。只是，谁来同情他呢？谁又去同情为了缉毒家破人亡的李长青、刘文昌？

他们在边境的医院待了一周，一周后，川子出院。他们回到造纸厂的时候，傅辉已经收到伟伦打过来的款了。

川子直接被傅辉叫了过去，夜里，成州平待在宿舍，室友都在。之前徐坤被他打了，现在人还在医院里。他的床铺搬来一个朝鲜人，那个人瘦瘦的，双眼混浊。

成州平晚上从水房打完开水回来，拎着热水瓶推开宿舍门，一股焦油味扑鼻而来，宿舍里乌烟瘴气，成州平对那股味道有了生理反应。

对方在宿舍吸毒。

他的大脑抑制不住渴望，它比性欲更加强烈，全身的细胞都在叫嚣。

热水瓶哐当一下摔在地上，成州平摔门而出。他发狂地跑入夜色当中，迎面的风像要撕裂他一样。

他的意识已经不受控制，他不记得自己跑了多久，最后他的腿使不出半点儿力气，他倒在一片泥潭里，浑身不住打着寒战。

无人问津。

等这阵毒瘾过去后，成州平已经浑身虚脱，他睁开眼，视线还没完全清晰，今天的夜色本来很好，可他能看到的只有一片荒芜的泥泞。

他不想这样。他好不容易付出了比别人多那么多倍的努力才成为一名缉毒警察，他就算死，也要光荣赴死，而不是像现在这样成为荒地里的野狗。

成州平慢慢坐起来，月光那么亮，照在他手腕上。他右手上的九眼不灭金刚绳在月色下格外亮，仿佛真的是九只明亮的眼睛在注视他。

是他毁了这一切。要不是他激进地参与这次交易，也不过是多等几年，总有一天，他会安全地结束这个任务，和小松一起好好过日子。

现在，一切都完了。

成州平缓缓解下那条绳子。因为手部无力,他解了很久。

他从口袋里拿出打火机,点亮幽蓝色的火焰,火苗沿着绳结的地方烧起,直到那条绳子烧成黑色粉末,在风中飞散而去。

他无声地说了声"对不起"。无人听见,无人回应他。

成州平回到宿舍,洗了个冷水澡。冰冷的水让他清醒,他思考着现在有谁是能帮助他的。

他不能告诉自己的同事。他们会让他中断任务,现在退出,他将前功尽弃,不止这半年,前七年的努力也都白费了。他已经毁了自己,毁了他和小松的未来,不能再毁了这次任务。

他思来想去,只有一个人是可以帮助他的——川子。

成州平第二天一早就去办公室找川子,告诉他自己昨夜犯毒瘾了。

川子二话不说,拉着他去了戒毒所。

成州平去过他工作的那座城市的戒毒所,现在的戒毒所已经很人性化,有操场、医院、健身房,明亮、宽敞。眼前的这个地方荒凉、破败。

川子拿着一堆单子找到坐在废弃篮球架下的成州平:"我都打点好了,你就当这儿是疗养院,待个俩月就完事了。"

成州平站起来,对川子说:"川哥,谢谢你。"这是成州平对川子说的唯一一句真话。

川子说:"都是过命的兄弟了,说这些干什么?"

成州平垂头丧气地说:"我后半辈子完了,碰了这个,我家人、对象都不会要我了。"这一刻,他也分不清自己这句话究竟是假的,还是真的。

川子想起第一天见刘锋的时候,他话不多,但有一股别人没有的精气神,眼神干净,现在他背也驼了,眼睛也混浊了,整个人萎靡不振。

川子粗短的胳膊钩住成州平脖子:"有川哥在,怕啥?刘锋,你放心,等你干干净净地出来,哥带你挣大钱。"

成州平只沾过两次毒,在戒毒所里只是初级水平,而他戒毒的意志也确实比其他人更坚定,戒毒花了两个月,但他在里面待了快四个月才出来。

傅辉也好，川子也好，都是跟瘾君子打过多年交道的人。甚至傅辉自己就是个瘾君子，他们一定清楚一个普通人戒毒的时间是多久。

只是成州平没想到，在他出戒毒所这天变天了。

他被放出来后，第一件事是拿手机。他失联四个月，警队肯定会找他。

看守托管室的是一位老大爷，成州平把出院单交给他，老大爷转头从身后的铁柜里拿来成州平的物品。成州平的手机关机四个月，已经没电了。

他在托管室充了会儿电，等手机亮起，他输了密码，打开手机一看——孙阳、高远飞、老周、刘文昌这四个人的电话排列组合，一共近一百个未接来电。

成州平拔了充电线，带着手机来到戒毒所大楼背后的篮球架前，他靠在那里，地上的荒草没过他的小腿。

成州平一个一个地检查着那些红色的未接来电，试图从中找到什么。可他没找到自己要寻找的号码。他想了想，还是先给老周打电话。

成州平已经预想到等待他的是什么。

老周是秒接电话的，电话接通，成州平哑声说："老周，我刚从戒毒所出来。"

和他预想的不同，老周没有一开口就骂他，而是叹了口气，紧接着说道："成州平，川子死了。"

就在一个月以前，川子开车去贵州交易，他的车被警方拦截，他弃车而逃。警方找到他的时候，已经是一具尸体，他甚至在死前毁了自己的脸，最后，警方判定是畏罪自杀。

真的是畏罪自杀吗？成州平不知道答案。川子住院的时候说过，如果他被警察抓到了，就自杀，要是上了电视，被他爸妈认出来，那太丢脸了。

成州平平息情绪的时候听到老周说："你回来吧，回来了，我们都在呢。"

成州平对着电话静静地问:"老周,你信我吗?"

"废话。"老周说,"你是我们全队看着长大的,我们不信你谁信你?"

成州平说:"王庆川出事之前说过会带我挣钱,这个人很讲义气,我觉得,他的意思是要把我引见给傅辉。"

"成州平,"老周严肃道,"你不要魔怔了。"

这时候,山高皇帝远,成州平就算不听命令,他们也不能跑来抓他。

成州平果决地挂断了电话。

警队不需要单打独斗的孤胆英雄,不服从上级命令,就算最后成功了,也拿不到任何奖赏,甚至还有可能被处分。但对成州平来说这些都已经不再重要。

现在警队知道了他有毒瘾,就算他回去,也没有机会再干缉毒。眼下,只要他能够再向前迈一步,就能抓到傅辉,他离毒贩那么近,不能回头。不管前方等着他的是什么,能抓到傅辉,这条路就没后悔可言。

成州平从戒毒所出来,回了车队,车队经理换成了赖永生。

成州平之前闹过事,又失踪了四个月,换谁都愁这种刺儿头,赖永生看在川子的面子上,给了成州平三千块补偿金,辞退了他。

离开车队后,成州平没有离开百色,他去青年旅社租了一个床位,一直等到元旦过后。

一月三号这天早晨,成州平接到了一个来自本地的陌生电话。

"你是刘锋?"对方开口问。

对方说着一口纯正的普通话,没有半点儿口音,成州平猜到他应该是中原地区的人,河北或是河南。他赌对方是河北人,因为那是傅辉的老家。

成州平说:"我是。"

对方说:"我叫郭小猛,是辉哥的表弟。听川子说,你今年三十二岁,我比你大两岁,你喊我猛哥就行。"

这通电话对成州平来说意义非凡,他躺在床上,玩弄着打火机,说:"川哥呢?我从戒毒所出来后,赖永生说他老家有事回去了,我不相信他说的。"

439

"川子那里出了点儿意外,人没了。"郭小猛说,"他出事之前跟我提过你,说你是他老乡,背井离乡的,让我帮忙照顾你。"

成州平说:"川哥出什么事了?"

郭小猛说:"这个无可奉告。听川哥说,你和他一起给伟伦出过货,三月份,有批给伟伦的货,你能送吗?"

有了上次的经验,成州平清楚这次去送货会发生什么。可他已经这样了,他没有退路。

成州平问:"我能拿多少?"

郭小猛说:"百分之十的佣金。"

成州平说:"行,要我怎么做?"

郭小猛说:"过几天,你来辉哥这里,咱们见上一面,到时候我会打电话通知你。"

挂断电话,郭小猛又立马拨通另一个电话:"辉哥。"

傅辉问他:"联系到人了?"

郭小猛说:"联系到了,答应给咱们送货了,川哥的人错不了。"

傅辉说:"先别急,就算是川子身边的人,也得调查清楚底细。你现在到哪里了?"

郭小猛说:"我昨天就到大理了,闫立军姘头的馆子不开了,我打探到了她老家,待会儿去她老家。"

晨光里,傅辉一挥杆,高尔夫球滚进洞口,碧茵场上,晴空万里。傅辉说:"抓紧时间,赶在出货前查清这个人的底细。"

大年初三下午,成州平正在网吧找资料,接到了郭小猛的电话。

郭小猛以前是干招待的,跟谁说话都客客气气:"刘锋吗?辉哥说,大过年的,请你来家里,大家一起吃个饭,相互认识一下。"

他发来了地址,那是当地的一个高级小区。成州平有些奇怪,傅辉制毒的话,必须有独立的空间,所以不可能住楼房。到了他才知道,这里是傅辉女朋友的家。

郭小猛在楼下接他,给他们开门的是傅辉本人。傅辉今年五十岁,但因为长期坚持锻炼,看上去也才四十出头。

傅辉女朋友刚大学毕业，又瘦又小，毫无风韵，却又故意扭捏出一种养尊处优的姿态。她抱着猫，坐在餐桌旁："老傅，让你手下换了鞋再进来。"

郭小猛弯腰从鞋柜里拿出两双黑色拖鞋，跟成州平说："咱穿这个。"

几人上了桌，傅辉介绍说："这是我家的女主人小安。小安，我表弟阿猛，你知道，这是刘锋。"

小安说："行了，我知道了，赶紧吃饭。"

傅辉双手放在桌上，和蔼地对成州平说："小安家里新来的阿姨做毛血旺是一绝，阿猛、小刘，你们待会儿好好尝一尝。"

他话说完没过多久，一个女人双手戴着隔热手套，端着一个白色菱格的陶瓷大碗从厨房出来。

成州平看到她那一瞬，眼神慌张。

小安说："萍姐，米饭快点儿上。"

傅辉教育自己的小女友："小安，萍姐是你长辈，不要使唤人家。"说完，他抬头看向段萍，"萍姐，刘锋以前是闫老板的得力助手，你们俩应该认识吧？"

03

段萍看了眼成州平，说："闫哥不让我管生意的事，我去闫哥家里做饭的时候见过这个小伙子几次。"

成州平从椅子上站起来，说道："嫂子，你怎么在这儿？"

段萍木然地看向他："我的馆子关了，总要出来挣钱。"

成州平立即就猜到了这不可能是巧合，而是傅辉有意用段萍来验他的身份。

闫立军出事之前，先把段萍送回了老家，当时还是成州平开的车。现在他好端端地出现在傅辉身边，段萍再傻，也不可能什么都没意识到。

可她没有指认成州平，这顿饭吃得有惊无险。

段萍是个没文化的傻女人，傅辉没有必要怀疑她，于是他放心地

441

把货交给了成州平，三月的时候，成州平带着货到了上次和伟伦的交易地点。

老规矩，先验货，货没问题，才能打尾款。

傅辉以前就干过卧底，他比闫立军、川子那些人更清楚，不肯吸的只有一种人，就是卧底警察。

成州平躲不过验货的环节，他有上次的经验，这次送货，他提前准备了同样质地的粉末，又问傅辉要了把手枪防身。

验货的时候，他狠狠吸了一鼻腔粉末，因为他戴着墨镜，伟伦无法从他的状态中辨别真伪。伟伦正质疑的时候，成州平拿出枪，抵着伟伦的脑袋："我已经吸了，你他妈不吸啊？"

就连成州平自己也无法分辨出此刻他的亢奋状态是装出来的，还是真实的。他的肾上腺素飙升，大脑狂热，似烟花爆炸，现在，只要他扣动扳机，就能亲手打死一个毒贩。

成州平的手因亢奋而颤抖，伟伦误以为是他嗑大了，生怕他失去理智崩了自己。他拿起一袋子粉，在成州平的枪口下颤巍巍地吸着。

这场交易很顺利，双方都各有所获。

结束交易，成州平回到百色，从郭小猛那里收到了傅辉给的佣金。整整五万现金，比成州平在闫立军身边拿到的任何一笔钱都多。

他去了一趟银行，从银行出来的时候，他打通段萍的电话。

"嫂子。"成州平开口。

段萍打断他的话："你别叫我嫂子，闫哥没有你这样的兄弟。"

果然，段萍知道了他是闫立军身边的内鬼，那么她知道自己是警察吗……成州平不敢拿这个赌，他试探着说："嫂子，闫哥的事我也没想到。"

段萍冷笑："你没想到？你不是就想让闫哥出事吗？刘锋，我告诉你，不管你们怎么看待他，闫哥他都是我的英雄！"

段萍的话让成州平知道，她猜到了他是警察。她没文化，还没看过警匪片吗？

成州平说："萍姐，我给你以前的卡打了四万块钱，你缺钱就告诉我，别受委屈。"

段萍直接挂了他的电话。

成州平心里堵得慌,他需要发泄,于是去了郭小猛开的酒吧喝酒。

傅辉这帮人做事很低调,郭小猛的酒吧门脸很小,装潢也没花心思,整体透着浓厚的廉价感。

郭小猛让人拿了几扎啤酒,成州平用起子起开瓶盖就对瓶喝了起来。

郭小猛看出他郁闷,问道:"你出啥事了吗?"

成州平自然不可能跟这个人说真心话,他不会幸运地碰到第二个王庆川。成州平喝完半瓶,说:"被甩了。"

郭小猛哈哈笑起来:"我还当天塌下来了。这样吧,我给你叫几个女孩过来,让她们陪陪你。"

成州平挑眉:"援交妹吗?"

郭小猛叼着烟翻开微信,点进一个群,发了个红包,问谁有空。

今天是工作日,半天,只有一个女孩发来了三个字:"我可以。"

郭小猛炫耀似的给成州平看他的手机:"就这么简单。"

成州平喝了三瓶啤酒后,有人敲响包间门,郭小猛去开门,一个穿着白色风衣的女孩从门外探身,怯怯地叫了声"猛哥"。

郭小猛搂着女孩的腰,把她介绍给成州平:"这是璐璐。璐璐,喊锋哥。"

璐璐只是假名字,成州平上下扫了她一眼,觉得她也就二十岁左右。她身上的白色风衣在酒吧的灯光下五彩斑斓。

成州平也是喝高了,他心里竟然在想,白色衣服不是这么穿的。

白色象征着纯真与理想,穿纯白色衣服很容易给人天真无邪的感觉,而男人专挑这种女孩子下手。所以,穿白色衣服的时候,要挺拔得像一棵松树,要骄傲得让人望而却步,像李犹松那样。

璐璐脱下白色风衣,穿着一件旗袍坐在成州平身边,她拿起点歌机,点了一首情歌。

成州平扫了眼陶醉在歌声里的郭小猛,他一手拿着酒瓶,另一手搂住璐璐:"猛哥,你能让我俩私下待一会儿吗?"

男人最懂男人，郭小猛立马明白成州平的意思，讪笑着说："对小姑娘温柔点儿。"

成州平能看出来，璐璐干这个时间不久。她笨拙地给他点烟，从近处看，璐璐挺漂亮的，一双大眼睛水灵灵的。

成州平自始至终都没有对她做坏事的想法，不是因为他是个警察，而是因为他要做个好人，一个正直、勇敢、忠诚的好人。

他丢了小松给他的手绳，可他始终能感觉到那双坚定、明亮的眼睛在与他对视。有她盯着他，他就不会堕落。说来挺奇怪，尽管他们相处的时间不多，但他潜意识里知道，只要他敢堕落，她就敢不要他。

成州平把璐璐灌醉了，然后叫来郭小猛，跟他吐槽璐璐矫情。

郭小猛当然觉得肯定是成州平过分了，但为了表面上的和平，他也说了璐璐两句。

成州平从郭小猛这里得知了璐璐的学校，一周后，他去了璐璐的学校。要骗这种小女孩很容易，带她看几场电影，去她去不起的地方吃几顿饭，别碰她，保证让她忍不住掏心掏肺。

五一，成州平带她去南宁玩了两天，逛完街，成州平把她送回宾馆。

璐璐说："锋哥，你能进来坐吗？"

成州平点了点头。

他跟璐璐进了屋，璐璐忽然抱住他的腰："锋哥，你别推开我。"

成州平扳开璐璐的手，转过身，漆黑的眼睛看向她。他知道现在说什么话可以让璐璐对他死心塌地："我不喜欢你，但你知道我为什么总找你出来吗？"

璐璐懵懂地摇头。

成州平说："我不想让你再干这个了，只有我两只眼睛盯着你，你才不会再干这个。"当初川子这么跟他说的时候，他一个铁石心肠的汉子都感动了，这句话的杀伤力可想而知。

璐璐喊："锋哥——"

成州平知道时候到了。他向后坐在床上，低头点了一根烟，问道："你为什么干这个？"答案很简单，要钱。但这不是重点，重点是谁介绍她干这个的。

璐璐说:"当时有个学姐,她就是干这个跟了个大老板,现在都住上大房子了,她家比我家还穷,她爸妈是农村开豆腐作坊的,她能靠这个改变命运,我比她漂亮,我一定也能。"

成州平道:"这算什么学姐啊,她在带坏你,知道吗?"

这个小女孩非常容易被挑拨,成州平一句话就让璐璐觉得自己被对方毁了,在她完全倾向成州平的情况下,成州平非常简单地搞到了这个学姐的姓名——刘思佳,傅辉女朋友小安的原名。

从宾馆出来,成州平走到停车场后面的巷子里,拨通了刘文昌的电话。

因为他的失联,这项任务被迫中断,孙阳和高远飞回到了各自的岗位。

刘文昌接通电话,没有骂他。话说回来,不是他不想骂,而是不能骂。成州平现在情况很特殊,他们警队应该当他的后盾,而不能把他推到坏人那边。他忍着怒意,说:"知道打电话了?"

成州平听到他颤抖的声音,说道:"你要骂就骂,忍什么?"

刘文昌立马火了:"你个浑蛋,你回来老子一枪子儿崩了你!"

刘文昌这脾气成州平已经见怪不怪了,说要崩他好几回了,也没见行动。他向四周看了一下,说:"傅辉女朋友叫刘思佳,民族学院艺术设计专业12级毕业生,父母在村里开作坊,我怀疑傅辉制毒的地方就在那里,你们查一下这个人。"

说起工作,刘文昌的怒气消了一半:"你怎么猜到她头上了?"

成州平忽然坏笑了一下,问刘文昌:"刘队,你是男人吗?"

刘文昌骂了一句。

成州平缓缓地说:"出发之前,你们给我看过傅辉几任女朋友和老婆的照片,没发现她们都是一个类型的吗?傅辉就算做贼了,审美也不会变,刘思佳跟她们完全不一样,瘦瘦小小的,傅辉找她肯定是有其他原因。"

刘文昌的手立马指了一个警察,让他递来笔,记下刘思佳的名字和毕业院校。他写下后,沉声说:"成州平,你要记住你的身份,你是一个人民警察，你要忠于国家，忠于正义，听到没有？"

这些只有在开会的时候说的话给不了成州平太大安慰。他对着电话说："能让老周接电话吗？"

老周是队里的"老妈子"，他和成州平关系一向好，刘文昌把手机交给了老周。

和刘文昌不一样，老周开口就恨铁不成钢地骂他："你还有脸打电话……"

成州平揉着眉心，静静地听老周骂他。等老周都说完了，他才开口问："你有李犹松的消息吗？"

老周握着手机，跑到办公室外面，躲开刘文昌和其他人的视线。他说："你问这个干什么？你都这样了，还想祸害人家吗？"

成州平本可以倔强地说一句，他没有，但他知道现在和老周对着干，老周可能什么都不会告诉自己。他忍着一肚子躁郁的火气，深呼吸了一次，平缓地说："她出国那天，我给她打过一次电话，然后就没联系了。我已经和她断了，怎么说也好过一场，总得知道她过得好不好，不是吗？"

老周说："断了好，早断早省心。过两天她爸忌日，我想问她能回来吗，就给她发了消息，她说假期要去非洲支援，不回国了。"

成州平轻轻笑了。他都不用问细节，就知道她做出这个决定的时候一定遭到了很多反对，而她依然无视一切，只管大步地走向她心之所向的地方。只是非洲那么遥远。

老周不敢想这一年成州平的遭遇，做梦都梦到成州平被毒贩逼着吸毒，他不吸，他们就下死劲地折磨他。他憋着哭腔说："成州平，等你回来，我给你做一桌子你爱吃的菜。"

成州平笑了："你能别像个女人一样哭哭啼啼吗？"

老周又哭又笑："你这是性别歧视，瞧不起女同志，思想腐化！"

在老周的唠叨声里，成州平挂断了电话。

他想，老周说得对。不是所有女人都哭哭啼啼的，李犹松就不是。

他已经有点儿记不起她的样子了，但他深刻地记得那天在龚琴面前她捍卫着她的父亲、捍卫着他时的坚定。

从前他当警察是为了让世界上少一个成州平,后来当警察是为了保护更多的人,可现在,他只想证明给所有人看,她的选择是对的,尽管他的感情连同他的心,如造纸厂旁边的那块荒地,无人来访,从来都无人来访。

第二十五章

极乐太平

01

小松去西非支援是个慎重且冒失的决定。

他们每年有一个月的休假,可以自己选定时间,但因为她的老板——一个作风极其不像德国人的散漫老头请了两个月假,她也凭空多了一个月的假。

那天早晨她去实验室,看到实验楼入口处张贴的援非志愿者招募海报。

学医之路和其他的专业多少有所不同,一道白色的坚实围墙将他们和外面的世界隔开,而在这座白色的象牙塔里等级森严,一路厮杀。

小松在云南县城的医院实习过,也在全国前几的医院实习过,而现在她接触到的已经是世界顶尖的专家了,她一直觉得自己很幸运,一路借风助力,从最底层平安到达了现在的地方。

和其他学生一样,她也面临着最重要的人生选择。

离开象牙塔,何去何从?按照普世认知来说,这个时候,她最好的出路是想办法留在当地。

蒋含光的公司正在筹备欧洲研发中心,他不止一次向她抛出橄榄枝,邀请她毕业后去他们的中心当研究员。

小松也很迷茫。是的,她也有迷茫、不知所措的时刻。所以当她看到招募海报的时候,很快问了自己一个问题——李犹松,你为什么想成为一名医生?

答案是脱口而出的。因为她的父亲。她救不了自己的父亲,或许可以救别人的父亲。

中午回到公寓,她打开电脑,进入招募网站,提交了报名申请。之所以说这是个冒失的决定,是因为她没有提前和任何人商量,而说它慎重,是因为她过了自己这一关。

一直到老周发微信问她假期回不回去看李长青,她才把这事告诉了别人。

老周听完,万般感慨。李长青的女儿果然最像李长青。

他没有提起成州平,他觉得,总有一天小松会彻底离开他们这个地方,她的人生路很广阔,而且越走越宽,和他们、和成州平不一样。

七月前,小松一边上班,一边学习基础法语。

虽说时间相对灵活,但她依然恨不得每天有三十个小时。六月份,他们小组的实验结果和预期出现重大偏差,周末要在实验室重新做实验,周中回家后,又得做数据分析,又得赶语言班的作业。

三十号,她的老板放假前,他们进行了工作汇报。

结束工作汇报,小松从楼里走出来,整个人都是飘的。同组的印度同学热情地请她去吃印度菜,小松以和朋友有约为借口果断拒绝了。她只想回到公寓里倒头就睡。

小松睡到昏天黑地,晚上八点的时候,被一通电话吵醒。她不耐烦地接起电话:"喂。"

"火气怎么这么大?"蒋含光说。

"你为什么要在这个时候给我打电话?"

蒋含光听她这么说,特地抬起手腕,看了眼手表。晚上八点。不知道的还以为他凌晨给她打电话了。

"我刚到法兰克福,今晚开车去你们村,明天去城堡吗?"

小松说:"我明天要上法语课,没空陪你玩。"

"你不应该好好补习德语吗?"

"我假期要去一趟几内亚,那里说法语。"

她说去几内亚,蒋含光就知道她要去干什么了:"李犹松,你觉得自己很幸运吗?"

小松说:"你中文不好,不要乱说话。"

小松来德国以前,她的家人千叮万嘱让自己照顾好她。蒋含光尽力了,但小松和别人不一样,她心思坚定,屏蔽外界信号的能力极强。她不愿意,谁也不能干涉她的生活。

蒋含光第二天上午十点出发,开车去海德堡,中午直接在小松的公寓楼下拦住她。

他们上一次见面是半年前的农历新年,蒋含光的爷爷——当初在丽江被小松见义勇为救的老人,非常热情地邀请小松去他们家共度新年。

她去了蒋家在南法的庄园,当时景色宜人,她的状态也很好。蒋含光的家人非常喜欢她。

小松走出公寓的时候,蒋含光差点儿没认出她。她瘦了很多,顶着两个大大的黑眼圈,和新年他家人见到的那个美女可以说是毫无关系。

"你怎么瘦成这样了?"

小松一米六八的身高,体重第一次掉下五十公斤,除了掉体重,还掉头发。小松开玩笑说:"为了进军模特界。"

蒋含光拉起她只剩骨头的胳膊:"走,请你吃猪肘子补一补。"

小松被他带到古堡脚下的餐厅,他真点了两份大猪肘子。

吃完饭,两人步行去山上的古堡。

他们走得慢,旁边有几个德国学生和他们一起出发,他们到达古堡时,那几个学生已经打算下山了。

今天天阴,不是登高的好时间。站到古堡的露台上,灰蒙蒙的云压在这个古老城市的上方。

小松说:"天气好的时候来这里,夕阳洒在屋顶上,是海德堡美得最极致的时候。"

天气的缘故,今天露台上人不多。蒋含光转过身,轻松地靠在石砖上。天光暗淡,小松的脸色苍白而宁静,乌黑的头发垂在脸侧,她的眼睛沉静、冰凉。

"我觉得今天来对了。"蒋含光说。

小松不明其意地看向他。

"你不觉得阴天的古堡很像你吗?"

小松也是来了德国,才知道自己是个多不浪漫的人。她努努嘴,说:"没有更好的形容了吗?"

蒋含光摇头,认真地说:"没有了。"他伸出手,温和地抚摸着她的头发,"你和它一样身经百战、伤痕累累,最后,将所有的美好都拒之门外。"

小松低下头:"好吧,我承认,你文学素养比我高。"

蒋含光的手停在她头顶:"是因为那个人吗?"

小松心里明明清楚蒋含光说的是谁,可她还是装作什么都不知道,问他:"哪个人?"

"那年元旦,病房里那个受伤的男人,你的初恋。"

她摇了摇头,然后抬头看向蒋含光,目光淡淡的:"是因为我爸。"

蒋含光和李家的人关系密切,他听说过小松父亲的事。

小松望着远方人来人往的石桥,说道:"我妈、姑姑、爷爷奶奶,所有认识我爸的人都说他的选择是错的。我想证明给他们看,我爸是对的。"

"小松,你该放松一下。人类远比自己以为的更脆弱,你不能一个人和世界对抗。"

小松抿唇,轻轻一笑。谁说她是一个人?她有成州平。这条路上一直都是她和成州平两个人。

七月二号,小松随队出发,飞往西非国家几内亚的首都科纳克里。

飞机上坐在她旁边的是个日本小哥,他去哪里都会带一张地图,飞机飞行平稳后,他拿出地图,让小松帮他压住地图的另一侧。他从口袋里拿出马克笔,在法兰克福和几内亚之间画下一条曲线。

几内亚在非洲大陆的最西端,在它和中国之间画一条线,几乎横跨了半个地球。

他们支援的地方是一个生产橡胶的村庄,这里的劳动力都去矿上工作了,村子里只有老人、妇女、儿童。来这样的地方是为了增加人生体验,就别想能舒舒服服了。

他们驻扎的村子几乎没有基建可言,附近没基站,不能打电话,不能上网,简单来说,这里的生活返璞归真。

一个月过去,小松学会了割橡胶,学会了做手抓饭,学会了带非洲口音的法语,没有跟着那几个瘦不拉几的小孩学跳非洲舞是她最后的倔强。

每周日,志愿者会开车去上一级行政区,跟家人通话。

除了蒋含光和老周,没人知道小松来了几内亚,她只在第一周给蒋含光打电话报了个平安。

第二个月伊始,村子里来了一支援非的中国医疗队。

小松意外地发现了一个规律,医生多的地方病人就多。

她在这里的第一个月,他们碰到的病人大部分都是小毛病,情况最严重的病人是一个爬树摔断腿的小男孩。而援非医疗队来了以后,基地的病人越来越多,他们见识到的病情也越来越丰富。

病人稍稍一多,医护资源就紧缺。

除了中国的医生,这个原始的村落还聚集了各国的无国界医生。在这个各国文化碰撞的村庄里,中国医生几乎是这里最忙碌的。

因为小松是中国人,中国援非医生做手术都会带着她,她一下成了当地最忙的志愿者。

最常使唤小松的是一个眼科医生,他姓朱,小松叫他老朱。

老朱人非常乐观,对郭德纲的相声如数家珍。他吃饭的时候总跟小松提起自己的儿子,还给小松看照片。就连听不懂中国话的法国同学都看出来了,老朱想把他儿子介绍给小松。

这天午饭还没吃完,就有个眼睛被玻璃扎到的年轻男人被送了过来。老朱立马放下碗,边擦嘴边说:"小松,跟上。左眼上睑多处不规则皮肤挫裂伤,内眼角伤口大,角膜擦伤,没有伤及眼球。"老朱吩咐小松,"先上麻药。"

小松戴上手套,来到病床边,她说完"T'inquiète pas(别担心)",便翻开病人的眼皮,将麻药滴在他眼内,然后换老朱拿镊子为病人取出玻璃渣。

虽然对老朱来说,这就是个小手术,但因为精神高度集中,手术结束,他的背都湿了。

这里没有条件让他们去洗澡，还好下午就来了这一个病人，病床腾给别人，老朱就带着小松去休息室吹风扇了。

小松拿着一片巨大的香蕉叶扇风，老朱看到她手腕上戴着的红绳，说："小姑娘，我看你挺有福气的，你把这红绳送给我吧。"

小松看着他："你怎么好意思开口要？"

小松手腕上的红绳一看就不贵，她却不给老朱，老朱明白了："重要的人送的？"

小松轻轻点头："嗯，我男朋友送的。"

"你有对象？咋不早说？"

小松说："你也没问我啊。"

老朱默认小松单身，是因为她一个中国女孩子来非洲做志愿者非常罕见，如果她有对象的话，肯定不会一个人来。

老朱正欲表达自己的惋惜，一个当地的医学生忽然推门进来，叽里呱啦地说了一段话。

老朱一个音节都听不懂，他看向小松，求助她。他问："她眉飞色舞说什么呢？"

只见小松的表情渐渐凝固。小松说："刚才做过手术的那个病人是从疫区来的……他的妻子感染了埃博拉，他出现了发热症状……"

老朱听完小松的话，他知道天塌了。

02

小松和老朱，以及当天接触过那个疫区病人的医护，都被拉去了隔离点。

隔离点是在两地之间的荒地上搭起的一片帐篷区，一人一间，为了减少接触，物资都放在帐篷里。

隔离的第一天，就有个病人出逃了。隔离点发生动乱，外面那些骚动的声音冲击着小松的耳膜。她坐在床上，机械地咀嚼着压缩饼干。

埃博拉隔离观察期是二十一天，就在第二天晚上，小松出现了咽喉痛的迹象，她喝了口水压惊，并且告诉自己，喉咙痛的原因有很多，可能是普通感冒，可能是压缩饼干吃多了，当然，最有可能的是面对疾病产生焦虑，从而幻想自己感染。只是她无法给出答案。

隔离点最大的好处就是，这里必须保持和各地的通信，所以信号很好。小松有一下没一下地滑动着手机，她自己没发过朋友圈，因为实在无聊，所以点开了朋友圈。

在朋友圈里，她得知林志飞结婚了。她点开林广文发的婚礼视频，视频里，林志飞端着酒，动情地哭着喊了龚琴一声"妈"。

小松退出了那条视频，又往下翻了翻，世界太平，万家安宁。

蒋含光给她发了很多条微信，也打了语音通话。

小松回了他三个字："我没事。"

发送完这三个字，她瑟缩起来，紧紧抱住自己。她把头埋在臂弯里，身体不断颤抖，她一遍遍无声地说着"对不起"，可不会有人听到她说了什么，也不会有人知道她为什么说这三个字。

"对不起，小松。"她咬着自己的拇指，默默地说。对不起，我曾经如此轻视你的生命。

这一次她真的知道错了，她再也不会伤害自己，再也不会了。

如果这是她生命最后的期限，她真的还有很多事情没有做。

她颤抖着点开相册，这两年手机里的照片多了起来，可她还是一下就找到了成州平发给她的那张合影——那张他们唯一的合影。在看到成州平脸的那个瞬间，空前的悲伤灭顶而来，席卷了她的整个世界。

她害怕了。她的牙齿不受控地打战，她咬住下嘴唇，强迫自己冷静，退出相册，点开拨号的界面。

她的手指悬在半空中，无处可去。她想要拨打国内的电话，却突然发现她不知道怎么往国内打电话。她到德国以后，没有往国内打过电话，而且现在大家联系都用微信，压根儿用不着打电话。

小松擦掉眼泪，上网搜索：往国内打电话。原来这么简单，在要拨打的手机号前面输入 +86 就可以了。

她拨了出国那天成州平打给她的那个手机号，第一次拨出去，没过多久，出于信号原因而中断。她不死心，又拨出去一次，只是这一次无人接听。

小松想到成州平可能正在做任务，便没再拨电话过去，而是打开了录音软件。她能做的只有这些了。

她想对成州平说点儿什么，可是说些什么呢？他们分开太久了，以致她根本无从开口。

她暂停了录音，喝了口水，让自己静下来想了想，然后重新开始录音。

她对着手机只简单地说了三个字："成州平。"这三个字足够了，成州平听到，一定能懂，如果成州平能听到的话。

一周前，高远飞突然联系了成州平。

成州平当时正在给傅辉点烟，看到手机上来电显示"飞镖"两个字，吓得半死。他对傅辉一笑，说："辉哥，我接个电话。"

傅辉烦躁地挥了挥手。成州平走出KTV包间，在楼道里大骂道："又不是不还钱了，我让你宽限几天，你聋了吗？"

过了一阵，他推门进去，跟傅辉和郭小猛说："辉哥、猛哥，我有事出去一会儿。"

包间里的人都听到了他的话，郭小猛对傅辉摇摇头，说："这人赌徒一个，天天在网上赌钱，裤衩都快赌没了。"

傅辉吐了口烟，说："废人一个，别放在心上。找到小安了吗？"

郭小猛点头说："找到了，在客运站找到的，已经拦住她了，马上就带过来。"

成州平带着手机走到消防通道上，重新回拨高远飞的手机号。接通后，他真没忍住骂了一句："你要害死我是吗？"

高远飞沉声说："昨天孙阳他们队里接到了报警电话，举报刘思佳父母家里有人制毒，昨天晚上他们出警，在刘思佳老家的地里发现大片罂粟，并且在她家开的豆腐作坊里发现了制毒工具，刘思佳的父母已经被控制了。"

傅辉还不足够信任成州平，成州平并不知道这件事。

他凝神细思，高远飞继续说："孙阳查过了，打电话举报的人是段萍。

455

真是想不通，她图啥？"

成州平缓慢而清晰地说："她图什么不重要，重要的是傅辉制毒的地点被查抄了，他这周要给伟伦出货，供不上货。"

高远飞说："你知道他们交易的时间、地点吗？"

成州平说："现在不知道，有了动态，我会立马通知你。"

迅速结束通话，成州平回了KTV包间，他无所事事地刷了会儿手机，没多久，几个男人抓着刘思佳进来。

她因为挣扎头发凌乱地贴在脸上。她一见到傅辉，就立马跪下来，说："辉哥，我什么都不知道，我什么都不知道。"

傅辉夹着烟，唇角扬起："那你跑什么？"

用刘思佳家的作坊制毒这件事只有刘思佳知道，王庆川、郭小猛这些跟他最亲近的人都不知道。现在作坊被查抄了，他自然就怀疑是从刘思佳这里泄露出去的。

他站起来，走到刘思佳身边，抓起她的头发："说不说实话？"

刘思佳拼命摇头否认："辉哥，真的不是我，我真的什么都不知道，我跟了你这么多年，你放过我吧。"

"你说实话，我就放过你。"说完，他扯下刘思佳的裤子，拿烟头朝她大腿根烫去。

郭小猛机灵地拉着成州平离开包间。

在过道里，能听到KTV的客人千奇百怪的歌声，而刘思佳痛苦的喊叫声被掩埋在这些糜烂的歌声里。

郭小猛问成州平："带烟了吗？"

成州平从烟盒里抽出一根烟递给他，又送去火，然后自己也抽了一根。

两个人靠在过道墙壁的合金板上，郭小猛疲惫地说："现在伟伦那边要货要得紧，托了这婊子的福，咱们拿不出这么多货，辉哥打电话跟伟伦说拖几天，那小越南佬威胁辉哥说拿不出货，就报警一起死。"

成州平弹了弹烟灰，说："我和伟伦打过交道，他的确不好招惹。"

成州平他们回到包间，刘思佳被打得满头是血。

包间里能砸的东西都被傅辉给砸了，电视、点歌机、烟灰缸、啤酒瓶……傅辉坐在一片狼藉里，大骂："这帮越南佬，威胁到老子头上了。"

郭小猛看着跪在地上的刘思佳，问傅辉："辉哥，这婊子怎么处置？"

傅辉说："先关着，别让她跑出去。"

郭小猛说："刘锋，你送她回去。"

傅辉摇头说："阿猛，你把她送医院去，把她的保险金先拿出来。"

郭小猛说："行，这事还真得我办，那待会儿让刘锋送你回家。"

郭小猛带走刘思佳后，成州平站在傅辉面前，喊了声"辉哥"。

傅辉没有抬头看他，继续低头抽烟。天快亮的时候，傅辉说："送我回去。"

傅辉最近心力交瘁，路上睡了会儿，到了他家别墅门口，成州平停下车："辉哥，到了。"

傅辉缓缓睁开眼。成州平下了车，给他打开车门。

傅辉说："行了，你回去吧。"

成州平忽然说："辉哥，我有个办法，不知道能不能让伟伦消停一阵。"

傅辉抬眉："你说。"

"我和伟伦做过四次交易，现在我带货过去，他基本都不用验。咱们可以拿次一点儿的货滥竽充数，我去送货，他的货也是要立马出手的，他发现不了。"

傅辉忽然停下步子，回头凝视着成州平。他对这人的了解，除了跟闫立军混过，就三点：川子兄弟、进过戒毒所、赌徒。

这三点中任何两点加起来都不会让人怀疑他是个卧底警察。傅辉以前就是卧底警察，他非常清楚警队会派什么样的人出来，有前车之鉴，他们肯定不会派染毒的人来。

他低头思索了一阵，问道："你为什么想要送货？"

成州平说："这次的佣金，我能拿百分之三十吗？"

傅辉想到今夜他在KTV接的那通电话，便问了句："欠钱了？"

成州平垂头不语。

傅辉说："这趟我要亲自见见伟伦，你跟我一起去。"

成州平对傅辉的决定不解，他亲自去给伟伦送货实在太冒险了。直到周三，郭小猛给他发来这次交易的时间、地点，然后让他开车去傅辉的别墅。

成州平把车停在傅辉别墅的地下车库里，正好碰到郭小猛从车上往下搬运一个纸箱，他的腰突然闪了一下，立马把纸箱放到地上，扶着腰。

成州平跳下车，说："猛哥，我来。"

郭小猛扶着腰说："这腰真不能乱用。"

成州平双手搬起地上的箱子，那瞬间，他听到硬质塑料的碰撞声，其中夹杂着一些细微的金属声音。通过声音，他立刻辨别出来这个纸箱里装着的是手枪。

一把手枪的重量在七百至九百克不等，这个箱子估摸有二十公斤重，也就是说，里面至少有二十把手枪。他反应过来，傅辉亲自去见伟伦不是去送货，而是要干掉伟伦。

当初彭海东说过，傅辉这个人唯我独尊，现在他被伟伦威胁，一定无法忍受。

他们交易的地点在荒山野村，伟伦那帮人又是偷渡过来的，到时候干掉他们，往地下一埋，或者放把火一烧，压根儿不会有人知道。

至于为什么让他跟着？万一东窗事发，总要有个出来顶罪的。

交易时间是周五晚上，现在已经周三。

成州平回到出租屋，立马给高远飞打电话。

时间紧迫，他的语气坚定、沉着："傅辉极有可能要对伟伦进行报复，虽然交易时间是后天晚上，但根据过去对傅辉进行的抓捕失败的教训来看，他极有可能会在明晚就出发，提前进行埋伏。"

高远飞说："如果傅辉他们明晚出发，我们就得更早赶过去，时间有点儿紧。"

成州平说："不用去交易地点。傅辉有武装，不排除越南人那边也有武装,如果我们在交易地点进行围剿,风险太高,最好能明天晚上直接在路上拦截傅辉。"

高远飞很认可成州平的说法,在路上包抄,一来节约时间,二来减少不可控性。他思考了一会儿,说:"你知道他们的路线吗?"

成州平说:"挂了电话我会给你发一份地图。明晚你们封锁去凭祥的高速国道,我会带他们走小路,你们直接在地图上做标记的小路上埋伏。"

时间紧张,高远飞说:"好,现在我就联系孙阳,通知交警。"

高远飞和成州平合作了很多年,他们两个人只谈工作,不会像刘文昌、老周那样说一些无关紧要的私人话题。

每次两人挂电话前,高远飞都只会说"注意安全",成州平则淡淡地回他一句"你也是"。但今天挂断电话前,有句话不断地从高远飞的喉咙里往外冲。高远飞说:"成州平,你可真行。"

成州平轻笑:"你才知道吗?"

成州平的声音听起来非常轻松,这让高远飞觉得这次行动他们一定能成功。

周四早晨,成州平和傅辉一伙人去天怀寺捐了香火,拜了菩萨。从寺里出来后,郭小猛拉住成州平,说:"下午你准备一下,咱们今晚十二点就出发。"

果然如成州平所料。

成州平说:"怎么这么突然?"

郭小猛说:"你好好开你的车,下午我和辉哥去拿货,你回去睡一觉,晚上好好开车。"

成州平得了半天空闲,他坐上前往市区的公交车,在公交车上联系孙阳。

孙阳给他发了个地点,他下车,路边停着一辆绿色的出租车,出租车打了下喇叭。

成州平走过去,拉开后座的车门。

开车的是孙阳,他说:"防弹衣在你脚下。"

成州平弯腰捡起地上的纺织袋，从里面拿出防弹衣。他脱掉上身的衣服，将防弹衣贴身穿上，然后再套上 T 恤。他穿防弹衣的动作依然熟练、迅速。

在他穿防弹衣的工夫，孙阳说："今晚高队带队，人员布置已经到位，到了地图上的三号地点，你立马下车。"说完，他递给成州平一把手枪，"还记得怎么用吗？"

成州平拿起手枪，灵活地在手里打转："要不然我现场给你演示一下？"

孙阳晦气地看了眼成州平，说道："今晚他们一个都别想跑！"

孙阳常年目睹同事牺牲、伤残，积郁已久，这次抓捕行动让他彻底爆发了。他恶狠狠地说："这个傅辉，这次要是让他跑掉，老子就不姓孙。"

成州平开玩笑说："不姓孙，那跟我姓吧。"

孙阳的情绪本来都快到顶了，成州平这么一句突然打破氛围，他说："你怎么还占我便宜呢？"

成州平把手枪放进冲锋衣里面，正色说："放心，不会让你跟我姓的。"

孙阳问："你现在去哪儿？我拉你过去。"

成州平说："你把我送去中山广场吧。"

孙阳说："行，正好顺路。"

在前往中山广场的路上，成州平一直在寻思着吃什么。

他们警队的人口味都很轻贱，康师傅红烧牛肉面是他们的最爱，成州平对食物还真没有什么特殊的追求。于是他打开手机的点评软件，搜到排名第一的餐厅。

下了车，和孙阳分别，他直接往那家餐厅走去，餐厅门口排着长长的队伍。

成州平就直接排队等待起来，在那人头攒动的队伍里，他没有任何特别之处。他穿着和其他人一样的 T 恤、牛仔裤、发灰的运动鞋，只是大千世界里的其中一员，而身上那件黑色冲锋衣才让他稍稍感到自己与众不同。

餐厅的饭菜不枉一小时的等待，成州平吃罢，去公园转了一圈，然后去了银行。

他从银行出来是下午四点，附近的幼儿园刚放学，整个广场上都是闹腾的小孩，在夏天的时候，他们身上穿着花花绿绿的衣服，哭起来的时候惹人烦，笑起来的时候又惹人爱。

成州平坐在喷泉旁边，拨通老周的电话。

老周很快就接通了。

高远飞已经第一时间把他们的进度同步给了刘文昌他们。老周说："你现在在哪儿？"

成州平在哪里其实无所谓。他说："我刚刚给你打了二十万，一半帮我送回老家，另一半交给队里。"

老周缄默了一阵，知道成州平晚上要出勤，不能分心，便没把他爷爷去世的消息告诉他。

老周被感动了，他得意地说："你小子算是有良心，没独吞。"

在成州平不远的前方，两个穿校服的初中生背着滑板过来，男孩帮女孩戴上护具，女孩站上滑板，男孩一直扶着她。

成州平看了眼他们扔在花园边的那两个书包，一黄一蓝，一看就知道他们是逃课出来的。他盯着那两个挨在一起的书包，好似被吸引，一直注视着它们。

最后，成州平低下了头，他看着自己的手腕，轻声说："老周，我的抚恤金是给李犹松的。"

03

听完成州平的话，老周立马变脸了。成州平是他骂大的，整个警队没人比他更了解成州平。

老周喝了口茶，茶水索然无味。他一字一顿地说："我不要你给队里争光，你给我毫发无损地回来。"

"我回不去了。"成州平淡笑了声，在他说这句话的时候身后的喷泉突然喷涌而出，他的头发被溅湿了。

成州平站起来，回头看着喷泉最高处。喷泉喷出的水汽在空中飘浮着，阳光穿入水汽，折射出一道缥缈的彩虹。

老周说："有什么事，我和刘队都能给你解决。"

"老周，"成州平的声音听起来出奇地冷静，"前段时间郭小猛的酒吧有人闹事，我受了点儿伤，他们带我去了一个没牌照的小诊所，给我打了吗啡，先后注射了三次。"

广场上的人越来越多，越来越吵，成州平从未觉得世界如此安静。

老周哽咽着说："我们不会不管你的，成州平，你回来了，我跟上面汇报你的情况，给你转岗。"

成州平笑了笑，对老周说："老周，我爸妈都是吸毒的，我能走到这一步很幸运，我也真的为自己骄傲。"

老周想说自己也为他骄傲，不是因为他挣脱了原本的命运，而是因为他真的是一名勇敢的警察。可是老周还没来得及说出口，成州平就结束了这通电话，留给他的时间并不多。

今晚的安排，是傅辉单独坐一辆车。要抓捕傅辉，他必须想办法和傅辉坐同一辆车。他要在出发之前搞定傅辉的司机。

傅辉的司机叫阿坤，也是傅辉老家的人。成州平回了造纸厂，宿舍没人，他给阿坤打电话，问："来吃火锅吗？"

吃饭一向是大事，阿坤一听有火锅，自然就来了。

这一趟是去干架的，警察紧张，贼更紧张。

阿坤来之前，成州平朝吸粉室友的床上扔了两包白粉。

毒贩一般图财，为了避免麻烦，不让手下人碰白粉。但傅辉不一样，他要这些人对他绝对忠诚，他身边的人几乎都被他用毒品控制了。没有一个瘾君子看到白粉会置之不理。

因为晚上要开车，不能喝酒，阿坤喝了口可乐，对着火锅的滚滚热气说："妈的，就差口茅台了。"

成州平说："有比茅台更爽的，试试不？"

阿坤睁大眼："有什么刺激的吗？"

成州平说完"找个人陪你一起喝"。他意味深长地笑了笑，拨出一通电话。

阿坤知道他们是贩毒的，干的是有今天没明天的事，这趟也不知道是什么结果，比起帮老板挣大钱，他的心思更多地放在及时行乐上。他看看清纯可人的援交妹，两眼放光，对成州平说："刘锋，能让我先来吗？"

成州平站起来，说："你动作快点儿。"

成州平套上冲锋衣出门了，把援交妹和白粉留给阿坤。

他没别的地方可去，便走去了旁边的荒地。他一边漫无目地踱步，一边抽烟，他在思考着他们的目标人物——傅辉，一个警察出身的毒瘤。

傅辉团伙内部人员除了川子，全是他老家的人。走到这一步，他不会轻信任何一个人。

这会儿天色已经转黑，成州平眺望远处的公路，路灯一排一排，灯光连成一片温柔的淡黄色，比月光还要动人。

他回想起他第一次见小松，送她回家，她家门口那条路上也有好多路灯，数都数不清。当时他急着回去打牌，一心只想赶快走到头，将她送回家里。倘若时光能倒流，他希望那条路上的路灯再多一点儿，那条路再长一点儿。

成州平一直走到一个水沟前，他从口袋里拿出枪，拆了子弹。把枪丢进水沟以后，他用脚尖挖了一个坑，把子弹丢进去，随后踢了一脚土，埋住子弹。

最后，他脱掉身上的防弹衣，扔进了垃圾堆里。

当初来广西，他穿着的是这件冲锋衣，今天要结束这一切，他仍然穿着这件冲锋衣。有它在身上，他就感觉自己是被保护的。

夜里快十点的时候，成州平被郭小猛叫到造纸厂的总经理办公室。他推门进去，屋子里站了二十来号人，黑压压一片。

成州平听到一声惨叫，他仰头，视线越过人群看到傅辉举着椅子往阿坤头上砸。

"不知轻重的玩意儿。"傅辉的脚踩向阿坤的腿。

郭小猛在一旁劝："辉哥，阿坤还要开车呢，你下手轻点儿。"

傅辉说："这种时候你他妈管不住嘴，让你给老子吸。"他一下下踩着阿坤的肚子。

傅辉仍然保持着当警察时的作风，平时不管你怎么样，但有了任务，必须一心一意服务于任务。阿坤在出发之前没忍住吸粉，可想而知傅辉会勃然大怒。

郭小猛看这架势，阿坤肯定是不能给傅辉开车了。他自己也想晚上在车上休息，不想开车，于是问一屋子的人："你们今晚谁给辉哥开车？"

看了阿坤的惨状，其他人多少有些恐慌，还没反应过来。

"我来吧。"成州平站出来。

郭小猛说："那谁开货车啊？"

成州平说："我下铺的小超，他以前也是跟川哥干的，我喊他来开货车。"

郭小猛正在思考，傅辉朝阿坤头上踹了一脚："行，就你了。"

不论是警察还是毒贩，任何人都会更欣赏胆大的人。

到了夜里十二点，他们准备出发。此行一共四辆车，一辆押货的小货车，两辆装载刀棍的面包车，还有一辆专门载傅辉的轿车。安全起见，傅辉的车在最后。

面包车开到办公室门口，郭小猛从柜子里拿出装着枪的袋子，站在门口挨个儿发枪。

成州平和傅辉是要在最后上车的，郭小猛发完枪，两辆面包车开走。

成州平说："我去开车。"

郭小猛说："你先待在这儿，我去取车。"

在郭小猛去取车的时候，傅辉从柜子里拿出防弹衣，穿在身上。他狼鹰似的眼睛盯着成州平，问道："刚才他们都不愿给我开车，你怎么抢着往前冲啊？"

"辉哥，您是大人物，我想以后跟您混。"

傅辉张狂地笑道："你这话说得没错，辉哥我真的是个大人物。"

话音刚落，郭小猛便开着一辆黑色轿车过来，成州平透过窗子看了眼车牌，是"粤"字打头的。这么大的行动，傅辉当然不会开自己的车。

郭小猛进来，成州平问他："走吗？"

郭小猛说："别急，先检查。"

成州平露出一脸困惑的样子。

郭小猛说："给辉哥开车都得检查，把衣服拉链拉开。"

成州平拉开冲锋衣拉链，双手摊开。

郭小猛在他身上上下搜寻，对傅辉摇了摇头。

傅辉示意他继续。

郭小猛说："脱了看。"

成州平将冲锋衣脱下，在这个瞬间，他原本可以更利落一些，但这件衣服是小松送他的，他不舍得将它随手扔下。

成州平脱下冲锋衣，对折了一下，搭在沙发背上。然后他脱掉T恤、背心、裤子，扔到地上。他朝郭小猛挑了下眉："还脱不？"

郭小猛瞥了眼他的四角裤鼓胀的地方，露齿一笑："再脱就是耍流氓了。"

成州平穿上衣服。郭小猛把最后一把枪发给他，说："万一点儿背碰到警察，跑不掉就开枪，打死一个都算咱们赚了。"

傅辉坐在后座，郭小猛坐副驾位，成州平开车。

他系上安全带，傅辉突然说："手机放支架上。"

成州平透过后视镜和傅辉对视一眼。

傅辉说："这车的导航好久没更新了，你不用手机导航吗？"

成州平照做了。今晚出任务，警队的人肯定不会给他打电话，所以他没什么可担心的。

他们一路顺利地上了银百高速，到了靖西境内的合那高速入口，突然堵起了车。

一个交警拿着喇叭在路边喊："前方发生重大车祸，请大家绕路而行。"

睡梦里的郭小猛惊醒过来，骂了句"妈的"。

倒是傅辉一派淡定："行了，通知其他车，都走国道。"

因为高速被封，所有的车都去走国道了，货车走在了前面，远远领先其他车。

国道上是警方的第一道屏障。

为了分散傅辉团伙的力量,在押毒的货车上了国道后,几辆警车突然停在路中间,几个警察下来,开始挨个儿检查后备厢。

前面几辆面包车慌了,郭小猛接到前方司机的电话,他也拿不定主意,回头看傅辉。

这个时候,傅辉也接到了电话。打来电话的是伟伦,伟伦在电话里提醒他,明天的货给不齐,就把他的手机号和交易证据直接暴露给警察。

伟伦是傅辉当警察时抓过的毒贩。闫立军出事后,傅辉的毒品没了销路,他急着搞钱移民,就亲自去找了伟伦。

傅辉这人非常自傲,被自己抓过的小毒贩威胁,他肯定咽不下这口气,一心想打爆对方的头。挂断电话,他问郭小猛:"还有别的路吗?"

郭小猛和这一窝混混儿都是傅辉老家的人,北方来的,不认这边的路。他为难地说:"辉哥,我也不跑长途啊。"

成州平忽然开口:"我上次去给伟伦送货,情况和今天差不多,我就走了一条小路,那条路都快废了,不可能有警察。"他说完,在导航上搜出那条路,还把手机递给傅辉看。

傅辉说:"就走这条路。"

靖西境内有一条因山体滑坡而废弃的边境公路,一路都是喀斯特地貌,高山密林,适合埋伏。成州平说:"要不然咱们走前面,给后面的兄弟带路。"

傅辉还在气头上,他"嗯"了声。

郭小猛说:"我给其他车打个电话,让他们跟在后面。"

成州平按照计划把傅辉引到设好埋伏的路上,但车开着开着,后面的车打来电话,郭小猛直接开了外放。

"猛哥,我们后面有辆白色奇瑞一直跟着,不会是警察吧。"

成州平的心脏忽然紧缩,他想警方不可能这么蠢地跟踪他们吧。

傅辉说:"让兄弟们把车停路边,看那车往哪儿去。"

一伙人停了车,没多久,白色奇瑞超过他们,一路向前。

郭小猛松了口气："看来也是走这条道去凭祥的，刘锋，你找路能力不错啊。"

成州平还是觉得奇怪，这条路是他亲自踩过点的，孙阳也说埋伏的时候没有见一辆车路过，今晚不可能会有别的车经过。但不论那辆白色奇瑞的目的是什么，他的目的只有一个——傅辉。

成州平继续平稳地向前开，他余光看向导航，距离第一个埋伏点只有不到三公里。

这时傅辉突然说："阿猛，你给货车那边打个电话，让他们出了国道找个地方等咱们。"

郭小猛打了个哈欠，拨通跟货车的强子手机。

手机响了好几下也没接通，郭小猛以为对方睡觉呢，又打了一遍，还是无人接听。

傅辉最先反应过来，突然大吼："掉头！"

郭小猛愣着说："辉哥，八成是睡觉呢，我给司机再打一个。"

在郭小猛开口的同时，成州平将油门一脚踩到底。他目光坚定而平静地看着前方无垠的黑暗。

傅辉是干过警察的，在联系不到运毒货车的时候，他第一反应就是他们被抓了，他凭着多年缉毒和贩毒的经验，立马明白了是怎么回事。今天的一切都是被设计好的。

郭小猛是傅辉亲戚，傅辉看着郭小猛长大，不可能是郭小猛出卖他，那么这辆车上还剩一个人。

线人？不。线人贪生怕死，拿了线索就立马抽身了。

仇人？不可能，他傅辉的仇人要么被警察干倒，要么被他干倒了。

剩下那种可能便是唯一的答案。卧底警察，一个不惜吸毒也要接近他的卧底警察。

傅辉迅速拔枪，可成州平比他还快，在踩油门那一瞬间，左手持方向盘，右手掏枪，打穿了郭小猛的太阳穴。他扭身和傅辉互相拿枪指着彼此，脚仍然踩着油门。

傅辉开枪，成州平指定开枪，所以他不敢轻举妄动："你就算把我人

467

头拿走,警队能给你几个钱?我那时候几千,你们现在应该涨了吧,买得起房吗?娶得起老婆吗?"

傅辉当年也是专业素质出众的警察,谈判技巧一流。可成州平不为所动,他求的从来不是这些。

后面的车不知道前面发生的情况,见傅辉的车突然冲了出去,他们也跟着加速。

傅辉看准成州平此时一心二用,既要踩油门,又要拿枪对着他,他忽然抱头矮身,在极短的时间内朝成州平腿上打了一枪。

山石如兽,夜风嘶吼。

夜空中闪起红光,数辆警车从周围的密林中冲出来,将他们前后包抄。

警车上传来警察的喊话,傅辉爆粗口大骂:"他妈的!"

后面两辆面包车上的混混儿持枪、棍下来,无视警察的喊话,直接开枪。囚徒心态,自己活不了,就拉别人一起死。

傅辉突然扑过去抢方向盘,打算开车撞死警察,成州平死死守着方向盘,不让他操控。傅辉泄愤地朝成州平肩上打了两枪:"你能耐啊。"

成州平的骨肉被子弹射穿,剧痛令他不得不松开方向盘。傅辉抱住他的头,对着车外面围剿的警察叫嚣:"你们开枪啊!我打死他!"

有人质在,警方是不可能开枪的。外面的警察深谙这点,傅辉深谙这点,当然,成州平也深谙这一点。在傅辉挟持他的时候,他突然抓起方向盘,往一旁的山沟疾驰而去。

傅辉没料到成州平根本不怕死。

瞬间车内翻天覆地,成州平紧紧抓住拉手,朝着傅辉开了好几枪。

傅辉也开了两枪,一枪打在车顶上,一枪打在车窗上,车子陷进淤泥里,傅辉直接被卡在了后座。爆裂的车窗玻璃扎破了傅辉的眼睛,他身中三枪,以一个诡异的姿势死去。

成州平腿上、肩上、腹部都中枪了。他的手已经失去最后的力气,压根儿无法从车里出去。他躺在郭小猛的尸体上,安静地感受着鲜血从他体内流出。

车翻了,里面的一些杂物都滚落在地上,成州平的手机掉到了副驾位旁边的夹缝里。他被黑暗与死亡包围，周遭的空气好像停止了流动，这一刻好像是他生命中最宁静的时刻。

成州平捂着腹部的伤口。他的冲锋衣被打穿了，这件衣服防水性能出奇地好，血液无法停留在衣服面料上，于是都流在了他手上。他的手上全是血。

成州平不知道自己还能撑多久，但是他想，现在可以休息了。他没有辜负当年救他的警察，没有辜负他的爷爷，没有辜负李长青、老周、刘文昌他们。他唯一辜负的、亏欠的只有李犹松。

他的手没有任何力气，可他努力地去够他的手机。车里很黑，他什么都看不到，那只手无力地摸索着。

也许是出于某种私心，他始终没有找到手机。因为只要找不到手机，他就有一个合情合理的借口，不和她告别。毕竟，他也不知道自己要说什么，还能说什么。

就在成州平终于决定放弃之际，座椅的夹缝里发出一道冷白色的光，幽静的车厢里，那一道光格外刺目。

成州平看到了自己的手机屏幕。他的手机屏保是小松出国前发给他的日照金山。来电的时候，手机屏幕会骤然亮起，犹如日光打上雪山的那个瞬间。

他的视线无法完全看到那个来电号码，他只看到了开头几个数字和归属地，这个号码的区号和属地他全都不认识。但他知道，是她。

在他的计划里，也许这里就是他一生的终点。他没有活着回去的打算。

他染上毒瘾，不能再缉毒了，他也没法再和小松在一起，他也不想成为傅辉那样的人，不能成为那些瘾君子，把生命留在这一刻已经是他最好的结局。

可是这一通电话如同命运的垂怜，如同神明的光辉，如同那一场日照金山，重新点亮他已经枯竭的生命。

成州平的体内产生了前所未有的求生欲。他知道他可以的，他的脾脏没有被打穿，只要他能从车里出去，得到救治，他就会没事。

等他好了,他就去接她回家。他一定能给她一个家,一个完完整整的家。她想做的事,他会无条件支持她,陪伴她,只要她愿意。

绝境之中,成州平迸发出空前的力量,靠着单边腿脚的力量爬到车的另一侧,推开已经变形的车门,从车上翻下去。他的手紧紧握着枪,他艰难地站起来,试图加入战斗。

就在他走上公路的时刻,一辆白色奇瑞突然冲出田间,向他撞来。

那辆白色奇瑞要撞死他,他被撞飞起来的那一瞬间停止了思考。事实上,在那一刹那,他连痛都感受不到,大脑一片空白。直到他落下的时候,粉身碎骨的剧痛席卷而来。

成州平倒在血泊里,甚至来不及去反应这一切。在他意识残存的瞬间,听到有人叫他的名字。

"成州平,德钦在藏语里的意思是极乐太平,我们去了德钦,以后都会很好的。"

"成州平,你知道为什么我们会看到日照金山吗?"

"因为它知道,我和成州平都是执着的人,它要是不来,我和成州平谁都不会走。"

成州平,如果听到有人喊你名字,千万别回应。

而那天她呼唤他名字的时候,他不小心回应了她,他的人生因此圆满。

第二十六章

白色

01

那辆白色奇瑞后退几米,打算对成州平二次碾轧的时候,高远飞一枪打爆了车胎。他们有充足的支援,傅辉一死,只剩蛇鼠之辈,死的死,降的降。

警察从白色奇瑞上押下来一个女人,铐着手铐带到高远飞面前,那张脸给了高远飞巨大的冲击。

"段萍?"

这个饱经风霜的女人尖锐地大喊:"刘锋是叛徒,他害死了闫哥!他死不足惜!菩萨也救不活他!"

高远飞怜悯地看了她一眼。他已经没必要和她说什么了,便让人把这个疯女人和其他人一起带上警车。

成州平被送到靖西市内的医院。

第一次手术后,成州平昏迷不醒,经过长达半个月的救治,生命体征才终于平稳,然后转院至南宁,三个月的时间,他经历了四次开颅手术。

这三个月中的第一个月是老周飞过来照顾他的,但他们队里实在缺人手,老周必须回到工作岗位上,只能警队出钱请护工。

老周离开南宁当天,孙阳送老周去机场。把老周送到机场,孙阳请他吃了碗牛肉粉。

吃饭的时候,孙阳问老周:"成州平有对象吗?这种时候,还是有个亲人在身边的好。"

老周本来想点头,又摇了摇头:"他这些年一直卧底在毒贩身边,连

471

找对象的时间都没有。"

孙阳说："唉，可惜了。"

路上，老周一直在想事情。

是不是当初换个人去闫立军身边卧底，就不会像现在这样了？可是又能换谁呢？

在登机前，老周思前想后，最终给小松打了一通微信电话，可对方没有接听。他又想，是啊，人家凭什么接你电话呢？

飞机落地后，老周没有看到小松给他回微信，就不再想这件事了。

世界这么广阔，人人都说它是原野，可无人愿意离开自己的轨道。

在一万多公里以外的几内亚，小松和老朱被诊断出不是埃博拉，而是另外一种疟疾后，就被送往医疗点进行集中治疗了。

九月十号，她和老朱康复了。但他们前行的方向不同。老朱要回到村里继续进行援非工作，小松则是要前往几内亚首都机场，回海德堡读书。

小松敬佩老朱这样的人。分别前，她把自己手上的红手绳送给了老朱："你一定要平安、健康地回国。"

老朱感动道："早知道我当初就生个闺女了。"

小松和另一拨人直接被大巴送去几内亚首都机场。

她虽然是跟队来的，但因为感染疟疾，没能赶上他们回校的时间。她是明天的航班，于是打算直接在机场过夜。她找了把椅子坐下，手机便开始响个不停。

医疗点没有信号，离开村庄，她的手机才渐渐有了信号。可是，知道她来非洲的人寥寥无几，她没有必须报平安的人。直到有人给她打电话，她才打开了手机。

好家伙，微信要炸了。是蒋含光给她发来的视频通话。在这通视频通话之前，他已经给她发了五十三条微信。

小松点了一下绿色的接听按钮，手机屏幕上出现蒋含光的脸。她在非洲待了两个多月，再看蒋含光那张脸，既惊为天人，又觉得和蔼可亲。

小松立马发现他的背景很熟悉。"你在哪里？"她开口问。

蒋含光说："你要不然回头看看？"

小松放下手机,一回头,就看到真人版蒋含光穿着一件熨帖的白衬衣,站在一片光明里。比起肤色日渐本土化的她,蒋含光白得发光。

她呆若木鸡:"你怎么会在——"

话没说完,蒋含光已经抱住了她:"Welcome back(欢迎回来)!My bravest girl(我最勇敢的女孩)。"

这个紧实的拥抱才让小松的心真正踏实下来。她感受到一丝生活的实感,便也热情地回抱了蒋含光。她微笑着想:原来这就是希望。只要我们都还存在,今生今世总会相逢。

蒋含光把她送到法兰克福的机场,因为公司的事立马转机回了巴塞尔。

在机场告别时,蒋含光惋惜地说:"该死的工作,让我不能送你最后一程。"

小松拍了拍他的肩:"等你最后一程的时候,我会尽量去送你。"

他再次给了小松一个拥抱。

小松能感受到他没有说出口的情感。她不想挥霍别人的感情,这样对所有人来说都不公平。于是她诚实也残忍地告诉他:"毕业后我会回国,我没有留在这里的打算。"

"小松,我真的很佩服你。"

"是吗?"

"在经历这么多以后,你还可以这么天真。"

漫长的旅途过后,小松身心俱疲,无力猜测他话语背后的含意。

"天真的小姑娘,希望你能早日明白,能陪你走向王座的是和你并肩作战的人,你不该让别人坐享其成。"

让小松听懂他的言外之意实属为难她。小松道:"听不懂。"

蒋含光敲了一记她的脑门儿:"你还年轻,慢慢领悟吧。"

小松回到学校,就立马投身实验室。

与死亡擦肩而过,无非是令她比以前更加勇敢,更加从容。她回校一周后,赶上了小组的进度,才开始清理手机里的信息。

她无意间发现老周给她打过微信电话,她本来想回电话的,但一想,现在国内正是晚上,她就发了一条微信询问老周发生了什么。

十八个小时后,老周回了她一条:"没事,闲来问候,从非洲回来了吗?"

她怕老周担心,更怕消息传到龚琴那里,于是没有告诉老周自己疑似感染埃博拉,然后被确诊疟疾的事,她只告诉他自己被晒黑了。

在最后,她仍然试图从老周那里探询成州平的近况。

老周不能告诉她成州平现在连一句完整的话都说不出来,他回复:"一切都好。"

便是这样一句"一切都好",对小松来说已经足够。

中国留学生的博士阶段,几乎都在实验室里度过。一年平静地过去,眼看毕业在望,为了能够按时毕业,放圣诞假的时候,小松哪儿也没去,就在公寓改论文。

她的西班牙室友回国了,公寓里只有她一人,晚上她啃了两个小时文献,抬头,只见窗外雪花飘飞。

白雪让这座城市更加远离尘嚣,小松合上电脑,穿上羽绒服和靴子,去了一趟圣诞市集。灯光精致的广场上,人潮拥挤。

小松在排队买可丽饼的时候,收到了一条久违的微信问候,这条问候来自王加。

自从王加研究生出国以后,她们再也没联络过。小松不看朋友圈,不关注别人的生活,她也不知道王加现在在做什么。

她给小松发的是一个表情包,紧接着,又发来一条文字信息:"我元旦要去海德堡,见面吗?"

时间过去这么久,小松早就忘记了当初王加和宋泽的事情。不谈宋泽,小松单方面还是很欣赏王加的,不但有野心,还有行动力,王加绝对是靠自己能力改变了命运,这样的女孩,可以讨厌她,却不能不佩服她。

小松想到她们好久没见了,自己假期也没别的安排,就答应了王加。

十二月二十九号下午,王加才告诉小松晚上有个跨年派对,由她主办。她去年博士毕业,拿了经济学和艺术史双学位,去年谈了一个英国的男朋友，对方是金融公司高管。

　　王加现在不再为钱发愁，她工作是为了追求梦想，毕业后开始做起了独立策展人。她这次来海德堡是为了洽谈项目，所以晚上这场派对邀请了很多当地的艺术家。

　　小松已经答应王加了，她不想失约，晚上举办跨年派对的地方在她公寓附近的一家酒吧，她打算去转一圈就回来。

　　派对晚上十点开始，小松十点二十过去，那里的气氛已经热火朝天了。欧洲人热闹起来也不管彼此认不认识，都算朋友，除了王加，小松还发现了几个自己专业的外国同学。

　　王加穿着一件亮片包臀裙从人群中走出，可谓艳光四射。

　　小松记得王加高中时虽然土，可是五官非常明艳，有时候王加给她讲题，她也会觉得王加真的很漂亮。

　　小松脱下羽绒服，王加给了她一个热切的拥抱："小松，好久不见！"

　　"好久不见。"小松说。

　　王加亲密地揽着小松，把她介绍给派对上的朋友们。

　　小松大声说："你这里太吵了，我待一会儿就走。"

　　王加惊奇地说："你都不参加派对吗？"

　　小松摇头说："我不喜欢这种环境。"

　　王加也不强人所难，她拉着小松的手："咱们去二楼，吃完蛋糕再走。"

　　小松上一顿是下午四点吃的，本来不是很饿，但听到"蛋糕"两个字，就莫名饿了起来。

　　她跟着王加上了二楼，比起群魔乱舞的一楼，二楼静谧许多，一个留着大胡子的男人在拉大提琴，她跟着欣赏了一会儿。大提琴结束，大家有说有笑，王加走过去，和那群人挨个儿拥吻。

　　她跟小松介绍说："我们都是一个圈子里的，玩艺术的人都很好相处。"

　　小松开玩笑说："我们玩手术刀的不好相处吗？"

475

王加说:"也好相处,就是没有必要的话,还是尽量不要相处。"

王加招呼小松在沙发上坐下,小松的饥饿感不断上升,但是在座的没人吃蛋糕,看着那个完完整整的圆形蛋糕,她不好意思做第一个破坏它的人。

刚才拉大提琴的"胡子男"站起来,他从一扇小门进去一个房间,过了一会儿,拿出装糖果的铁盒,走回位子。他打开那个盒子,里面装着各种烟草、粉末。他从纸盒里抽出滤纸,笨拙的大手将粉末撒在纸上卷起,传递给王加。

王加将那个白色的纸卷递到小松面前:"你试过没?"

小松看着那个白色的纸卷,它是半透明的,能看清楚里面白色颗粒的痕迹。在烛光的照射下,它像阳光下的雪花,散发着暖融融的光泽。可是雪会消融,它永远不会。它会留在人间,让人心腐烂。

小松脸上出现了一种很奇怪的笑容,她对着王加摇了摇头,手却将白色纸卷接了过来。

背后一个女孩热情地说:"Try it(试试看)! You will love it to death(你会爱死它的)。"

小松盯着白色纸卷,随着她双手摩挲的动作,透过那一层薄薄的白色纸膜,她能感受到里面细腻的颗粒在流动。

王加以为她是害怕,于是说:"老外大都抽这个,没这玩意儿,我真熬不到博士毕业。你试试,很解压的,有钱人都抽这个,只是国内管得实在太严了。"

小松望着手中的白色纸卷,轻轻笑了。

当所有人都说它是正确的时候,你还有什么理由认为它是错的?

02

在一双双雀跃的目光注视下,小松忽然将那白色纸卷丢进桌子上的巧克力蛋糕里,纸卷散开,白色粉末落在蛋糕的黑色淋面上,好像一层糖霜。她拿起蛋糕,没有丝毫停顿,将蛋糕砸向王加的脸。

在屋里老外的惊呼声中，小松边穿衣服边离开这家吵闹的酒吧。

她走入风雪中，王加反应了很久，猛然站起来，顾不得擦去脸上的蛋糕，冲下楼，追了出去，在街头大吼："李犹松，你见不得别人比你好是不是？"

小松也停下步子，站在街头，回头看着王加，面无表情地质问她："你吸毒就是比我好了是吗？"

王加莫名其妙被砸了一脸蛋糕，她气势汹汹地向小松冲去，正要动手打小松，小松已经一个巴掌扇出去了。

王加被她打蒙了，大吼道："李犹松，你是神经病吧？你凭什么打我？"

小松不想和王加在街头纠缠，她回头匆匆走了两步，一只狗飞快地从她脚下跑过，她被迫停下来。

雪花无休止地飘落，古老的石板路被白雪覆盖。无瑕的白色深深刺痛了她，她所有的不理解、所有的愤怒都在这一瞬间涌入心头，冲毁了她的理智。她回头对着马路对面的王加，用尽全部力气嘶吼起来——"就凭我爸是为了救你们这些人牺牲的！"

雪花安静地落在小松身上。

王加只知道小松家里条件很好，她一直猜测小松父亲的身份，各种可能性都猜过了。她被小松的嘶吼吓住了，步步退缩，最后落荒而逃，回到温暖的酒吧。

小松蹲在马路边上大声哭了起来。

新年，雪夜，无人听闻，可她最后还是站起来了，她吸了吸冻得通红的鼻子，扬起下巴，迎着风雪走回公寓。

…………

小松打王加那天，有她同专业的同学在场。他们私下把这件事告诉了小松的老板，小松老板对她的精神状态表示担忧，强行给她放了一个月的假。她没有跟老板解释自己的情况，而是欣然接受了这个假期。

她很少给自己放假，来欧洲三年，除了德国境内和非洲，只去过蒋含光家。她回公寓后，西班牙室友刚旅行回来，她看了室友三秒，决定前往西班牙旅行。

她的旅行从西班牙南部开始,在最后一周来到了巴塞罗那。

她一路都在偏远城镇玩,华人很少,到了巴塞罗那,去华人街换欧元的时候,才意识到明天就是农历新年了。

国内除夕这天,她在酒店睡到中午十二点,醒来和林广文、李永青分别进行了短暂的通话,吃了一份面条后,才正式开始今天的行程,她的计划是今天去看享誉世界的圣家堂。

在这样宏伟而独特的建筑面前,具有任何文化背景、宗教信仰的人都会被震撼到。小松站在门口,拿出手机拍下一张照片。在她仰头辨认里面的受难雕塑时,手里的手机突然振动起来。

小松翻开手机,看到屏幕上的微信电话,向后退到人潮之外,沿着教堂信步而行。

给她打微信电话的是老周。

七个小时前,北京时间下午三点,老周在队里忙完年底的案头工作,换了便服,开车前往戒毒所。

戒毒所大楼前也挂了两个巨大的红灯笼,门口贴了春联。老周提前和戒毒所的人打了招呼,他来的时候,成州平已经在楼下等他了。

成州平穿着他那件万年不变的黑色冲锋衣,因为之前做手术,他剃光了头发,他就一直保持着光头发型。

一米八三的人现在体重只剩一百一十斤,还有两个警员在不远处盯着他,老周一看这画面,就乐呵呵地拿出手机拍了张照片,打算等他满血复活以后给他看。

老周按响喇叭,成州平抬头看到他的车,径直走了过来,拉开车门坐在副驾座。

老周摸了摸他的后脑勺,笑道:"这么帅的'劳改犯',不愧是我们队里出来的。"

开颅手术后,成州平说话一直很慢,因为戒毒,语速变得更慢,可他努力把每一个字都说得清楚——"滚。"

老周说:"有啥想吃的不?"

成州平闻到老周车上的烟味,他很怀念抽烟的滋味,但开口问老周要烟的时候还是忍住了:"没有。"

"行,那回去下饺子。"

"你又不和家人一起过年?"

"嗯。"老周转头看了眼他身上的黑色冲锋衣,"去商场买件过年穿的衣服吧,我看你这衣服都快长身上了。"

那场车祸后成州平执着地认为是这件黑色冲锋衣保护了他,他说:"不用了。我现在就想有个能睡觉的地方。"

老周是特地接他出来过年的,所以今天一切以他的意见为先。

到了老周家里,成州平倒头就在沙发上睡过去了,老周去卧室换衣服,结果衣服换了一半,自己也瘫在床上睡着了。

老周睡到晚上九点才醒,他隐隐约约听到外面有人说话,到客厅一看,成州平正面无表情地盯着电视屏幕上的春晚。

老周加入了观看春晚。和成州平始终面无表情不同,老周被小品逗得笑出了眼泪。笑着笑着,他笑饿了,对成州平说:"我去下饺子。"

成州平换了几个台,发现今天晚上每个台都是春晚。

吃完饺子,成州平去厨房洗碗。老周偷偷看了眼他的背影,心酸起来。他想到成州平刚来警队时多么意气风发,现在长大了,没有像他们担心的那样走歪路,却开始沉默寡言。

成州平洗完碗回来,朝老周腿上踢了一脚:"让我过去。"

老周站起来让他坐回沙发里面的位置,两人又看了会儿电视,老周突然说:"要不然给小松打个电话吧。"

成州平很久没有听到小松的名字了,再次听到,他第一反应竟然是恐慌。他害怕这只是他的一场梦,梦结束了,他又要变回刘锋。

老周打开微信,从通讯录里找到小松的头像。

成州平瞥了眼他的手机,淡淡道:"你有她的微信?"

老周说:"对啊,早就加了,你没有吗?"

他没有。

成州平说:"算了。"

老周对他翻了个白眼:"过了这村,就没这店了,打不打?"

因为说话困难,成州平尽量不说话,他摇了摇头。

老周心里骂他活该打一辈子光棍。他拿着手机,走到卧室里,还是给小松拨打了微信电话。

小松接通了他的电话:"周叔?"

"小松,是我,新年快乐。"

"周叔,新年快乐。"

"小松,成州平和我在一起呢,你要不要跟他说说话?"

当那个名字毫无预兆地再次出现时,小松的心不再像多年以前那般怦怦狂跳了,一种更为简单的满足感缓缓填满她的心。她说:"嗯。"

老周说:"我先跟你说一下他的情况……他现在正在戒毒,今天除夕,我带他回家过年。"

"他染上毒瘾了吗?"

"工作的时候被迫染上了海洛因,后来出了车祸,做了四次开颅手术,那半年头疼得厉害,没办法,打了杜冷丁止疼,他是综合性毒瘾……这半年一直在戒毒。小松,你要是不愿意,我也能理解。"

小松此刻停驻的地方,正对这座建筑的西面。比起其他部分的精美、宏伟,这一立面没有任何复杂的装饰,却有一种直击人心的质朴。

老周开始前言不搭后语:"他投入一线工作这么多年,现在终于回来了,戒毒也快成功了,你一定要理解他……"

小松突然说:"九年。"

老周没反应过来:"啊?"

"我十八岁那年他去的云南,今年我二十八岁,你刚刚说他做手术半年、戒毒半年,所以他是去年结束任务的,一共是九年。"

时间太久了,老周的记忆已经模糊,他没想到,小松会记得这么清楚。

小松说:"周叔,我想和他说话。"

老周高兴地走出卧室,把手机放在成州平面前的茶几上:"人家想和你说话。"

成州平目光轻轻落在手机屏幕上,在老周热切的注视下,他拿起老周的手机，贴在耳边。但他的嘴唇紧抿，没有开口。

老周以为是自己在这儿他不好意思张口，便识时务地说："我去楼下抽根烟，你俩慢慢说。"

一声关门声后，成州平还是没有说话。就连他自己也不知道沉默了多久，他害怕让她听到自己迟缓的语句。

成州平漫长的沉默，小松都懂。

"成州平。"小松的声音从电话里传来，轻轻的，柔柔的。

他们分别的时间太久了，连思念都被尘封在这漫长而无情的时光里。可是，小松和成州平说话时的语气仍然如过去那般坚定："成州平，你不要害怕，不管你跌到多深的地方，我都会拉你上来。"

小松仰头微微一笑：你不是神明，有万人敬仰；你不是国王，有千军万马。可是你有我。

电话另一头的成州平，在漫长的沉默之后，终于开口了："小松，新年快乐。"

而后他们简单地说了几句，她告诉成州平自己正在参观教堂，成州平告诉她自己吃了速冻水饺，这次通话就结束了。

老周在楼下吹了半个小时冷风，回来发现他们已经打完了电话，老周拿起茶几上的手机，说："不多说两句吗？"

成州平说："不了。"

挂断电话之后，小松久久望着教堂里的雕像。它底下站了很多游客，人头攒动而吵闹。她原地不动地看着它，周围人来人往，她却像被一个无形的十字架钉在原地。

一位挎着单反的白发外国老头走到她旁边："Do you want to take a photo（你想拍张照吗）？"

小松不知道对方为什么会问她要不要拍照，她听说在这种景点经常会有人借帮人拍照的理由抢手机，但在这个时刻，她不假思索地把自己的手机交给了对方。

对方指着雕像问："You want to be with him（你想和他一起吗）？"

小松停顿了一瞬，而后确信地点了点头。

481

……………

老周边看春晚边刷朋友圈，他一惊一乍地叫了声。

成州平皱眉："你今晚有完没完？"

"小松发朋友圈了。"老周惊喜地说，"头一回见她发朋友圈，看不？"

成州平直接伸手去接手机，老周把手抬高，就不给他看。

成州平现在虽然只剩下骨头架子了，但压制老周绰绰有余，他胳膊肘朝老周肋下一击，抢来手机。

这条朋友圈内容很简单，一行字，一张图。文字是"新年快乐"，图片是她站在教堂里的照片。那个教堂和成州平对教堂的认识完全不同，它造型诡异，材质却又很朴素，就像用泥巴糊成的一样。

阳光照在小松脸上，一侧的头发掩盖住她半边脸，她的笑容很淡。她的容貌没有变化，她的目光却变得沉重、肃穆。而她身上穿着的衣服竟还是那一年她到云南实习他丢给她用来避雨的黑色冲锋衣。

成州平的拇指在她脸上摩挲了一下，他的目光渐渐温和，与她对视。

老周抢回手机看了眼，说道："李长青闺女真是越长越漂亮了……要是他人还在，知道你跟小松在一起，你小子的腿早就断了。对了，你俩到底是谁追谁啊？"

成州平说："是我追的她。"

老周还想继续八卦，见成州平双眼幽深地盯着他，便收起自己的八卦之魂。

两人继续看电视，成州平突然问："我戒完毒，还能接着做缉毒工作吗？"

03

小松六月底答辩完成，七月份的时候，因为爷爷奶奶双双离世，匆匆回国。

她在爷爷奶奶的葬礼上见到附院的王院长，送他离开时，王院长问她打不打算去医院工作。

小松说："我打算回家了。"

王院长说："是不是不想在李选手底下受气？"

小松说："我已经和医院那边说好了，规培第二年调去云南边境支援。"

王院长愣了一下，突然正色说："小松，你知道国家培养一个你出来投入的成本是多少吗？"

小松微笑着说："我调过去的地方是我爸牺牲的地方。我一直觉得对不起他，现在我工作了，有能力偿还他了。"

王院长叹了口气："你慎重想一想，博士念出来真的不容易。"

小松语气轻松地说："我现在又不缺钱，不需要在不喜欢的地方和别人挣得头破血流。"

王院长说："你姑姑知道你要去云南支援山区了吗？"

小松说："还得麻烦您帮我劝劝她。"

做完遗产公证，李永青和小松一起回到了小松的家乡李长青长眠之处。

小松带她去李长青墓前待了会儿，然后一起去吃饭。

李永青本来想了一肚子话劝小松回去工作，最后出口只剩下一句："你和你爸真的一模一样。"

小松吸了口橙汁，说："不一样，他是为爱背井离乡，我是为了他。"

李永青无奈地笑了："真的，你要是见过他年轻时候的样子，就知道真的一模一样。"

小松说："那我比他好看。"

李永青想到自己的哥哥，年轻的时候顶多算挺拔，倒真说不上多好看。

吃完饭，小松带李永青在本市玩了三天，李永青回去后，小松正式开始了住院医师之路。

临床操作和科研完全是两码事，她有过不少临床实习经验，但真正面对病人的时候还是会不知所措。好在她学习能力强，只用了半个月时间就熟悉了基本操作，并且搞清了这家医院的人际关系。

半年来她几乎没有双休的周末，元旦她本来打算值班，三天前突然收到蒋含光的微信，他要来她所在的城市开会。

小松元旦就没有排班，请了一天假，十二月三十一号早晨，开车去机场接蒋含光。

"去哪儿？"

"我还没订酒店，要不然你收留我吧。"

小松说："那你给我住宿费吗？"

蒋含光笑她："你都是有三套房的人了，还贪我这点儿住宿费啊？"

小松说："说正经的，你到底订酒店了没？"

蒋含光静默片刻，忽然说："小松，你在海德堡，我就去海德堡，你在几内亚，我就去几内亚，你回家乡，我来你家乡，你有没有发现其中有什么规律呢？"

小松也笑了，她还和以前那个狡猾的孩子一样，不想听懂的事就装作不懂："咱们特别有缘吗？"

"说真的，你需要有人在你身边照顾。"

的确，她不是小姑娘了，医院里总有人热心地给她安排相亲，她都以工作忙为由拒绝了他们。

"我知道一家酒店，不知道符不符合你的标准，但今天一定有房，现在送你过去。"

"还是因为那个人？你回来，他来找过你吗？"

没有。他食言了。他对她的每一个承诺都没有兑现。

"小松，虽然我也是个男人，但我还是忍不住要告诉你，男人都不是好东西，如果他心里有你，就不会让你等他这么久。"

小松问："你想下车吗？"

蒋含光："什么意思？"

小松说："不想下车就闭嘴。"

…………

这天刘文昌把成州平叫到了办公室里，老周也在，他关上了办公室的门。

成州平现在仍然无法归队，他穿了身休闲卫衣，目光扫过这个封闭空间里的两个警察:"你们这是要对我进行批评教育吗?"

刘文昌白了他一眼:"坐下。"

老周说:"工作的事,有消息了。"

成州平顿了一下,坐到刘文昌对面的椅子上。

刘文昌说:"市公安宣传部,待遇比咱们队好,工作压力也不大,你过去正好负责市里的禁毒宣传。"

成州平的目光凝固在刘文昌脸上:"我不能去一线了吗?"

老周说:"刘队跑断了腿才给你弄来现在的安排,成州平,你别身在福中不知福。"

成州平说:"那我辞职。"

刘文昌脾气上来,把文件夹扔出去:"你犟什么犟?你要是我儿子的话,信不信我打死你?"他终于说出了真心话,他自己是个缉毒警察,却不希望自己的孩子继续干这个。

成州平起来,捡起地上的文件夹,放回刘文昌的办公桌上。他没留任何一句话,直接离开。

成州平这半年一直在做复健,他的身体各项功能都在慢慢恢复,虽然比不上从前,但也比最糟的时候好了不少。他去上学时进行越野跑训练的梧桐大道上跑了十公里,结束跑步,去面馆吃了碗面,回宿舍的途中接到了高远飞的电话。

"你托我的事有信儿了。"高远飞说,"边境那边一直缺人,管理相对松弛,基本上愿意上一线的都能去,你要是愿意去,我来跟刘队沟通。"

成州平的脸上终于有了笑容:"当然去了。"

高远飞狠狠地说道:"成州平,你真是条汉子,老子服气。"

成州平说:"彼此彼此。"

高远飞说:"走完程序怎么也得两三个月,你呢,这段时间就好好做复健,争取尽快恢复以前的状态。"

成州平回了宿舍,换了身运动服,去公园跑步了。他的身体想要恢复到以前的状态基本是不可能了,他只能在现在的基础上加强训练,结果是什么他不知道,也不重要。

时间一转眼到了年底,医院的排班是个大学问。工作以后,大家都在期盼新年长假,谁也不愿意待在医院过年。

小松过年不用回家——准确地说,她无家可回。她申请过年值班,除夕当天中午,蒋含光来医院找她吃了顿饭。

送她回到医院门口时,蒋含光对她说了一句话:"天气预报说,今夜有雪,这会是你们这座城市五年以来最大的一场雪。"

小松说:"是吗?"

回办公室时,她听到门里有人叽叽喳喳地在说话。

"今年支援没人报名,主任把我们都叫过去,说人家海归博士都去了,我寻思着,这不是道德绑架嘛,不就是留学回来嘛,要不是在国外待不下去,能回来工作吗?"

"人家伟大啊。"

"前两天冯姐想给她介绍对象,一听她是单亲家庭,对方就不愿意了。博士毕业又怎样,还不是没人要。"

小松推开门,笑着走进去:"我也不知道自己伟不伟大,但你们背地里说人闲话,真的挺胆小的。"

小松看着呆若木鸡的几人,决定给她们一个台阶下:"每人请我一杯奶茶,不过分吧?"

"不过分不过分。"

"冯姐上回跟你说的那个相亲怎么样了?"

"中午来找你吃饭的那男的和明星似的,你俩是什么关系啊?"

…………

生活里有琐碎但硌人的砂砾,亦有难以翻越的大山。

她喝完奶茶没多久,一个住院的病人肝癌破裂出血,主治医师立马带团队进行抢救,到了晚上十二点,病人的生命体征才稳定下来。

主治医师说:"没想到今年在手术室跨年,大家辛苦了,赶紧回去吃年夜饭吧。"

小松回到办公室,脱了白大褂,拿出手机翻了翻微信。昨天她给老周发了条新年祝福,现在还没人回她。老周不回她,她就没有旁敲侧击询问成州平状况的机会了。她坐下来,凝望窗外路灯的光晕,右手握着手机,若有所思。

天上飘起了雪,路灯下,雪花茫然无措地四处乱撞。

小松发现,人一长大就变得怯懦了。成州平始终没来找她,她也没有勇气拨打成州平的电话。她害怕拨出那通电话后,接电话的是另一个女人。她害怕他最终和其他人一样离开,回到他们应有的生活中,而她还在原地。

值夜班的赵大夫提着饭盒进来,问道:"小松大夫,你不回去过年啊?"

小松说:"要回去了,你怎么才来?"

"刚刚在门口和刘大夫聊了聊八卦,说今晚送来一个猝死的警察,听说是缉毒大队的,老婆精神不正常很久了,现在正在闹呢。"

小松浑身僵硬,目光失去焦点,站起来的瞬间,她身上的重量好像消失了一样。

"小松,没事吧?你吃点儿东西吧,别低血糖了。"

小松终于知道她在怕什么了。她怕成州平最终像他的父亲那样离她而去,她怕他们之间最终还是有始无终。

"赵哥,他们人呢?"

"什么?"

"送来的那个警察。"

"不知道,我来的时候看了眼,他老婆拦在急诊门口,不让把人往太平间拉,非说人还活着。"

小松手机也没带,茫然无措地走向急诊,隔着很远她听到女人尖锐的声音,她鼓起勇气抬起头,见闹事家属是个四十多岁的中年妇女,她如释重负。

她回到办公室,拿起手机,穿上羽绒服。赵大夫见她要走了,说:"今晚雪下得特别大,你开车注意。"

小松探身看了眼窗外,漫天飞雪,在这座城市很少见。

被雪花包围的路灯下,一个男人如同雕塑般一动不动地站在那里,只有当他呼出白雾时,那些缓缓散开的白雾才证实他不是静止的。纷飞的大雪里，他身上那件黑色冲锋衣变成了灰蒙蒙的颜色。

当那个人出现在小松视线中以后，她没有让自己有多一秒的思考，几乎是条件反射地跑出了大楼。

她在门诊大楼的屋檐下面停住脚步，那个人背对着她，她唯恐自己认错人了。他的背影像他，又不像他。可她并没有犹豫，呼喊出了那个名字，那个在每一个日升月落时都会出现的名字。

她看到那个人的身影明显顿了一下，即使他没有转身，她也知道是他。风雪袭来之际，所有人都急着跑进屋子里躲避风雪，只有她朝着截然相反的方向不顾一切地奔去。

漫天飞雪里，成州平的身体被小松紧紧抱住。这个拥抱诉说了一切——那些无法抵挡的思念，当然还有爱意。

小松的呼吸变得沉重，她额头紧紧贴着他的背，唤着他："成州平。"

头顶那盏伶仃的路灯像是为他们而破例团圆的月亮。若非雪花漫无目的地飘舞着，这一切几乎是静止的。

成州平仰起头，长长地呼出一口气，雪扎进他的眼睛，他眨了下眼，平静地说："老周没了。"

小松错愕地松开成州平："成州平……今晚送来急诊的人是周叔？"

成州平的声音听上去没有任何的悲伤，他只是在陈述一件事："他连轴转了一个月，今晚出事的时候他还在写文件。"

在他说话的时候不禁低头看了眼，小松右手手腕上戴着一块精致的银色女式手表，而不再是当初他送她的那条红手绳。他转过身，正面朝向小松，低头看她："你怎么还是这样莽撞？"

小松无法分辨他这句话是寒暄还是逃避。也许时间真的起了作用，他身上有了一种独特的凝重感。小松不敢轻易触碰，因为他给她的感觉，好像一碰到他他就会破碎。

小松说："你该休息了……我开车送你回去。"

成州平说："不用了，我得留下来处理老周的后事。"

小松低着头，不知道该说些什么，就在几十分钟前，她还在等待着老周的新年祝福："成州平，你要是需要帮助的话，随时找我，我的手机号还是原来那个。"

成州平催促说:"你快回去过年吧。"

小松仍无法相信老周离开的事实,成州平催她走,她便失魂落魄地沿着马路向前走。

医院的夜晚是这样安静,小松盲目地向停车场的方向走去,脚下突然踩空,差点儿滑倒。小松双手平衡了一下身体,在地面站稳后,不知怎的就回了头。她的目光落在成州平身上。

他还站在刚才的地方。小松不知道是不是自己看错了,在她目光看过去的时候,他转过了身,避开她的目光。她无法面对此刻复杂的情况,只能转过身,继续走向停车场。

片刻后,成州平看着一辆黑色的越野车从停车场开出来,车灯刺目,他一直看着那辆车离开医院。

他颓废地向后靠在路灯杆上,身体慢慢下坠,最后他直接瘫坐在了地上。他不知道为什么一切会变成这样,他要是早知道的话,当初一定不会为了立功去抓傅辉。如果不是他一意孤行,老周不会累倒,他也不会没有向她走去的勇气。

成州平胡乱地抓着自己的发茬,嗓子里发出一声无助的嘶吼。这个坚忍不屈的男人,此刻像一个做错事被遗弃的孩子,无声地痛哭起来。

第二十七章

李狄松和成州平

01

当年李长青的葬礼是老周负责,现在老周的葬礼由成州平来负责。

同一个殡仪馆,十年前哭李长青的那拨人十年后哭老周。成州平和十年前一样,没有哭。

中午的时候,老周的遗体被送去火化,成州平没有去。他坐在一个大花圈底下,转着手中的烟盒。

从这一天起,他才觉得自己是个男人了。以前老周在的时候,他再累、再疼、再浑都有任性的资格,而从此以后,没有别人为他负责了,他永远地失去了他的领导、战友和父亲。

小松送来了花圈,她本来请假了,但早晨突然被叫回医院跟手术,她到殡仪馆的时候,老周的尸体已经被送走了。

在殡仪馆的走廊里,她看到了一个小女孩,她走过去,问那个女孩:"你怎么一个人在这儿?"

"我觉得,我只要一进去,我爸就死了。"

十年前李长青的葬礼上,她没有哭,可是这个女孩的一句话忽然让她泪流满面。

小松说:"你是乐乐吗?"

女孩点点头。

小松说:"我是你爸爸同事的女儿。"

"我知道你要跟我说什么,我会坚强的。"

小松抱了抱这个女孩,说道:"你不需要坚强。"

"你怎么跟别人说的不一样啊？"

"因为人们是无法真正理解他人的，他们总是让受伤最多的人学会坚强。但是如果你非要给自己的坚强找个理由的话——"她顿了顿，说道，"你只有比别人更加坚强，才能捍卫自己脆弱的权利。"

她的话，也许别人不懂，却直达女孩的内心。听到她的话，女孩突然哭了起来："姐姐，我是不是没有爸爸了？"

"他一直都在，只要你还记得他，他就一直都在。"

和女孩告别以后，小松还想继续往前走，可是在殡仪馆的门口，她看到了成州平。也许她应该上前拥抱他，可脚似灌铅般沉重，她想到那夜在医院他的退避，她怕再一次看到他那个样子，于是转头离开了。

到了车上，她再也忍不住，痛哭起来。

和她一起来的蒋含光看着她哭，像哄小孩一样说："别哭了，再哭的话，我就要被珍珠砸死了。"

车上的纸巾用完了，小松突然推开车门，蒋含光惊呼："你去哪里？"

小松说："我去买纸巾。"

蒋含光说："我去吧。"

"那你去吧。"

蒋含光对这座城市并不熟悉，他下了车，四处张望寻找可以买纸巾的地方，就在视线转到殡仪馆门口的时候，他看到一个男人正在那里抽烟。

是那年在病房欺负小松的男人。

他也不知道为何自己记了对方这么多年，也许因为这个男人身上本来就有些与众不同的地方，也许因为小松和这个男人在一起时呈现出来的样子和平时截然不同。

蒋含光联想到刚才小松的哭泣，自然而然地认为小松的眼泪是因为这个男人。一股莫名的怒火涌上心头，他朝那个男人冲过去，揪住对方的衣领。

成州平下意识地以为对方是来寻仇的，他正要动手，只听对方说："你把小松怎么了？"

成州平听到声音，这才缓缓地想起对方是谁——陪她出国的男人。他拿掉烟，冷笑道："你说呢？"

蒋含光恶狠狠地说："你再敢靠近她，我饶不了你。"

成州平漠然地说："不用我靠近她，她自己会跑过来的。"

自己如此珍视的女孩被对方污蔑，蒋含光彻底被激怒，一拳打到成州平的脸上。

成州平当然不会任他打，正要还手，蒋含光怒吼道："她出国的时候你送过她吗？她一个人在非洲隔离的时候，你找过她吗？你从一开始就根本没想和她好好过，一直拖着她，你算什么东西？"

他没想过吗？他没想过吗？他想过和她好好过，只是他搞砸了一切。

成州平放弃还手，蒋含光这次直接一拳砸到他肋下。

几个抽烟回来的警察看到成州平在挨打，立刻冲上来："你这是袭警知不知道？"

蒋含光第一次知道他的职业，但这并不是他让小松等这么多年的理由："你算个什么东西？"

是啊，他算什么东西？一个吸毒家庭出来的孤儿，一个染上毒瘾的缉毒警察，一个拖了她这么多年的人渣，当她人生的路越走越宽阔的时候，他凭什么成为她的拖累？他算什么东西？

老周死了，缉毒大队的小警察们本来心里就悲愤，蒋含光动了手，正好给了他们发泄的机会。

小松等不到蒋含光，见蒋含光手机放在车上，她拿起对方的手机，下车去找人。在殡仪馆门口，她看到一群人吵闹不休，从他们交错的身影里，她辨认出了蒋含光。

小松立马跑过去："你们在干什么？！"

这些警察都是在成州平之后来的，他们不认识小松，一个警察说："是这人先找麻烦的。"

小松十分清楚蒋含光的为人，如果不是逼不得已，他不会把时间花在争执上。她扬声问："好端端的，他为什么要找你们麻烦？"

"你少管闲事。"

小松注意到柱子旁靠着的男人，他像个旁观者一样抽着烟。她冲过去，严肃地说:"成州平,到此为止吧。"

靠近了,小松才看到他颧骨上的瘀青。

成州平弹了弹烟灰,说:"我管不了他们。"

"你不管是吗?总有人能管。"她拿出手机,大声说,"你们再不停手,我就报警了。"

其中有个最为悲愤的警察大喊:"你报警啊!老子今天就算被开除,也要出这口气。"

他私心想让她看清楚,他是个什么样的人。偏执、懦弱、自私,他从来配不上她的勇敢。可是老周走后,他再也没有意气用事的资格。他怕小松追究到底,影响到其他同事的正常工作,于是说:"行了,他没伤着我,你们走吧,这事就此结束。"

"成哥,是这人先欺负人的,咱们怕啥?"

"我说行了。"成州平说,"让他们走吧。"

"不能就这么算了。"蒋含光突然说,"我要起诉你们。"

一个警察说:"你没事找事,还有理了?"

成州平看到小松没有阻止蒋含光,也许在她心里,也认为他是错的。他无所谓道:"反正你要告我们,不多揍你几下,我多吃亏。"

"你有完没完?"小松说。

成州平冷漠地一笑:"他才挨几下,你就心疼了吗?"

小松扭头走到蒋含光面前:"我们报警。"

刘文昌出来打电话,看到眼前这幕,冲上来:"你们在干什么?"

"刘队,是对方先对成哥动手的。"

"事情传出去,别人会管是谁先动手的吗?"

刘文昌教训成州平说:"他们刚进队没多久,但你干这个十几年了,也不知道后果吗?"

成州平说:"行了,我们认错。以多欺少,对不起,这位先生。"

刘文昌对小松说:"小松,大家都是熟人,有什么误会是解不开的?这事你就看在我的面子上,算了吧。"

小松不是当事人,无法替当事人做决定。她看向蒋含光,说:"你不

493

用顾及我。"

蒋含光说："既然你认识他们，我要是报警，就是为难你，这事到此为止。"

刘文昌松了口气，给彼此介绍说："小松，这是成州平，以前是你爸的徒弟，他和你爸一样，是我们队的骄傲。成州平，小松是你师傅的女儿，人家是海归，现在在省医院工作。"

"是吗？"成州平像一个陌生人一样向小松伸出手，"李大夫。"

这十年，雪一程，风一程，终化为乌有。

小松没有去握他的手，她目光如刀，扫过他黑沉的眉目："刘队，我们先走了。"

她拉着蒋含光的胳膊回车上。

看着两人的背影，一个警察不满道："刘队，是那人冲上来为难成哥的，咱们怕什么？"

刘文昌瞪了他一眼："行了，还没完没了了。"

"什么叫没完没了？你没见那姑娘是怎么跟成哥说话的，跟成哥欠她似的……"

"她爸是我的同事。"刘文昌似乎想快点结束这个话题，他看了成州平一眼，"你也是能忍啊，一直忍到老周走了才闹事。"

成州平没有向刘文昌辩解，这次并不是他主动惹事的。

刘文昌认了，他发现他们队里，李长青能管住成州平，老周能管住，就他不能："刚刚高远飞打来电话，他那边文件都下来了，你一个月后去边境缉毒所报到。"

"收到。"

刘文昌并不满意这个结果："老子老脸豁出去给你往上调你不去，我看你能在那儿待多久。"

虽不如意，但这是成州平能为自己争取到的最好的结果了。他尽力去争取过，所以并不觉得委屈。

小松先带蒋含光去医院做检查，一看检查结果，蒋含光便冷笑道："这帮人真会来阴的。"

小松说:"蒋先生,你也是三十好几的人了,怎么还学中学生打架呢?"

蒋含光说:"你为什么不告诉我那个人是警察?"

小松说:"有区别吗?"

"小松,你只是把对你父亲的遗憾转移到了那个人身上了,抛开你父亲的因素,你并不需要他。"

小松淡淡一笑,简单地否认了蒋含光的话:"和我爸无关,我需要他。"

"那他需要你吗?"

小松一心一意只关心自己的内心,很少关注其他人的想法,蒋含光的话提醒了她。

成州平需要她吗?她不知道。他们分开太久,经历太多,她无从得知。

离开医院,小松开车送蒋含光回酒店。她拒绝了蒋含光的晚餐邀请,她想,自己今晚有一些更重要的事要去做。

她回到家里,发现刘文昌给她发了条微信,询问蒋含光的伤势。

小松回他:"我们去医院做过检查,已经没事了,不会再追究。"

刘文昌:"成州平因为老周的事情绪起伏大,不要和他一般见识。"

小松清楚刘文昌其实是在替成州平说话。她的手指迅速输入:"他现在在哪里?"

刘文昌虽然不知道她为什么这么问,但想到有李长青的关系,二人也不会闹得太僵,便回复:"他下个月工作变动,今天兄弟们为他饯行,刚出警队。"

小松:"方便问他调去哪里吗?"

刘文昌:"云南,具体地点不好透露。"

小松:"谢谢刘队。"

小松倒在床上,睡了一觉。这一觉她睡得格外踏实,醒来的时候,是晚上九点十分,她没有开灯,而是拿起手机,打开拨号界面。

她试图拨通那十一位数字,按了三位数,发现自己忘记了。唯一知道

495

她和成州平相识的老周也不在了,她只好又去找刘文昌,从刘文昌那里得知成州平今晚在汽修行。汽修行是缉毒大队的娱乐基地,十年前的时候叫宏达汽修,现在已经更名了。

小松翻开衣柜,找了一件淡黄色的衬衣、一条紧身牛仔裤换上。她花了十几分钟化了个简单的妆,拿上车钥匙出门。

去汽修行大概三十分钟,她拿驾照没多久,开车慢,花了四十分钟,到那里的时候已经晚上十点半了。她从外面看到里面亮着灯光,敲了敲门,没人应她,便自己推门进去了。

汽修行的装潢十年如一日,里面还是有一股浓浓的烟酒味。小松脚下踢到了什么东西,她低头一看,是一个啤酒瓶。

她听到里面那个房间里有人在埋怨:"成哥,今天你为什么跟那两个人道歉?"然后她听到成州平懒散的声音:"别想了,打牌吧。"

小松深吸了口气,敲了敲房间门。

"是不是小曹买酒回来了?"说完,那人单手开了门。

看到小松站在门口,他们都提起警惕。

屋里除了成州平,还有三个警察。小吴说:"白天你们说了不追究,不会出尔反尔吧?"

"要是出尔反尔,也用不着跑这里来找你们。"小松觉得好笑地说,"我来找成州平。"她站着的地方正好是成州平的背后。他坐姿松弛,一手拿烟,一手拿牌。她清楚地看到了成州平手上的牌,他的牌很烂。

小吴瞥了眼成州平,眼神变了意味:"成哥,找你的。"

成州平说:"先打完这局。"

小松问:"有地方让我坐吗?"

成州平回头,他的目光在小松紧致、修长的双腿上扫了眼,拿烟那只手点了点自己的大腿:"坐这里。"

其他三人都笑了起来。

"成哥,你怎么敢跟医生耍流氓呢?"

成州平看着小松,慢条斯理地问:"你来说,这算耍流氓吗?"

小松看到成州平旁边有一个凳子,她走过去坐了下来,同时说道:"成州平，我要结婚了。"

02

屋里除了成州平和小松，还有三个年轻警察，他们再没眼力见也看出来成州平和小松认识了。不认识的话，她干吗大晚上跑过来告诉成州平她要结婚了？

成州平并没有回应小松的话，她的话冷在空气里，其中一个警察立马反应过来："李大夫，恭喜啊。"

那个警察刚说完"恭喜"，成州平便扔出一张黑桃A，那是他手上最大的一张牌。他扔完牌，亦轻描淡写地说道："恭喜你。"

小松不知道是不是因为自己那句话让屋里氛围突变，其他人都没出牌压制成州平。成州平竟然在一手烂牌的情况下赢了。

小吴站起来："李大夫，你也来一局吧。你喝什么？我去给你拿饮料。"

小松说："水就行了。"她坐到小吴的位子上，和成州平正好是面对面。

见到她老练地摸牌的样子，成州平和另一个警察都默认她会玩。

其实小松没有玩过斗地主，只不过棋牌游戏的规则大同小异，刚才她看他们玩了一局，差不多就摸清规则了。

这一局，还是成州平拿地主。

和她组队的警察叮嘱她："成哥套路可多了，你得小心点儿出牌。"

小松说："出吧。"

进了牌局，她无暇去想别的事。这把成州平一直压制着他们，眼看他只剩两张牌了，她出了张大王压制他。

终于轮到她出牌了，她先出光了手上的顺子牌。她旁边那小警察的牌比她的还烂，一直过过过。

小松剩下三张单牌，分别是黑桃K、梅花2、红桃3。

而在已经出过的牌面里，不见小王。她想起之前的轮次，成州平出2的时候，她的队友并没有出牌。也就是说，现在场上最大的牌——小王在

497

成州平手上。成州平手上就两张牌，只要他出小王，不管怎样她都会输。

小松凝神思考了片刻，拿出一张黑桃 K。她的下家队友立马出一张黑桃 A。

轮到成州平出牌了，他说："过。"

小松出了梅花 2。

队友："过。"

成州平扫了眼她出的牌："我也过了。"他没有打出那张小王。

小松脸上出现一抹讽笑："懦夫。"

两个男人同时看向她。

她抬头，淡淡地扫了眼成州平："不好意思，说出心里话了。"她甩出最后一张红桃 3，赢了。

队友伸了个懒腰："打了五个小时，颈椎都快断了。"

这时另外两个警察回来，小吴喊着说："我们打算点烧烤，李大夫，你要一起吃吗？"

小松摇摇头："我晚上要回一趟医院。"

"看人家多敬业。"

小松说："我休假，只是把包落在医院了，我的证件都在包里，要回去取证件。"说完，她站了起来，接过小吴递来的水，说道，"谢谢。"

说罢，她看向成州平，他正在无所谓地点烟。她站在摇晃的吊灯底下，说道："成州平，明天上午九点，高科区民政局，记得带身份证和户口本，别迟到，迟到了我不等。"

成州平点烟的手明显顿了一下，打火机的火苗擦过他的手掌。在一屋子人惊诧的注视下，他只是轻轻点了下头。

小吴说："成哥，不送一下李大夫吗？"

小曹啧了一下："叫什么李大夫啊？多见外。"

小松说："算了吧，他喝酒了，谁送谁还说不定呢，你们别玩太晚了。"

小松走后没多久，烧烤外卖到了，正打算开吃的时候，成州平突然站起来："你们吃，账算我的，我先回去了。"

"成哥——"

成州平已经直接拎起夹克离开。汽修行离他们宿舍不远,他在黑夜中踽踽独行。

成州平打通刘文昌的电话。

刘文昌接到电话,立马问:"是不是不想去云南了?"

"不是,我明天要用户口卡。我是单位的集体户口,明天找谁拿?"

"什么事啊?"

"结婚。"

刘文昌正在睡觉,糊里糊涂的:"哦,啊?明天早晨去我办公室拿吧。"

成州平回到宿舍直接睡了,第二天早晨,他六点起来,洗了澡,刮了胡子,折腾完已经七点。派出所八点上班,他去早了没用。他在房子里玩了会儿握力器,手臂一张一合间,有一股剧烈的不安感汹涌地冲击着他的头脑。

成州平将握力器重重一摔,回到衣柜旁边。他从柜子里拎出旅行包,拉开拉链,然后从里面拿出一个不大不小的黑色抽绳袋子。解开袋子抽绳,里面有一个简单的包装盒,打开盒子,一只银色手镯在尘封已久后终于重见天日。

去年从戒毒所出来,他回了趟老家拜祭成老爷子,老爷子家里的宅基地、田地都被他姑姑拿走了。他不在那里生活,这些对他来说无所谓,他唯一争取的是这只祖传的镯子。

银色手镯一直被他放在盒子里,从未见天日,可它的光泽并未减退,就像这一段被时光封存的感情。他把镯子从盒子里拿出来,抽出里面的海绵垫,一张褪色的照片飘落在地。

照片还在。

成州平弯腰捡起那张照片。照片是在夜里拍的,像素很差,一片漆黑和模糊中,只能勉勉强强看出两个人的轮廓,一个是他,一个是小松。

他去广西之前,在高铁站送完小松,看到高铁的广场上有打印照片的机器,就把他们在元旦夜里的合影打印了出来。

成州平小心翼翼地把照片放回盒子里。

499

差不多七点半的时候,他去队里等刘文昌。

刘文昌八点准时上班,他气冲冲地朝成州平走去:"我问你,你结什么婚啊?上哪儿结婚去?怎么突然要结婚了?跟谁结婚?"

成州平说:"李犹松。"

刘文昌:"你俩不会昨天见了一面就看对眼了吧?"

成州平说:"对啊,一见钟情,服气不?"

刘文昌说:"成州平,你想清楚了,你现在一心想去云南,以后和人家分居两地,不是耽误人家吗?"

成州平也不知道未来是什么样的,可是,他知道这次再抓不住机会,下一次他绝对不会这么幸运:"户口卡能给我吗?"

"这个得去所里要,待会儿我打个电话说明情况,让他们送过来。"

所里的人送来户口卡的时候已经八点十分了。

成州平拿着户口卡就要离开,刘文昌叫住他:"成州平,你马上就要离开我们队了,我有句话想对你说。"

刘文昌拿起了领导架势,说个话一波三折,成州平都快急死了。但做他们这一行,彼此间多说一句就少一点儿遗憾。他说:"刘队,您说吧。"

刘文昌突然站起来,向他敬了个礼:"成州平同志,我们队的金色盾牌上你才是最硬的那块,我期待再次与你并肩作战。"

成州平也立正,朝刘文昌敬礼。

他打车去民政局,又碰到节后的早高峰,他让司机师傅把车停在路边,他一路狂奔到民政局。

今天是节后第一天上班,民政局里排了百余米的长队。成州平从头开始找小松,他一张脸一张脸地确认,生怕错过她。可是没一张脸是她。

他的心渐渐冷却,却又不甘心。他拿出手机,拨出她的手机号——那串烂熟于心的数字。这些年,让他能够倒背如流的数字,一是他的警号,二是她的手机号。

"喂——"

"成州平——"

"你在哪里？"

"成州平，你听我说——"

"嗯。"

"昨天晚上，我回家的时候去给车加油，自助加油的机器坏了，我没看到工作人员，就一直等他们过来，一个穿着加油站衣服的小哥终于来了，我把我的加油卡给了他，他告诉我卡里没钱了，我需要充值，我就打算用微信充，结果他告诉我他们加油站只能用他们的POS机充值，他就拿来了一个POS机。"

成州平担心地问道："你被诈骗了吗？"

"不是，我充了值，给车加满油，就去医院了。昨天晚上我们科室居然没人值班。"

"那你昨晚加班了？"

"没有，我请了四天假呢，又不是我值班。"

"然后呢？"

"然后我就看到了我的包，它就在我的办公桌上，我就拿出包检查了一下，我的身份证果然在包里。之后我就背着包回了车上。"

成州平知道这段故事还很长。他的声音慢慢有了笑意："没出意外吗？"

"我居然很顺利地回到了车上，然后就开车回家，不是快要正月十五了吗？江边全是花灯，好漂亮。"

"这么巧，昨天晚上我也看到了。"

"我停下来拍了张照，又继续开车回家，到了楼底下，我想起把包落在车上了，又回车上取了包，上楼的路上我就一直在想，包落在车上就落在车上吧，反正也没什么必须带回家的东西。然后我就到家了，我洗了澡，敷了面膜，又找了件白衬衣，毕竟今天是这么重要的日子，穿白衬衣正式一点儿。"

成州平终于知道她想要表达什么了。他瞥了眼望不到头的队伍，问："你起床了吗？"

"一接到你的电话我就起床了。"

成州平说："我也刚到，今天排队的人太多了，估计排不上。"

"你别骗我,今天是工作日,怎么会人多呢?"

"谁骗你了?我拍张照片,你自己看。"

"那你用微信发给我吧,总是发短信多麻烦啊。"

"嗯,你把微信号给我,我加你。"

没几秒,成州平就收到她的短信,她发来的是自己的微信号——lysczp。她看起来很独立、很骄傲,感情里,她不会是吃亏的人,可那些小女生在恋爱中普遍存在的心思,她也有。

这是成州平第一次看到这两个名字一起出现,李犹松和成州平。这也是他第一次看到自己的名字出现在别人的生活里。隐姓埋名的十年,有她记着,何尝不是一种胜利。

成州平挂断电话就给小松发去了微信好友申请。

小松点击通过。成州平的微信很简洁,简洁得像一个假号。除了一个名字,什么也没有,没有头像,没有朋友圈,没有介绍。

她咬着下嘴唇,想了片刻,给他发了一条消息:"你来我家。"

说完,她便发了地址过去,还是兴和嘉园——十年前,她十八岁的时候,他第一次见她,送她回去的那个地方。

成州平不是本地人,毕业以后一直住宿舍,很少去别人家里。在这座城市,他第一次和第二次前往别人的家都是来这里。他还记得小松家的具体位置,小松打电话告诉他门牌号的时候,他已经在她家门口了:"你来开门。"

小松对着电话说:"你等一下。"她快速地换上一件淡蓝色棉裙,赤脚踩在地板上,打开门。

成州平手上提着早饭,站在门口。

他看她的时候,她也在看他。这一刻,什么将不将来的,他们根本无暇思考。

小松踮起脚抱住他,她的脸深深埋在他的颈窝。

成州平单手抱住她的腰,将她推进门里,随手关上门。他没有先吻她,而是紧紧抱住她,像是试图拼合起自己的另一半身体。

小松捧住他的脸,热切地吻着他。她脱掉他身上的衬衣,解掉他的腰带,抚摸他身上狰狞的疤疤。

九年卧底不见归期,他不觉得委屈;一个人躺在病床上不能言语,他不觉得委屈;在戒毒所无人问津,他不觉得委屈;老周去世,他不觉得委屈。他自己选的路,头破血流也要走下去,没有委屈可言。可当他终于重新拥有她的这一刻,忽然感受到莫大的委屈。

小松叫着他的名字,一遍又一遍。

成州平掌住小松的后脑勺,把她的脸往自己肩头压,哽咽道:"我在,小松,我在。"

终于,他回应她了。

十八岁到二十八岁,是一个女孩成为女人的必经之路。小松的这十年,和其他人相比,其实也没什么不同。非说有什么不一样,无非就是她比别人更偏执一点儿。

相见无期时,她也有过"放弃吧"这样的念头,可每当太阳再次升起的时候,她便想到在这个世界上少有人知的一角,阳光正在照亮某座雪山,那些跋山涉水为它而来的人若是错过了它,该有多少遗憾。

小松亲吻成州平的眉心、鼻梁、嘴唇:"成州平,这是我给你的最后一次机会,没有下次了。"

03

小松洗完澡回来,发现成州平躺在沙发上睡着了。她把他们两个人丢在地上的衣服捡起来,一起扔进洗衣机。

她坐在单人沙发上,托着腮,心想,早知道就不换衣服了。想着想着,她也困了。她蜷在沙发上睡了一觉,醒来时,人在卧室。

窗帘没有拉开,天昏地暗,分不清是什么时候。小松以为自己只是做了一场梦,她茫然地下床,走到客厅,家里并没有另一个人的身影。

她坐在沙发上,沙发也是冷的。她心想,不应该是这样的,自己从来没有出现过精神方面的问题。难道是工作压力太大,导致出现了幻觉?

口干舌燥的她拿起茶几上的玻璃杯,喝了口水,放回水杯的时候,她

503

发现自己手腕上多了一只银色手镯。光照过来的时候，它闪烁着冰冷而孤傲的光泽。

小松拿起手机，窝在沙发上，正打算发微信问成州平在哪里，他就发来两张照片。

czp："哪个？"是两款戒指的样式。

lys："你猜啊。"

czp："不买了。"

不识趣。

小松出国的时候，成州平把所有的存款都给了她。她不用问也知道成州平现在兜里肯定没钱。于是她发送："左边的，朴素一点儿，和手镯更搭。"

半个小时后成州平回来，把戒指戴到了她手上。

那两枚戒指他都没有选，而是选了更贵的一款。他对这些东西的了解少之又少，唯一的概念就是贵的一定好。他可以委屈自己，但不能委屈这个要继承他抚恤金的女人。

虽然这枚戒指的价位超出了小松的心理预期，但她还是心满意足地说："这些都不重要。"

成州平觉得她是心口不一。他搂住她的腰，手掌贴在她紧俏的臀部，把她往上抬了抬："那什么重要？"

每次她叫他名字的时候，他都能回应，这个最重要。她贴近他的脸，用目光扫描他脸上每一道细纹，看多少次都不厌烦。

成州平低头，额头抵着她的额头，凝望着她眼中幽静的笑容，他眼底清光晃动。

对视良久后，成州平低下头，舔吻着小松的颈窝，哑声问她："想我了吗？"

"这么明显，你看不出来吗？"

成州平一边压着她吻，一边说："看不出来。"

小松说："成州平，我不敢想你。但凡我多想你一次，可能就忍不住给你打电话了。"

"两年前，你给我打过一次电话，为什么？"

是在非洲的时候，她以为自己感染活不了的那次。

小松被他吻得有些透不过气来，她推成州平的头，手里摸到一截凸起的伤疤："因为那天我格外想你，所以没能忍住，给你打了电话。成州平，那天你为什么没有接我的电话？"

"你怪我吗？"

小松摇了摇头，又点了点头。

成州平从她胸前抬起脸，声音一贯地吊儿郎当，目光似乎要将她的心洞穿："怪还是没怪？"

小松："你就没有点儿自知之明吗？"

她冷冽的目光洞察成州平的内心。他抿了抿唇，脸上出现一抹愧疚。他静静地看着小松的眼睛，很久很久，终于说了一句话，却是答非所问："那天晚上，我梦到你了。"

小松看着他，忽然粲然一笑："这么巧啊，那天我也梦到你了。"

关于那个生离死别的夜晚，就这样被他们简单带过了。

他们没有向彼此诉说那些以为此生将永别的艰难时刻，于他们而言那丝毫不重要。重要的是，在生命的夹缝里，他们紧紧抓住一闪而过的机会向彼此走来，这就足够了。

"小松，我不能骗你，我染过两次毒瘾，戒过两次，一次两个月，一次半年，但我向你保证，我以后绝不会再碰。"成州平的情绪忽然剧烈起伏，"小松，你看着我，我真的能向你保证。"

"成州平，你不用向谁保证，你要永远相信自己。"小松也说不清未来会是什么样，可她知道，不论成州平跌到多深的地方，他都会自己爬上来。因为本质上，成州平和她是同样的人，那么痴，却那么勇。她相信自己，所以也相信他。

小松抱住成州平，他们紧紧相拥，而在她温柔的拥抱中，成州平的目光终于再次坚定。

临睡前，小松问成州平："成州平，你定几点的闹钟？"

"六点，早吗？"

505

"有一点儿。"

"那我定七点半的。"

"成州平,明天我们是不是得早点儿去民政局?"

成州平说:"你后天上班吗?"

小松说:"我请了四天假,后天是最后一天。"

"那后天,后天人少。"

"为什么不能明天?"

"我问民政局的人了,他们说这两天人最多,后天没人,连预约都不用。"

"成州平,你吓死我了。"

"你怕什么呀?"

"成州平,我以为你为了工作和别人结婚了。"

成州平把她的头往怀里一按:"睡觉吧。"

过了半小时,两人都没睡着。

小松靠在成州平肩膀上,问他:"成州平,那我们明天干什么?"

"你想去爬山吗?"

"是不是得早起啊,成州平?"

"嗯。"

"成州平,那我们是不是得早睡?"

"嗯。"

"那我们现在是不是已经算晚睡了?你说是不是啊,成州平?"

"你是不是不想去?"

"成州平,你不会后悔了吧?"

"后悔什么?"

"后悔和我在一起啊。"

"你是不是没事找事?"

"成州平,你是不是想和我吵架?"

这夜他们你一句我一句,说了一夜废话。直到天光透进屋子的那一刻,依然没能填补完这些年的空白。

两个人各自都很自律，但是只要他们在一起，"自律"这个词就和他们彻底无关。

他们在家里宅了一天后，终于到了领证的日子。前往民政局的路上，是成州平开车。

小松问他："车开得顺手吗？"

成州平看她这豪爽的气势，便调笑她："你要把车送我吗？"

小松说："当然不可能，不过，车是用你的钱买的。"

成州平怔了怔："你知道那些钱是我给的？"

小松得意地瞥了他一眼。他有什么心思是她看不透的。

路上成州平一直心不在焉，到了民政局，今天没有人排队，他们是唯一在今早来办理的新人，因为这天没有任何纪念意义。

到了门口，小松用手指把成州平的嘴角往上推了推："待会儿拍照，记得要笑。"

成州平若有所思地点头。

小松大步走入业务厅，成州平忽然拉住她："你再想想吧。"

不但小松回头了，工作人员听到这话也都抬起头，向他们投来目光。

"我下个月就去云南了，之后会长期在那里工作。"

民政局的业务员对这种情况见怪不怪，好多新人都是到领证前一步才发现对方有很多秘密，然后闹得不欢而散。

小松说："我知道啊，你去哪个地方？"

成州平说了自己即将去工作的县城名字。他话音才落，小松便接到一通电话。

成州平听出来是有人要去她家看房。他问小松："你要卖房？"

小松点头说："嗯，中介下午去看房。我今年下半年要去我爸走的地方支援，没打算回来，就想卖了这里的房，在昆明买个大一点儿的房子。"

"什么时候决定的？"

"我回国之前就这么打算了。后来我听刘文昌说，你也要调去云南，我就想，一个人确实有点儿寂寞，还是得找个人一起过。"

成州平觉得，好像不论他们怎么做选择，最后还是会相遇。也许，这就叫作命中注定。

小松说："没想到我们又碰一起了，成州平，我们真有缘。"

成州平轻轻笑了："是啊，邪门了。"

工作人员听得一愣一愣的，这两人到底熟不熟？上一次见这么不靠谱的新人，还是两个刚到法定结婚年龄的学生，这两人看起来可不像是学生。

小松走到工作人员面前："我们要结婚。"

"材料带齐了吗？"

为了方便，他们两个人的证件材料都装在小松的包里。小松说："带齐了。"

工作人员说："你们先去旁边填写声明书吧。"

工作人员把《申请结婚登记声明书》给他们各自分发一份，两个人坐在椅子上，先填写完自己的部分。

小松拿出两人的身份证，她把自己的身份证放到成州平面前，然后拿起成州平的身份证。

本来整个过程双方是没有交流的，看到成州平的身份证，小松音调都变高了："你是少数民族？"

成州平说："我是白族人。"

"啊？"

"你不能跟少数民族的人结婚吗？"

"能，当然能。"

工作人员听着他们两人的对话，越发觉得不靠谱。哪有结婚当天女方才知道男方是少数民族的？

小松龙飞凤舞地填完声明书，交给工作人员。工作人员年龄比她还小，说："李小姐，婚姻是庄严神圣的，请你们务必认真严肃地对待它，而且，离婚手续很麻烦，你考虑清楚了没有？"

小松扭头把问题抛给成州平："你考虑清楚了吗？"

成州平没想过自己会这么早结婚，或者说，没想过自己能结婚。小松和他一样。

他们如此相似，却又截然不同。他总在退缩，她总在进攻。他也想为她勇敢一次。

成州平说："李犹松，我想跟你过一辈子。"

办理业务的小姑娘看到小松眼中天真的笑意，真想告诉她，很多男人到这个地方都会说这句话，这句话没有任何分量。

小松对小姑娘说："我们都考虑清楚了，我们要结婚，我和成州平想要和对方共度余生。"

"你们俩带照片了吗？"

小松说："我们现场拍。"

小姑娘说："我先审核材料，我同事会带你们去拍结婚照。"

一个拿着单反的男孩走过来，说："你们跟我来吧。"

他们站起来，跟着男孩走向拍照的背景布。

一张简陋的红布上挂着庄严的国徽。

小松提醒成州平："这可是咱们第一张正式合照，你记得笑啊。"

成州平点头："我尽力。"虽然这么说，可当镜头对准他的那一刻，他还是下意识地沉下嘴角。

摄影小哥说："新郎笑一笑。"

成州平僵硬地勾了勾嘴角。摄影小哥说："新郎笑得再开心一点儿。"

如果不是结婚，成州平已经甩脸走人了。

在登记台挡着的部分，小松悄悄用手指戳了一下成州平的腰窝，成州平的笑容渐深，唇边的纹路深陷，他笑起来的时候眼睛清亮，有点儿邪气。

摄影小哥说："哎，对了……一、二、三……哎？新娘你怎么哭了？要是不愿意，现在反悔还来得及。"

小松也被这些工作人员整烦了，她催促："你快点儿拍吧，后面还有人排队呢。"

在镜头对准他们的那一瞬间，在快门被摁下的那一瞬间，在时间定格的那一瞬间，小松在心中默默说道：

我有我的心之所向，成州平有他的命之所至。

他忠于他的金色盾牌，我忠于我的白色铠甲。

生活是野蛮荒地，每个人都在茫茫无际中前行。

无人听说我们的名字，无人见证我们的故事。

我们无法像别人那样牵手、散步、约会。

可是，如果非要我说些什么——

我想，我愿意。

因为我和成州平，我们会永远忠于自我，也忠于彼此。

出版番外

01

"老李,这小子身手真利索啊。"老周递了根烟给李长青,二人傻眼地看着眼前的一幕。

这事说来真有点儿难以启齿。这是两个工龄加起来超过五十年的警察了,在这个本该德高望重的年纪,他俩的车轮被偷了。人赃并获,结果还是让那群贼给跑了。

至于两个德高望重的老警察车轮为什么会被偷——

今天他们来高校开讲座,本来是要开单位的车过来的,结果好巧不巧,车爆胎了,李长青只好开自己的车。讲座结束,二人开车穿过拥挤的市中心,老周看着长长的车流,说道:"咱去吃口东西吧。"

李长青在吃穿上面一向没有主意,老周说什么就是什么。两人去了商场里一家广式茶馆,吃饱喝足,下扶梯的时候,老周看到一家被少女围得水泄不通的店,说道:"不给小松买一个?她中考结束,你当爸的总得有点儿表示吧。"

那是一家卖玩偶的店,据说是国外开过来的,整个店铺都是梦幻的粉色。

"一个破玩具搞什么饥饿营销,这些洋玩意儿净破坏国内市场。再说,小松根本不喜欢这些东西。"话是这么说,可当到了商场门口,李长青看到那些人手一个粉色芭比熊的青春少女,他拍了拍老周的肩,"你先去车上等我,我回去一趟。"

"回去干啥?"

"买点儿东西。"

"买啥东西？"

"关你屁事啊。"

"行行行，我不管，你快去快回啊。"

李长青前脚刚进商场，老周后脚就跟上，果然被他料到，李长青是去那家粉色的玩偶店排队了。

一个半小时后，李长青腋下夹着一个粉色的玩偶熊从店里走出来，老周抓了个人赃并获。

"你有病吧？跟踪我。"

"给女儿买礼物还不好意思让我知道，你搞不搞笑？"

二人吵吵嚷嚷回到了停车的巷子里。

为了不掏停车费，他们把车停在了巷子里。

两人刚到巷子里，就看到一个染着黄毛的社会青年在卸李长青车的车轮。李长青大骂一声。

李长青是急脾气，又是慢性子，等他把买给小松的玩偶熊交给老周再冲出去的时候，那"黄毛"已经翻过墙了。

"班门弄斧。"李长青冷笑一声，然后单手攀上墙……"哎哟。"他手腕扭了。

"让你早点儿去看你不听，紧要关头净出事。"老周骂了一声，然后拎着玩具熊抄小道去追贼。

李长青活动了一下手腕，跟上老周。

老周是他们队的短跑冠军，追个毛贼不在话下。但问题就在于追上以后，他看着五六个手持钢管的社会小青年，犯了怵。他不会被这几个小毛贼给干掉吧？

李长青慢一步过来："别动，警察。"

那几个社会青年看着这俩手持粉红熊的大叔，迸发出张狂的笑声。

"上！"其中一人指挥道。

上个屁，李长青心想，不知天高地厚的小子。他们队有个魔鬼般的刘文昌，每年都要对内考核格斗和体能，这俩经验丰富的老警察对付一群小毛贼不在话下，顶多是多挨他们几棍子。

在混战中，老周手里的粉红熊摔在了地上。李长青和老周看着那排队一个半小时才买到的粉红熊，同时扑上去救熊。

社会青年趁机重新捡起棍子，直接朝李长青后脑勺砸去——

"哎哟——"那拿棍子的青年大喊一声。一罐可乐准确地砸向他手腕，他一松手，棍子直接砸到了他的脚。

李长青捡起熊，骂老周说："给我女儿买的，你着啥急？"

因第三方出现，这场混战局势瞬间逆转。

不知从哪里冒出来一个青年，跟那几个混混儿干了起来。老周正要上前去帮他，李长青伸手拦住："先别去。"

"老李，这小子身手真利索。"

"你瞅他眼熟不？"

老周看了看，又看了看，眼熟。

今早他俩在高校开讲座，两人都紧张得要死，好在这届学生的纪律不错，一切还算顺利。

中途幻灯片坏了一次，找学校的人来修时，学校的教导员让他们讲点儿自己的亲身经历来暖场。这时，一个学生直接拎着包站起来，从后门离开。

李长青本来想睁一只眼闭一只眼，但是，那个学生个子高，实在太显眼了。李长青记住了他，老周也记住了他。

公然翘课的学生出现在商场附近，还有没有纪律了？

干倒那几个小混混儿，那个学生手插口袋，头也不回就要离开。

"站住！"李长青喊道。

几个社会青年以为他是在和他们对话，一哆嗦。那个学生依然头也不回地往前走。

"让你站住，听到了吗？有没有纪律啊？"老周追上去。

追到他身后，才发现这个学生如此高大，老周细想了一下，万一动手，从体格上来说，自己不是对手。

李长青上前招呼那几个社会青年，盘问一番，发现他们大多数都未成年，于是李长青不但没怪他们，还从钱包抽了几张钞票出来，让他们拿去吃点儿有营养的。

老周想不明白,李长青这么心软的一个人当初离婚的时候怎么就那么狠心。

几个社会青年拿着李长青给的钱落荒而逃。老周押着那个逃课的学生过来,李长青盘问:"上课时间,你在这儿干啥?"

他一言不发。

李长青又说:"信不信我现在就给你们的教导员打电话?"

这个学生有着很明显的喉结,他喉结动了动,老实交代:"打工。"

他穿着一件简单但干净的黑色T恤,皮肤不白,但很干净。李长青从他洗得掉色的球鞋上看出来他不富裕:"小子,没人反对你打工,但你逃课打工,耽误学业,得不偿失。"

"嗯,知道了。我能走了吗?"

"走哪儿去?"

"回学校啊。"

李长青说:"我们送你回去。"

老周心里翻了个白眼,李长青这慈善家病又发作了。

没想到那学生脸皮也挺厚的:"谢谢老师。"

李长青蹲下来把车胎装回去,蹲了一会儿,他腰椎开始疼了。

"我来吧。"学生主动开口。

老周不屑道:"你会吗?"

"那你会吗?"

老周被怼,气不打一处来,但问题是,他真不会。

看着那学生手法利索地把轮胎装回去,手法完全不像一个二十岁左右的学生,李长青开始怀疑了:"你打啥工呢?"

他说:"修车厂。"

老周一脚踹向他腿窝:"在我们面前撒什么谎呢?这里像是开修车厂的地方吗?"

那学生挑了挑眉:"开个玩笑嘛。"

上了车,李长青开车,老周坐在副驾驶座,而那个学生和李长青买给女儿的粉红熊坐在后座。

等红灯的时候,李长青通过后视镜观察着那学生。他长得高大,细看还有点儿邪门地帅气。

李长青突然道:"你是不是干不三不四的工作呢?"

被误解,他没解释,而是似笑非笑地问李长青:"什么叫不三不四的工作?"

老周:"黄赌毒,碰了吗?"

听到这三个字,那个学生脸上的笑容突然凝固了。他果断地说:"没有。"从来没有,而且,以后也不会。

他年纪不大,但长了一张冷脸,李长青和老周都有些不敢和他继续搭话。

"堵堵堵,早晚堵死。"李长青被迫停下车,从衣服里掏出烟。

他熟练地递给老周一根,然后递向后座:"抽烟吗?"

那个学生看了眼他的烟盒:"不抽。"

老周和李长青对视一眼,显然不信。老周:"真不抽?"

"不抽。"

他们队里的十有八九都是很早就开始偷偷抽烟了,干这一行久了,抽烟变成了他们最重要的解压方式。因他拒绝了李长青递过来的烟,他们对他微微改观——好自律的小伙子。

快到学校的时候,李长青问他:"想好毕业以后干啥了吗?"

他摇了摇头,盯着那个粉红玩偶熊。玩偶头上的蝴蝶结在打斗的时候散开了,他重新将那个蝴蝶结系上,并回答他们的问题:"没有。"

老周说:"看你身手挺好的,适合出外勤……咱们这一行能打就是本钱……"

学生一直在专心地给粉红熊系蝴蝶结,老周的话像这个夏天的风,只是拂过他的耳朵。

到了学校门口,李长青叮嘱:"好好念书,在学校里多学点儿东西,以后肯定用得上。"

"谢了。"他把粉红熊放好,拉开车门,下了车。

李长青突然想起来还不知道他的名字呢。他降下车窗，对着那个孤单的背影大喊："对了，你叫什么名字？"

　　那个学生迟疑一下，回了头，对李长青说："成州平。"

02

　　"完了。"回到单位，李长青看了眼时间，晚上八点十二，他这才想到今天答应要带小松去吃晚饭。

　　老周嘲笑他："谁让你发善心送那小子回学校的，叫啥名字来着——"

　　"成州平。"李长青迅速换了一件干净的T恤，"我去给小松打个电话。"

　　老周打开电脑上的纸牌游戏，绿色的游戏界面出现时，外面传来李长青的声音："爸今天工作上有点儿事，刚下班，现在马上就去接你。"

　　老周翻了个白眼：李长青女儿当然知道他是干什么的，他们工作上有点儿事，还能有比这更好的借口吗？

　　李长青这人什么都好，就是太爱炫耀了。他是队里唯一的研究生，家庭条件好像也挺好的，作为他的老伙伴，老周经常听他说自己研究生时怎么着怎么着，每当这时候，老周就恨不得把臭袜子塞他嘴里。这么爱炫耀的人，有个优秀的女儿，当然肯定是天天把她挂在嘴边。

　　小松小的时候，老周见过她。这孩子一看就像她妈龚琴，好看。转眼间，小松已经初中毕业。今年中考，她以全区前一百名的成绩考入外国语附中，但意外的是，炫女狂魔李长青没有提起这件事。前天队里去喝酒，刘文昌在酒桌上提起，他们才知道小松中考了。

　　后来私下里老周问李长青，这么大的事，为啥不跟他说？

　　李长青叹了口气，说："前两天是刘队儿子的生日。"

　　刘文昌儿子要是能长大，今年应该参加高考了。

　　李长青打完电话回来，关电脑、锁抽屉。

　　老周问他："女儿那边搞定了？"

李长青说:"我女儿懂事。"

老周说:"有这么个女儿,你就烧高香吧。"

李长青笑着离开办公室,然后撒腿就跑,以百米冲刺的速度到了车上,开车冲出单位。

晚上九点前,他准时赶到小松舅舅单元楼下。他紧张地摁了小松舅舅家的门铃,过了一会儿,小松舅妈穿着拖鞋来开门:"赶紧进来喝凉茶,你看你,满头汗。"

李长青不是本地人,至今都喝不惯当地的凉茶:"我闹肚子,先不喝了。小松呢?"

小松舅妈说:"在电脑房和琪琪玩电脑呢,你别紧张,她舅舅跟龚琴打电话说过了,今天小松住我们家,咱们对好说辞就行。"

李长青松了口气。

这时,电脑房门被打开,小松穿着一身黑色运动衣从电脑房走出来。她平静道:"走吧,去吃饭吧。"

当瑜伽教练的舅妈说:"你晚上不是吃过了吗?"

小松:"我爸没吃。"

小松的体贴让李长青瞬间觉得自己不是个东西。

她走向玄关,换上运动鞋,跟舅妈说:"我陪我爸去吃点儿东西。"

舅舅一家清楚小松的家庭状况,李长青虽然不着调,可孩子的成长不能缺少父亲这个角色,小松想见她爸了,他们都会尽力帮忙。舅妈说:"今天你舅不回来,我跟琪琪睡,你睡琪琪卧室,家里钥匙你拿着,回来晚了就自己开门。"

小松说:"谢谢舅妈。"

"谢什么,你看着琪琪写作业,给我省了一大笔家教费呢,我该谢谢你才是。"

看女儿这么懂事,李长青非常有面子,但这也让他更内疚。

父女二人坐电梯下楼,电梯里有别人,李长青问什么小松就答什么,一切都还正常。下了电梯,路人离开,小松的语气突然冷下来:"你内疚吗?"

"啊……小松,啥意思啊?"

517

小松冷笑："说好几点来的？"

"哎，对不起，想吃啥？"

这个时间只有烧烤店开门，小松说了一家烧烤店的名字。

"别啊，爸请你，怎么能吃烧烤这么随便呢？"

"那你找一家现在还开门的馆子。"

李长青自知理亏，沉默了一阵，说："要不去吃肯德基。"

肯德基和烧烤摊本质的区别就是肯德基人少，风险小。

小松："随你便。"

自觉罪孽深重的李长青把车开到附近二十四小时营业的肯德基，点了一份双人套餐。小松吃得很慢，李长青吃完一份套餐的工夫，小松的汉堡才啃了一半。

"吃不下了，你吃吧。"

"这张卡你拿着，想吃什么就自己去吃，随便花，别给爸省钱，爸出生入死就是为了让你想吃什么就吃什么，想怎么过就怎么过。"

小松放下手中的可乐："李长青，你有毛病吧？"

李长青说着说着眼泪竟然流出来了："小松，有一天我人没了，你多帮我看看你爷爷奶奶，他们就我这一个浑蛋儿子，我没让他们省心。"

小松看了眼点餐台，还好服务员正在刷手机，没注意到这里有个喝可乐喝哭的中年男人。她默默解下皮筋，把运动衫的帽子拉上来，盖住自己的脸。她丢不起这个人。

李长青当年放弃父母的安排，为爱情和理想背井离乡的故事她已经听得耳朵生茧了。

在小松出生之前，李长青和家里几乎是断联的状态。李长青的父母不同意李长青干这个，明明他能有更好的发展，他们却固执地等待李长青后悔认错，而李长青固执地要证明自己是对的。几年来，李长青和父母没有打过一通电话。

李长青自知是个烂人，他把唯一的忠诚都给了他的工作。他干这一行这些年，唯一一次抛下工作就是小松出生的那个夜晚。

那时的龚琴羊水破了，自己打电话叫救护车来接她。在救护车上疼得要命，护士问她老公在哪里的时候，她不后悔，并甘之如饴。

"她爸爸工作忙，抽不开身。"

"什么工作连自己老婆生孩子都顾不上？"

"她爸是警察，维护治安的。"

护士对这个女人敬佩之余，也不是没有可怜。

李长青赶到产房的时候，小松还没出生。他和龚琴的哥哥在病房外焦急地等待，这等待漫长过他一辈子所有等待的总和。

"爸爸呢？是个女儿，母女平安。"

龚琴怀孕的时候非常谨慎，这漫长的十个月，她没让自己有任何的情绪波动，她会练习瑜伽，会给自己搭配营养餐，会给小松拉大提琴。

"要给你们的宝宝上名牌了，宝宝叫啥名字？"

他们还没来得及给孩子起名字。

"先写小宝吧。"

医生、护士都惊呆了，护士道："这孩子是亲生的吗？"

听到李长青被指责，虚弱的龚琴睁开眼："李犹松。"

"这名字不常见啊，怎么写？"

"树犹如此的犹，岁寒松柏的松。"

医护被这个名字的含意折服了，护士说："我接生过这么多产妇，这名字起得是最用心的。"

李长青炫耀说："我爱人是语文老师，中文系毕业的。"

"爸爸看完孩子就出去吧，别打扰产妇休息。"

李长青被赶了出去，离开产房，他脑袋晕晕乎乎的，完全无法思考。他走到医院外面，点燃一根烟，拨通家里的电话。

现在时间是晚上十点半，手机响了很久，终于接通后，又是很久的沉默。"李犹松"这三个字出现在李长青心头，他莫名地有了一股所向披靡的勇气："爸，是我。"

"……这么晚了打电话回家，是不是出事了？"

电话那头传来李长青的啜泣："爸，我也当爸了。"

龚琴出月子当天，李长青的父母和妹妹从北京赶来，一家人吃了饭，

519

拍了大合照。

护士看着一大家子人,安慰紧张的李长青:"小松是在爱里出生的孩子,她一定会平安、快乐、健康。"

可是,谁又能料到以后呢?

03

李长青和小松从肯德基出来,对面是一家二十四小时开门的便利店,小松说:"我去买点儿零食。"

"爸跟你一块儿——"

"不用,钱包给我。"

小松的眼神比同龄孩子的眼神更深沉些。她已经到了抽条的年纪,今天穿着一身黑色,当她伸手问李长青要钱包的时候,李长青一哆嗦,好像看到了一些问题少女的影子。当然,他知道小松不会这样。她只是被迫比其他孩子更加早熟。

李长青乖乖地把钱包给了小松,他把小松送到便利店门口,小松去店里买东西,他在外面抽烟。

小松买了很多种不同口味的清口含片,结账的时候,服务员问她:"还要别的吗?"

"先不结账了,我再看看。"

后来服务员也觉得有些奇怪,因为这个女孩并没有在买东西,只是站在货架旁安静地看着窗外。

其实小松也不是很了解李长青具体的工作内容,她对李长青工作的幻想还是来自一些影视剧。她透过货架缝隙看着在外面抽烟的李长青侧影,心想,他身上烟味这么浓,烟瘾这么重,工作的时候不会被坏人发现吗?

知道她讨厌烟味,李长青从不在她面前抽烟。

小松想,就再给他一根烟的时间,也给自己多一些时间。

李长青抽完两根烟,小松提着塑料袋从便利店走出来。

袋子看上去很沉,李长青忙接过小松手上的袋子:"叫爸给你提啊,自己提，这么沉，你爸是摆设吗？"

小松冷笑："有这么丑的摆设吗？"

"……你这孩子到底随谁？嘴这么毒。"

李长青提着袋子打开车门，把袋子随手扔到副驾驶座，小松只能坐在后座。

小松说："给你买了些饮料、口香糖，平时放在车上当零食吧。"

李长青眼睛湿润："不愧是爸的亲闺女。"

"少往自己脸上贴金。"

后座上放着一个巨大的粉玩偶熊，它的头顶系着一个很丑的蝴蝶结，小松将那个蝴蝶结解开，重新打上一个漂亮的结，她故意问李长青："你是不是谈女朋友了？"

"这孩子，胡说什么呢？"

"那玩偶是买给你自己的吗？李长青同志，我以前是真没看出来你有这爱好。"

"……我看其他小姑娘都挺喜欢的，就给你买了一个。"他透过后视镜看到和粉红熊坐在一起的小松，多嘴道，"十几岁的姑娘家穿一身黑，像什么话？"

小松懒得告诉他这是现在最流行的打扮："李长青同志，你是不是又在车上抽烟了？"

李长青没想到她突然来这么一句。不该啊，他知道小松讨厌烟味，自己已经提前通过风了，不可能还有烟味啊。

"没，你上次不是教训过爸了吗？"

小松把刚刚从粉红熊背后捡到的打火机握在手中："李长青同志，你真的没在车上抽烟吗？"

"你是跟你爸说话呢，还是审犯人呢？"

"有区别吗？"

…………

"成州平，今天你不跑个十公里，明天别想来上课了。"

"行行行。"

"你还有没有纪律了？你要翘课自己偷偷翘，人家警队来的老师在上面讲课呢，你直接离开，一点儿面子不给啊。"

"我知道错了，这不已经跑了吗？"

言下之意，请你闭嘴。

跑完十公里，成州平身上的背心已经被汗水湿透了，他双手把住单杠，撑起自己，胳膊上的肌肉隆起，他得意地对教导员说："还行吧。"

教导员瞪了他一眼："等你练到我这份儿上再吹牛。"教导员从口袋里掏出烟，噙上，示意成州平给他点上。

"多大人了，还让我给你点烟。"

"你就不抽了？别叨叨，赶紧。"

成州平的手摸上自己的口袋，摸了半天——哎哟，我打火机呢？他很快想起来：应该是下午回来时掉到那警察的车上了，失策失策。

他的手摸到教导员口袋里，教导员吐出烟："成州平，你耍流氓！"

成州平斜睨着他："我找打火机。"

…………

第二天，舅妈送小松回家，趁舅妈不注意，小松摸了摸口袋，从里面掏出一个打火机，随手朝垃圾桶里扔去。

这个暑假小松没有别的安排，舅妈和龚琴在客厅讨论要不要带小松去旅行。

舅妈说："去日本吧，带小松跟琪琪出国见识见识。"

龚琴想了想："现在办签证是不是来不及？"

舅妈说："也是，要不然去长白山避暑。"

龚琴："云南怎么样？你的膝盖才做过手术，我怕爬不动长白山。"

舅妈说："云南会不会紫外线太强了？前两天我瑜伽班上的学生刚从云南回来，说去看什么日照金山，结果什么都没看着，人给晒伤了。"

龚琴："问一下两个孩子的意思吧。"

小松正躺在卧室，拿着自己的MP4偷看《泰坦尼克号》。她冷漠地想：爱情，就这？在震撼的电影背景音乐中，她听到母亲和舅妈说假期要去看日照金山。

小松麻木地看着屏幕上的巨轮沉没，心想，全国各地都热得跟火炉一样，什么日照金山都比不上在家吹空调舒服……

多年后小松和成州平两个人重新回到德钦，在寒冷的清晨等待一抹日光，她踮起脚，在成州平的脸上一吻。

周围还有其他游客，成州平瞬间耳根通红。

"你——"

"我？"

"以后在外面别这样。"

小松白了他一眼，向前走了一步，无视这个冷血的男人。

日出那刻，她的后背突然贴上一个怀抱，成州平抱住她，下巴压在她的头顶。

他什么都没说，而她什么都明白。

敬謝

感謝每位陪伴本文更新的讀者朋友，與支持本書出版的編輯、設計、排版、插畫、攝影老師。

謹以此文獻給那些在黑暗中掙扎之人，并敬所有不屈的靈魂。

願好人有好報，願天下無毒。

李怡松 & 戚世平

图书在版编目（CIP）数据

我和成州平：全2册 / 佛罗伦刹著. -- 北京：北京联合出版公司，2025.6. -- ISBN 978-7-5596-8145-4

Ⅰ．I247.5

中国国家版本馆CIP数据核字第20243JE625号

我和成州平：全2册

作　　者：佛罗伦刹
出 品 人：赵红仕
出版监制：辛海峰　陈　江
特约监制：穆　晨　殷　希
产品经理：朱静云
责任编辑：李艳芬
特约编辑：王苏苏　丛龙艳
营销支持：肖　瑶　祁　悦　陈淑霞
特约印制：赵　聪
内文排版：芳华思源
封面设计：安柒然
版式设计：气味野生定制

北京联合出版公司出版
（北京市西城区德外大街83号楼9层　100088）
联合读创（北京）文化传媒有限公司发行
万卷书坊印刷（天津）有限公司印刷　新华书店经销
字数497千字　880毫米×1230毫米　1/32　16.75印张
2025年6月第1版　2025年6月第1次印刷
ISBN 978-7-5596-8145-4
定价：69.80元（全2册）

版权所有，侵权必究
未经书面许可，不得以任何方式转载、复制、翻印本书部分或全部内容。
如发现图书质量问题，可联系调换。质量投诉电话：010-88843286